On ne laisse pas
les dames rentrer
seules à la maison

Danielle Marcotte

On ne laisse pas les dames rentrer seules à la maison

Libre Expression

Données de catalogage avant publication (Canada)

Marcotte, Danielle

On ne laisse pas les dames rentrer seules à la maison

ISBN 2-89111-904-5

I. Titre

PS8576.A635O5   2000   C843'.54   C00-941079-1
PS9576.A635O5   2000
PQ3939.2.M37O5   2000

Maquette de la couverture
FRANCE LAFOND
Infographie et mise en pages
SYLVAIN BOUCHER

Libre Expression remercie le gouvernement canadien
(Programme d'aide au développement de l'industrie de l'édition),
le Conseil des Arts du Canada et la Société de développement
des entreprises culturelles du soutien accordé à
ses activités d'édition dans le cadre de leurs programmes
de subventions globales aux éditeurs.

© Éditions Libre Expression ltée, 2000

Éditions Libre Expression
2016, rue Saint-Hubert
Montréal (Québec) H2L 3Z5

Dépôt légal :
3e trimestre 2000

ISBN 2-89111-904-5

À mes enfants,
Claude, Marc-André,
Laurence-Aurélie et Louis-Pierre,
et à notre petite Klari-Anne

C'est un terrible don que la maturité,
Un don qui nous change, et met à la place
De la douceur d'un élan désintéressé
L'inflexible rigueur d'une étoile de glace

Carlos Drummont de Andrade

Avertissement

Cette histoire a un fond autobiographique que je pourrais difficilement nier. Pourtant, les personnages que vous rencontrerez dans ces pages ne sont que cela : des êtres d'encre et de papier sortis de mon imagination. Toute ressemblance avec des personnes ou des événements réels demeure possible, mais sera toujours fortuite.

1

Dans un coin retiré du café, vous êtes penchée sur un livre. Vous ne prêtez aucune attention au mouvement autour. Il n'y a que vous et ce livre. Un texte grave, exigeant, duquel rien ne vous distrait, pas même le brouhaha du bistrot au plus fort de la journée. Vous avez mis des années à parvenir à un tel degré de concentration. Vous êtes fière de vous. Vous n'y songez pas pour le moment, bien entendu : vous êtes tout entière à votre lecture. Vous y penserez tout à l'heure quand vous déroulerez le fil de votre journée dans la mousse parfumée de votre baignoire. Oui, vous direz-vous, c'était un moment d'absolue perfection… Jusqu'à ce que son ombre couvre le blanc de la page.

– Je peux vous emprunter le sucre ?

Quoi, le sucre ? vous dites-vous, agacée. À regret, vous détachez les yeux du livre. Des yeux brouillés d'émotion. Cet auteur, décidément, vient vous chercher l'âme à la petite cuillère et les raffinements du Kama Sutra ne sont rien à côté des mouvements que ses phrases vous inspirent.

– Le sucre, bien sûr…

Vous dites cela presque sans lever la tête. Les yeux que vous posez sur cet homme sont absents. Vous lui tendez le sel et retournez à votre lecture. Cette phrase, songez-vous presque douloureusement, il faudrait la lire debout dans l'aube, la murmurer sous le ploiement des arbres au-dessus de la rivière. C'est tellement admirable. Vous donneriez votre âme pour avoir écrit cela. Vous remarquez à peine votre voisin qui se penche sur vous pour remettre le sel sur la table et prendre le sucre à la place. Son ombre sur la page épouse, dans votre esprit, le mouvement des arbres courbés sur la rivière. Elle ne vous choque pas ni n'interrompt votre lecture. Par contre, son odeur... Ah! son odeur, c'est autre chose! Elle s'insinue, voluptueuse, entre le livre et vous. Elle s'introduit dans l'intelligence des paragraphes, se glisse dans le coulant des phrases, pénètre jusque dans le poignant des mots. Bon sang! Que ça sent bon, un homme!

Déjà vous êtes moins dans le livre. Vous continuez à lire, bien sûr, refusant qu'une réaction aussi primaire trouble votre communion avec la Littérature. Mais le corps a ses raisons. Butée, vous relisez une troisième fois cette phrase qui défend âprement son secret. Les yeux ingurgitent des mots inconsistants et flous qui s'imprègnent d'odeur mâle avant d'atteindre un cerveau rendu confus par le chassé-croisé des sollicitations. Votre corps tout entier, que vous voudriez avec vous dans le livre, est tendu vers ce parfum émanant de la table d'à côté. Vous luttez contre lui pour revenir au paradis, au temps d'avant cet homme, quand rien n'existait au monde que le livre et vous. C'est inutile. Le livre s'éloigne dangereusement et vous voyez approcher avec effroi le moment où il se taira tout à fait, comme un amant qui, ayant épuisé son désir, vous rend silencieusement votre clé. Soudain, cet éclair de génie. Vous négociez avec le corps ce que vous croyez être un accord équitable : vous l'autorisez à se tourner vers la table voisine, mais, de son côté, il vous gardera l'esprit libre pour le livre.

Sûre de votre affaire, toute au plaisir de retrouver la trame du récit, vous ne portez plus attention au corps auquel vous avez donné quartier libre. Alors, tandis que vous replongez dans les splendeurs incommensurables de l'Art, votre corps s'en donne à cœur joie. C'est qu'il a été tenu longtemps en laisse, le corps. Il y a belle lurette qu'il n'a pas pratiqué cette extension subtile de la jambe dans l'allée, le redressement provocateur de la poitrine, la souplesse du bras qui repousse avec non-chalance la crinière dense, le mouvement sensuel de la main qui joue distraitement avec une mèche de cheveux au bord des lèvres, l'abandon de la main sur le genou en une invitation à la prendre, la caresse affriolante des doigts sur la nappe. Elles sont partout, les mains, lascives, enveloppantes. Félines, elles approchent lentement du livre, qu'elles caressent ensuite le temps que vous franchissiez les deux lignes vous séparant encore du bas de la page. Elles attendent un signal que vous donnez enfin… Vous les regardez faire tandis qu'elles tournent le feuillet avec une sensualité que vous ne leur connaissiez plus. Cette hardiesse vous paraît soudain suspecte. Elles ont embelli, ces mains, vous dites-vous, surprise. Inquiète, vous notez la souplesse des doigts, la finesse du poignet, l'arrondi du bras. La grâce inédite de tout cela. Avec stupeur, vous remarquez la position du corps, offert, bien-veillant, chaleureux, appelant l'autre à lui. L'autre ? vous demandez-vous, le souffle court. Quel autre ? Vous levez les yeux avec anxiété pour discerner dans la foule attablée à qui le corps s'adresse ainsi. Tandis que vous mesurez enfin l'ampleur du désastre, l'homme au sucre vous sourit.

– Ç'a l'air bon!

Vous avez les joues en feu et enragez à l'idée que votre corps dénonce ainsi le trouble dans lequel cet homme vous a mise avec ses coquetteries. L'homme au sucre fait un signe du menton.

– Ce livre vous absorbe totalement.

– Pas autant que je le voudrais…

Vous avez marmonné, espérant qu'il ne vous entendrait pas; mais rien ne lui échappe, apparemment.

– Évidemment, ce n'est pas facile de lire avec tout ce dérangement autour.

– Hum!

En dire le moins possible. Votre voix tremble et vous trahit. Vous ramassez votre corps, repliez les jambes sous la table, refermez les bras, cadenassez tout ce qui avait échappé à votre contrôle. Vous vous sermonnez, jurez qu'on ne vous y reprendra plus et replongez résolument dans le livre. Mais le corps se rebiffe. Vous n'avez pas tenu votre part du contrat, il refuse de respecter la sienne. Du coup, votre esprit s'embrouille et le texte vous éconduit. Vous refermez le livre avec humeur, mais le léger mouvement d'air provoqué par ce geste fait remonter à vos narines le parfum de l'homme. Un parfum discret mais solide qui pénètre en vous et éveille vos sens endormis. Aussitôt le corps reprend le dessus. Soulagé de constater qu'on lui offre au moins cela, il se reprend à espérer. Seulement, la tête veille et livre au corps une lutte acharnée. Vous ne savez plus où vous mettre au milieu de ce combat. Vous voudriez que cela finisse. Vite. À n'importe quel prix, pensez-vous. Pourtant, tenez-vous vraiment à voir la tête sortir vainqueur de ce conflit?

– Je peux vous offrir quelque chose? Un autre café peut-être…

– Non, merci.

– Allons donc, puisque vous en avez envie!

Le corps trouve cet homme beau. Vous ne comprenez d'ailleurs pas pourquoi. Cet homme n'a rien de la beauté classique qui vous attire d'ordinaire, mais le corps, lui, est immédiatement tombé sous le charme de ce jeunot et ferait d'incroyables bêtises si la tête ne faisait pas si bien son travail. Heureusement, vous pouvez compter sur elle! Elle veut bien reconnaître qu'il est bel homme, ce type, mais c'est un imbécile.

– J'ai horreur qu'on prétende savoir mieux que moi ce dont j'ai envie.

L'homme au sucre ne se démonte pas. Il a les yeux brillants, le sourire arrogant et docte. Il sait des choses que vous ne savez pas sur vous-même et ne se gêne pas pour vous le laisser entendre.

– Vous n'écoutez pas assez votre corps. Ça parle beaucoup, un corps!

Un vent de panique souffle en vous. En dedans, c'est le remue-ménage, le branle-bas de combat, l'alarme d'incendie, les sirènes et le tocsin mêlés. Il y a urgence en la demeure. Vous ne tenez plus en place. Vous vous levez brusquement sans même comprendre pourquoi. On ne reste pas tranquillement assise au salon tandis que la maison brûle. Une fois debout, vous prenez l'air digne et un peu au-dessus de ses affaires de celle qui sait parfaitement ce qu'elle fait.

– Eh bien! avant que mon corps ne commette trop d'indiscrétions, je vais y aller.

Vous rassemblez vos effets, puis enfilez votre manteau en vous empêtrant dans les manches. Le livre vous échappe et glisse sous la table. L'homme se penche et le ramasse. Il examine la couverture et pousse un sifflement admiratif. Vous sentez qu'il se moque de vous. Vous tendez la main, irritée, blessée. Il vous rend le livre.

– Vous voyez bien! Vous ne voulez pas partir.

Cette obstination du jeune homme à montrer à son aînée qu'elle n'a rien compris encore à la vie vous exaspère.

– Le manteau, poursuit-il, le livre, tout vous dit que vous voulez rester. Vous n'avez jamais entendu parler du langage du corps? Votre non-verbal vous informe que vous ne voulez pas partir.

– Eh bien, j'ai des petites nouvelles pour mon langage non verbal : non seulement je veux partir, mais je vais le faire. Et je mets mon corps au défi de ne pas me suivre!

Il rit de bon cœur. Un rire à signer l'armistice. Ses dents sont belles, saines, régulières. Il a une mâchoire carrée et solide comme vous aimez, une barbe plutôt forte et une toute petite cicatrice blanche près de l'arcade sourcilière. Vous enragez d'avoir remarqué cela. Vous vous méfiez de votre faible pour les détails de ce genre… Ses jambes allongées dans l'allée vous barrent le chemin. Dressée devant lui, vous attendez qu'il cède le passage.

– Vous parlez comme si ça faisait deux.

Vous faites celle qui n'entend pas. Il poursuit, sûr de lui.

– Le corps d'un côté, la tête de l'autre… Je vous fais peur?

– Bon, ça suffit! Laissez-moi passer, je suis pressée.

– Au moins, ne vous racontez pas d'histoires : vous n'êtes pas du tout pressée.

Il retire ses jambes. Vous faites deux pas et vous vous arrêtez. L'ombre d'une fraction de seconde, vous hésitez. Tout en sachant que vous regretterez longtemps ce mouvement, vous vous retournez vers lui.

– Pourquoi est-ce que j'aurais peur de vous?

– J'éveille en vous des choses que vous ne voulez pas voir. Vous n'aimez pas perdre le contrôle.

Vous haussez les épaules et sortez du café, vous obligeant à compter les pas pour ne pas vous enfuir en courant.

Après quelques jours de tergiversations, vous êtes retournée au café. C'était plus fort que vous. Vous vous êtes installée à la table du fond, avez commandé un cappuccino, et ouvert le même livre à la même page. Pour tenter de comprendre ce qui vous a échappé ce jour-là. Cette impression ne vous quitte plus depuis : devant l'homme au sucre, vous avez triché. Vous ne savez ni comment ni en quoi, mais, c'est net, vous n'avez pas été franche du collier avec vous-même devant cet homme. Vous espérez aujourd'hui recoller les morceaux du casse-tête et comprendre pourquoi vous vous êtes écartée de votre ligne de conduite.

Vous n'espérez pas vraiment revoir l'homme au sucre. Il est illusoire de penser que de tomber sur lui vous permettrait de comprendre quoi que ce soit à votre malaise. Malgré tout, vous ne détesteriez pas le surprendre là. Pour vous trouver maître des événements, cette fois, et lui river son clou, bien sûr. Vous vous reprochez ce départ brusque de l'autre jour. Hausser les épaules n'était pas la réponse à faire. Toutes sortes d'arguments vous sont venus depuis, que vous auriez bien aimé lui servir sur le coup. Ç'aurait été jouissif de le déstabiliser, ce grand jars. Vous ne pensez qu'à cela depuis des jours. Un désir de vengeance vous pique. Une épine à votre amour-propre.

Vous ouvrez le livre, espérant baigner de nouveau dans sa puissance, mais la magie n'opère plus. Vous n'êtes pas là. Vous êtes n'importe où sauf en vous-même. Vous lorgnez sans arrêt la porte, en surveillant votre attitude faussement décontractée plutôt que de vous contenter d'être vous-même. Comment être soi-même quand on est divisée comme vous l'êtes ? Il y a vous, la femme qui lit dans le café, et l'autre qui l'observe. L'une élabore à moitié divers scénarios dans lesquels l'homme au sucre joue les rôles ingrats, où vous avez le dessus ; l'autre se moque et prophétise : tant que vous ne comprendrez pas ce qui s'est passé ce jour-là, votre victoire vaut pour du vent. Vous n'êtes ni tout à fait l'une ni tout à fait l'autre, en réalité, et ce sentiment vous épuise.

Vous réalisez tout à coup le ridicule de la situation. Vous attendez un inconnu pour le charger. Alors qu'il vous a probablement oubliée dans l'heure, vous, comme si vous étiez sûre de le revoir, depuis des jours vous préparez votre revanche. Vous êtes terriblement en colère. Une rage étouffée. Contre vous. La violence de ces émotions vous paraît suspecte et vous ramène à la raison de votre présence en ces lieux. Qu'a-t-il donc dit, ce mufle, qui vous fâche autant ? Cela se remarque tellement, qu'il n'y a pas d'homme dans votre vie ? D'abord, en quoi est-ce que ça le regarde, lui ? Pourquoi permettriez-vous à un étranger de brouiller ainsi l'eau claire de vos jours ? Quelque chose en vous voudrait hurler mille raisons de semer la pagaille dans l'ordonnance tranquille de votre quotidien. Vous bâillonnez aussitôt cette voix pour laisser monter sa sœur qui assure, elle, que tout va bien. Pourquoi est-ce que l'idée vous vient que vous avez peut-être un problème de séduction ? À quand remonte la dernière fois où vous avez tendu vos filets ? Vous préférez ne pas y penser, car vous craignez d'avoir à vous avouer que vous n'avez plus les atouts pour séduire. Plutôt que de vous frotter à l'idée que toute entreprise de séduction vous est désormais interdite, vous préférez éviter de jouer sur ce terrain où vous risqueriez de paraître risible, et trouvez plus sage de déposer vos billes ailleurs. Toutes ces choses, vous les sentez confusément. Ce sont des impressions qui scintillent un instant comme des lucioles dans la nuit, mais qui s'échappent aussitôt que vous tentez de refermer la main dessus. Finalement, plus agacée encore que lorsque vous êtes entrée dans le café, vous pliez bagage. L'homme au sucre ne viendra pas. Si d'aventure il avait montré le bout de son nez, la seule chose à faire aurait été de l'ignorer.

Comme vous avez besoin de retourner aux vraies valeurs, ce soir, vous laisserez l'ordinateur éteint. C'est au stylo plume que vous écrirez, dans les effluves d'encens à la vanille, sur un air de Bill Evans que vous venez de découvrir, cent mille ans après tout le monde. Ce que vous écrirez sera mauvais sans doute, très je-me-moi-je-souffre. Du moins, cette soirée passée entre musique et écriture à cracher le méchant sur la page devrait-elle vous faire un peu de bien. Vous vous coucherez apaisée, vous endormirez en vous mettant au lit et, avec un peu de chance, vos ronflements ne vous éveilleront pas avant le lendemain matin.

Hélas, l'aube vous trouve plus éreintée que la veille. Tout vous pèse. Votre corps, pour commencer. Vous avez encore pris un kilo. Et la tête que vous vous êtes fait faire à grands frais chez le coiffeur ne vous va pas du tout. On dirait bobonne. Pourquoi ce coiffeur n'apprend-il pas à voir votre âme? Elle est si jolie, votre âme, si jeune, si altière, si pleine de courage. Un coiffeur devrait sentir cela et l'exprimer. Un véritable artiste le ferait. Il faudra aussi, après le banquier, l'épicier et le dentiste, changer de coiffeur? On ne mesure pas les deuils qu'impose le divorce. On pense quitter un mari, mais c'est toute une vie qu'il faut s'arracher par petits morceaux.

Vous êtes partie sans déjeuner. Ce kilo est si lourd à porter que tout votre train-train matinal s'en est trouvé ralenti. Vous vous sentez à l'étroit dans vos jupes, et il a fallu repasser le seul chemisier que vous envisagiez de mettre. Résultat, vous avez couru pour rattraper votre retard, vous êtes arrivée en nage à l'université, les photocopies demandées n'étaient pas dans votre case au secrétariat et il a fallu grimper à pied les trois étages qui mènent à votre classe. Il y a des jours, vraiment, où l'on devrait passer son tour.

Rien n'est plus éprouvant que ces périodes où votre travail perd son sens. À quelques semaines de vos quarante-deux ans, vous vous éparpillez encore. Entre les charges de cours, la traduction de textes, la direction de collection et l'écriture, vous ne savez plus, par moments, où donner de la tête. Aujourd'hui, cela demande une détermination exceptionnelle rien que pour vous rendre à la pause. À ce rythme-là, vous ne ferez pas la journée. Vous êtes fébrile, exaspérée, convaincue surtout de faire une erreur en continuant à accepter des charges de cours. Vous gaspillez votre vie. Vous voyez cela clairement, mais le moyen de faire autrement ? Finalement, à midi, vous décrochez le combiné du téléphone.

– Il faut que je te voie. On peut dîner ce soir ?

Une fois dehors, ça va déjà mieux. Sans doute aviez-vous simplement besoin d'un hiatus dans la routine. Pour trancher avec vos habitudes, justement, vous décidez de rejoindre Mathilde à pied. C'est une bonne marche, mais peu importe, cela vous fera du bien. Seulement il y a trop de neige et de gens sur les trottoirs, trop de voitures dans les rues, trop de feux rouges. Vous butez contre tous les obstacles. Vous arrivez en retard et excédée.

Mathilde vous attend au bar devant un verre de porto. Fraîche et dispose comme toujours. Bien qu'elle ait quarante et un ans, elle a l'air, contrairement à vous, d'en avoir trente. Si sa taille de jeune fille s'est un peu épaissie à cause des quatre enfants, Mathilde n'a par contre rien perdu de sa vitalité. Elle est toujours tout sourire : des dents éblouissantes que ne cessait d'admirer votre dentiste d'ex-mari. Un regard pétillant, de l'énergie à revendre. Vous vous demandez quel est son secret. Vous ne vous le demandez pas sérieusement. Vous le connaissez : il s'appelle Roger, son secret.

Vous vous excusez du retard, lui faites la bise, commandez un apéro, la complimentez sur sa coupe de cheveux et demandez le numéro de téléphone de son coiffeur. Vous alliez rendre compte de vos récentes lectures, mais le regard de votre amie glisse vers l'entrée avec un petit air amusé. Vous vous retournez pour apercevoir Claude et Léa émergeant des feuilles de palmier. Vous pensez : «Quel hasard!» Mais Mathilde lance :

— T'avais l'air au bout du rouleau ce midi. J'ai pensé qu'il valait mieux ameuter la troupe. On ne sera pas trop de trois pour te requinquer, pas vrai?

Lourd, l'amitié parfois. Vous auriez préféré un tête-à-tête avec Mathilde pour lui confier vos angoisses. Elle l'a senti et aura voulu échapper à vos confidences… Il faut faire face. Au lieu de vous affliger de votre sort, il faudra jouer la légèreté pour les copines. À en juger par l'allure de Léa, la soirée promet d'être exigeante.

À votre air morose, Léa oppose une allure de diva en pleine apothéose. D'ailleurs, toutes les têtes se tournent sur son passage. Léa est grande. Sur elle, les rondeurs font joli, une vraie bénédiction. Elle paraît élancée, fine, racée. Elle ne porte que des vêtements griffés. D'aussi loin que vous vous souveniez, Léa a toujours fait preuve d'un goût très sûr. Même l'uniforme du collège, déjà, elle le portait avec élégance, c'est tout dire. S'il n'y avait que cela! Léa a toujours l'air de sortir de chez le coiffeur, ses mains sont impeccables, les ongles toujours faits, et les muscles roulent sous la peau comme si son masseur personnel les entretenait scrupuleusement chaque jour depuis vingt ans. Vous enviez son assurance. Où qu'elle soit, Léa a l'air chez elle. Elle sait comment agir, quels gestes et attitudes conviennent. Elle maîtrise l'art de la conversation. Cette fille est le charme même, la séduction faite femme. Et pour faire mentir l'adage qui veut que belle femme soit sotte, elle a une intelligence à faire pâlir les Prix Nobel. On ne s'étonne pas que les conseils d'administration se l'arrachent. Elle est vive, efficace, et sa beauté met une touche d'exotisme dans les réunions les plus ternes. Ce soir, particulièrement, son regard pétille. Comment ne pas brûler d'envie de lui ravir son secret ? Seulement, Léa sait garder son public en haleine et feint d'accorder plus d'importance aux autres qu'à elle-même. À Claude, en l'occurrence, vers qui elle se tourne, une fois que vous êtes installées toutes les quatre à la meilleure table du restaurant, table que le maître d'hôtel n'a pu lui refuser, bien qu'elle fût réservée pour quelqu'un d'autre.

Marie-Claude. Un poème. La seule d'entre vous qui n'ait pas encore lâché le féminisme pur et dur des années soixante-dix. Elle a encore en elle la fougue des extrémistes qui voyaient un violeur derrière chaque homme, brûlaient leur soutien-gorge et réclamaient le droit à la crise cardiaque et au cancer de la prostate. Vous jureriez qu'elle n'a choisi l'urologie que pour le plaisir de tenir les hommes par leur nerf de la guerre. D'ailleurs, c'est pour ne pas faire fuir la clientèle qu'elle a amputé son prénom du Marie qui trahissait son sexe. Ce soir, Claude-tout-court a l'air d'un pitbull sur le territoire duquel on se serait trop avancé.

– On me poursuit. Vous vous rendez compte ? Un type à qui j'ai pratiquement sauvé la vie. Bon, d'accord, paraît qu'il ne bande plus. Bien sûr, il a l'âge de ne plus bander depuis dix ans, mais c'est plus facile de me mettre ça sur le dos, vous pensez bien.

— T'es sûre que t'as pas fait exprès au moins? demande Léa, pleine de suspicion.

Le garçon de table apporte les apéros. Léa lui jette un regard de chatte en chaleur et l'observe s'éloigner en se mordillant les lèvres. Pour un peu, elle ronronnerait. Vous échangez avec Mathilde un regard incrédule. Toute à son histoire, Claude semble n'avoir rien remarqué.

— J'ai mis ça entre les mains d'un avocat.

— D'une avocate, tu veux dire, corrigez-vous.

— Non, dit-elle, j'ai pris un avocat. Pour être honnête, je me suis même offert l'avocat le plus misogyne en ville.

— Il annonce ça sur sa carte? demande Léa.

Vous faites la grimace. Quelque chose ne tourne pas rond. Claude a d'ordinaire le réflexe d'activer son réseau de femmes, quand elle a besoin de services professionnels.

— Voilà toute l'astuce! explique-t-elle fièrement. Imaginez un peu le topo. Je vais me trouver, moi, pauvre femme, devant un mâle client qui va jurer par l'intermédiaire de son mâle avocat devant un mâle juge que j'ai tout fait pour saboter sa chaîne de production. Vous imaginez l'allure du procès si je prends une femme pour me défendre? Nous n'aurions aucune crédibilité, ni elle ni moi. Nous passerions pour des buteuses de virilité. Alors que là, voyez, la misogynie de Me Sanscartier est connue de toute la magistrature! S'il me défend, c'est forcément que j'ai raison.

Vous faites passer votre envie de rire avec une gorgée d'eau minérale, mais vous ne résistez pas à la plaisanterie.

– Il s'appelle Sanscartier en plus? Ça promet!

– Je donnerais un million pour être à la fenêtre quand vous vous rencontrez, lance Léa. Ça doit être joli, vous deux.

– C'est parfois tendu, admet Claude, mais on assure. Évidemment, ça n'a rien à voir avec tes minauderies devant ce jeune premier...

– C'est quoi ça encore? interroge Mathilde.

Vous vous demandez bien de quoi Mathilde s'étonne. Léa ne vous a-t-elle pas habituées à ces conquêtes extravagantes?

– Il n'y a rien à raconter pour le moment, se défend Léa.

– Je ne suis pas d'accord! proteste Claude. Imaginez-vous que madame vient de lever un jeune v.-p. pas piqué des vers à ce qu'il paraît.

Le regard dans le vague, Léa machouille une branche de céleri.

– Je dois dire qu'il est assez craquant, finit-elle par reconnaître.

– Jeune combien? s'inquiète Mathilde.

– Début trentaine.

Léa laisse tomber son pavé comme s'il n'y avait rien de plus normal pour une femme de quarante-trois ans que de fréquenter les gars de trente ans. Mathilde la dévisage comme s'il s'agissait d'une extraterrestre. De votre côté, vous imaginez Léa avec son jeune vice-président bon chic bon genre. Toutes les contrariétés de la trentaine vous reviennent d'un coup à la mémoire :

la bataille féroce des jeunes loups pour le pouvoir; les compromis, les concessions, les capitulations et renoncements de toutes sortes pour protéger ses faibles acquis; la vie intime, la famille, la tendresse, l'amour à la sauvette entre le boulot, le banquier, les courses, les bouchons de la circulation et la garderie… Non, vraiment, quelle femme lucide de plus de quarante ans pourrait seulement avoir envie de revivre cela?

Vous posez votre verre, le regard perdu, loin, dix ans en arrière. Le visage accablé de Simon traverse votre horizon. Une moue ennuyée doit barrer votre visage. Léa se tourne vers vous.

– Mais on n'est pas ici pour parler de moi. C'est toi, Anne, qui ne vas pas bien, il paraît?

Vous tentez de chasser de votre visage toute trace de lassitude.

– Oh! Je n'avais pas le moral ce midi, mais ça va mieux maintenant.

Les copines fichent leur regard sur vous. Elles exigent l'aveu immédiat. Vous ne pourrez pas longtemps jouer au chat et à la souris avec elles, semblent-elles affirmer. Traquée, vous craquez.

– Franchement, dites-vous en soupirant, vous trouvez que j'ai l'air d'une mal baisée?

Elles sont gentilles. Elles ne s'appesantissent pas sur le fait que vous éloignez délibérément tout homme de votre vie. Depuis trois ans!

– Qu'est-ce qui te prend tout à coup? demande Mathilde.

– C'est pas trop tôt, coupe Léa. Une femme a besoin de séduire.

– T'es pas bien, là? interroge Claude. Tu manges quand t'as faim, tu loues le film que tu veux, tu laisses traîner ou tu ramasses ce que t'as envie de voir traîner ou de ramasser. Pas de harcèlement pour faire trempette, pas de séances de hockey devant la télé, pas de scènes déplacées d'une ex jalouse, ni de belles-filles ou de beaux-fils encombrants!

— Pas de tendresse non plus, ajoutez-vous en soupirant encore.

— La tendresse? Les gars font la queue dans les bars pour en donner, de la tendresse! Y a qu'à lever le doigt!

Vous jetez à Léa un regard implorant.

— Justement, je ne sais plus comment lever le doigt, on dirait.

Léa devient fébrile tout à coup. Elle fouille dans son sac et en sort un tout petit paquet, qu'elle vous tend.

— Eh bien, on peut dire que mon cadeau va tomber pile!

— Ce n'est pas mon anniversaire! Qu'est-ce que c'est?

— Un petit rien qui pourrait changer ta vie.

Vous voudriez les faire languir un peu. Elles ne sont même pas anxieuses. Elles comptent sur votre curiosité et elles ont bien raison. Vous retirez l'emballage. Sous le papier, une boîte d'allumettes. Vous agitez la boîte près de votre oreille.

— C'est incendiaire?

Léa arbore un sourire inquiétant. Vous faites glisser la boîte dans le manchon de carton. Il y a une coupure de journal dedans.

— Faut lire à voix haute.

Amusée, vous dépliez le bout de papier et vous vous prêtez de bon cœur à la plaisanterie. Tandis que vous lisez, Léa fredonne un air langoureux. Vous prenez une voix chaude et théâtrale pour déclamer : «Gueule acceptable, corps à l'avenant, 48 ans, libre, transparent, ex-macho converti, serein et paisible, cherche compagne pour partager joies et peines, vivre magie et émerveillement. Droguées, alcoolos, aventurières, s.v.p. explorez d'autres sentiers.»

Tout le monde éclate de rire, et c'est dans ce joyeux brouhaha que le garçon dépose vos plats devant vous. Quand Léa a fini de le taquiner et qu'il s'est enfin retiré, vous lancez à votre amie un regard sceptique.

– Tu ne t'attends pas sérieusement à ce que je donne suite ?

– Ça te ferait au moins quelque chose à raconter, plaide Mathilde. Tu es toujours dans tes livres !

Mathilde comprend mal ce besoin que vous éprouvez de vous réfugier dans les livres. Vous jureriez qu'elle vous en veut depuis l'école secondaire de repousser jeux et sorties, sous prétexte de terminer une lecture.

– Les livres, au moins, ils ne te trahissent pas, vous justifiez-vous.

– À mon avis, tranche Léa, cela reste à prouver. De toute manière, pour la baise, on fait mieux.

La facilité avec laquelle Léa tombe dans la vulgarité vous stupéfie chaque fois. Comment une femme aussi raffinée peut-elle s'exprimer avec tant de relâchement ? Comme si elle lisait dans vos pensées, Léa ajoute :

– Voilà ce qui manque à ta vie, ma belle. Un soupçon de vulgarité.

– Eh bien, coupe Mathilde avec un bel enthousiasme, cette question étant réglée, si je vous racontais la dernière de Roger ? Il est vraiment impayable !

Roger, c'est son sujet de prédilection, à Mathilde. Il y a bien vingt ans qu'elle parle de lui avec le même mélange d'incrédulité et d'admiration. Ce n'est pas qu'il soit particulièrement beau garçon, mais il faut reconnaître qu'il a un genre. Rien à voir avec le joueur de football ni la gueule de cinéma. Il fait plutôt petit et fragile comme gars, mais il a un humour à faire blêmir Oncle Georges. Aucune femme ne peut résister à cela.

Pour connaître dans le détail «la dernière de Roger», il faudra repasser. Vous n'êtes pas là. Enfin, pas tout à fait là. Vous êtes en retard de deux phrases au moins. Mathilde raconte avec énergie et enthousiasme une histoire de gars totalement à côté de ses pompes, seulement vous vous perdez dans les détails. Vous essayez bien de rattraper le fil, mais vous n'y parvenez pas. Parce que Mathilde raffole des récits en abyme, alors que vous détestez cela. Mais aussi parce que vous avez des distractions : par exemple, cette paire de jambes allongées de travers dans l'allée. A-t-on idée de laisser ses jambes étendues comme cela dans l'allée d'un restaurant ?

Mathilde s'interrompt brusquement. Son silence vous fait lever les yeux. Un voile d'irritation brouille son regard.

— Tu ne m'écoutes pas, vous reproche-t-elle.

— Si, si… Enfin, pourquoi est-ce que personne ne lui dit, à ce gars ?

Les filles se tournent d'un bloc vers votre voisin de table, qui n'a pas l'air de s'émouvoir de l'attention dont il est tout à coup l'objet.

— Qu'est-ce qu'il a, ce type ? demande Mathilde.

– Tu ne vois pas qu'il bloque le chemin?

Le visage incrédule de Mathilde fait quelques allers-retours de la nonchalance du voisin à votre condamnation sans appel.

– Tu butes contre des détails des fois! finit-elle par s'exclamer.

– C'est dangereux.

– T'inquiète pas, intervient Claude. Les serveurs vont l'avertir, si c'est dangereux.

– Bien! Si vous avez envie de recevoir le plat du jour par la tête, c'est bon. Poursuis ton histoire, Mathilde.

Mais Mathilde se renfrogne. Une mèche rebelle lui barre le front. Elle fait la moue.

– Plus le goût.

– Oh non! proteste Claude. Ça m'intéresse, moi, les histoires de gars qui se mettent les pieds dans les plats!

– Tu fais la tête? demandez-vous, sur un ton que vous croyez être celui de l'excuse.

– Je fais pas la tête. J'ai plus envie, c'est tout. Pourquoi t'es si agressive?

Vous n'en revenez pas. Cette histoire va se tourner contre vous!

– Je suis agressive, moi?

– Tu ne te vois pas! s'indigne Mathilde.

– Ah non! Pas toi aussi! gémissez-vous. Tu ne vas pas me parler de mon langage non verbal!

– Qui a osé? poursuit Mathilde avec l'entêtement d'un chien ayant flairé une piste intéressante.

– Laisse tomber.

– Pas question! Raconte! Qui t'a parlé de ton non-verbal? Je l'admire déjà! On le connaît?

– Pourquoi «le»? demandez-vous. Qu'est-ce que tu vas inventer encore?

– Ma belle, c'est comme si je t'avais tricotée. Je parierais qu'il avait les pieds dans l'allée, ton bonhomme!

Là, elle vous coupe le souffle, la Mathilde.

Vous rentrez chez vous chargée comme un baudet. Qu'à cela ne tienne, pour vous l'arrêt devant le casier postal du rez-de-chaussée est un impératif. Vous déposez votre porte-documents et vos sacs d'épicerie par terre, cherchez dans le trousseau de clés celle, minuscule, qui ouvre le coffre aux trésors, tirez la porte de la case dans le fol espoir d'y trouver autre chose que des prospectus et des comptes. Neuf fois sur dix, il n'y a rien, bien sûr. Vous reprenez vos sacs et vos clés, et filez à votre appartement. Chaque soir vous essuyez la même défaite, quand vous constatez l'absence de Martin que vous espériez attendant votre retour, accroupi devant votre porte.

Vous retirez bottes et manteau, pestant contre l'hiver qui ne finit pas, déposez vos achats dans la cuisine, lancez votre sac sur votre lit. Regard vers la table de chevet où se trouve le téléphone. Hélas, le clignotant des messages a l'électrocardiogramme à plat. Vous pressez la touche étoile dans l'ultime espoir que l'afficheur révèle un appel que Martin n'aurait pas voulu confier au répondeur. Rien. Il n'y a rien, pas même un faux numéro. En fait, hormis les coups de téléphone hebdomadaires de Chloé et de votre mère, vous recevez rarement des appels qui soient destinés à quelqu'un d'autre qu'à la maîtresse de maison. Malgré cela, c'est chaque fois pareil : vous courez au téléphone en rentrant comme d'autres allument la télé, dans le vain espoir de ne pas vous trouver tout à fait seule. Vous n'auriez jamais cru avouer une telle chose un jour, mais il y a des fois où le silence est si lourd à porter que même les chicanes d'enfants vous manquent. Chaque jour, le même vide. Depuis trois ans. Personne à qui dire tendrement en rentrant à la maison : salut-ça-va-comment-s'est-passée-ta-journée-j'ai-pensé-à-toi-ce-midi… Pour tout accueil, le silence épineux des cactus et le reproche muet des coléus que vous avez oublié d'arroser.

Pour ce qui est du courrier, cependant, aujourd'hui est un jour faste. Un carton vous avise qu'un colis vous attend au bureau de poste. Un colis ! Et le bureau de poste qui est fermé à cette heure ! Il faudra attendre jusqu'à demain. Du temps de Simon, il y avait toujours quelqu'un à la maison pour recevoir les colis… Vous repoussez aussitôt ce relent nostalgique. Il y avait aussi une foule d'inconvénients à ce que le cabinet de dentiste de Simon soit attenant à la maison. L'un de ceux qui vous écorchaient le plus les nerfs était justement de n'être jamais seule à la maison. Passez donc à autre chose ! Vous n'allez quand même pas vous gâcher le plaisir de savoir qu'un paquet vous attend quelque part. Ce sont probablement des manuscrits du comité de lecture, un répertoire de l'Union des écrivains ou un quelconque catalogue, mais peu importe : tant que vous n'avez pas la preuve du contraire, rien ne vous empêche d'imaginer mieux.

Alors, tandis que vous enveloppez un filet de saumon dans une feuille d'aluminium, vous rêvez. Vous imaginez ce colis et sa suite entrant dans votre vie avec la pompe et l'exotisme des princes de votre enfance. Accourant de royaumes lointains, ils délivraient êtres et objets des mauvais sorts qu'on leur avait jetés. Ainsi, le vin se remettait-il à couler d'abondance du puits qui ne donnait même plus d'eau; l'arbre qui s'étiolait portait de nouveau des fruits d'or; et s'éveillait enfin la princesse endormie depuis un siècle dans la grande salle du château. Bien entendu, vous modernisez le conte, vous l'adaptez à vos besoins, à vos vides, à vos manques. Le héros prend des allures de professionnel dans la cinquantaine. Il vous a remarquée dans la foule grise et anonyme où vous avez, sans le savoir, mis une touche de couleur dans sa journée. Il vous aurait abordée franchement, s'il n'avait pas craint de vous choquer. De nos jours, les femmes sont tellement sur la défensive et le mot «harcèlement», bien vite crié. Comment, sans risquer de vous froisser, vous faire savoir le charme que vous opérez sur lui? Il a trouvé ce moyen : un colis énigmatique, témoignage du trouble ravissant dans lequel vous l'avez jeté. N'est-il pas assez charmant?

Faut-il que votre vie soit terne pour que vous rêvassiez encore de la sorte à votre âge! Chez vous, l'imaginaire est un organe hypertrophié qui carbure à cent à l'heure, vingt-quatre heures sur vingt-quatre, sept jours sur sept. Quand il s'épuise, votre esprit tombe en rêverie, ce qui constitue une autre manière de réinventer votre vie. Il y a dans un classeur de votre bureau assez d'idées pour vous river au clavier de votre ordinateur pendant deux cents ans. Cet innocent petit carton vous donne suffisamment d'énergie pour écrire encore ce soir, après la longue journée de travail. Vous restez éveillée passé minuit pour travailler à ce roman qu'il vous tarde d'avoir derrière vous.

La nuit calme les esprits. Au matin, les yeux petits, le poignet endolori, vous redescendez sur terre. Le carton qui vous nargue dans l'entrée ne représente plus qu'un détour à ajouter aux courses de la journée. Au fond, vous vous doutez bien de ce que signifie cet avis. Il vous apporte une réponse que vous ne voulez pas recevoir. Attristée par cette intuition, vous enfilez les perles de la routine matinale avec passablement moins de légèreté que vous n'écriviez la veille au soir. Une fois le cours donné, la banque soulagée des derniers billets traînant dans votre compte, le nettoyeur chargé de votre unique tailleur, vous vous présentez au bureau de poste. File d'attente, cirque administratif des pièces d'identité et de l'accusé de réception. Vous tenez enfin le colis dans vos mains. Ce colis que vous auriez préféré ne pas recevoir. Il est bien de l'Éditeur. C'est votre manuscrit qu'on vous retourne. Vous en avez la certitude au poids du paquet. Les manuscrits du comité de lecture des collections pour enfants ne pèsent jamais autant. Vous vous précipitez vers la voiture pour ne pas éclater en sanglots au beau milieu du bureau de poste. Vous n'ouvrirez ce paquet qu'à l'abri d'un cocon. Le dernier espoir, c'est qu'on vous le retourne pour que vous y apportiez des corrections. Vous savez bien, pourtant, que vous vous racontez encore une histoire. On vous aurait téléphoné, on aurait pris rendez-vous pour en discuter. Mais vous écartez encore résolument l'hypothèse du refus pour vous donner le courage de vous rendre à la voiture, d'insérer la bonne clé dans la serrure, de tirer la poignée, de vous faufiler entre le siège et le volant avec votre paquet. Vous refermez la portière, faites démarrer le moteur pour gagner encore un peu de temps, puis vous déchirez l'enveloppe matelassée. Vous refusez de vous laisser abattre, tant que vous n'aurez pas déplié la lettre d'accompagnement et lu sa dernière phrase assassine. La lettre n'est même pas sous enveloppe, mais posée à plat sur le manuscrit. (Là aussi, les restrictions budgétaires…) Vous tentez de ne pas enregistrer ce que voient vos yeux ; pas encore. Vous regardez dessous, des fois que ce manuscrit serait celui d'un autre, mais non, il s'agit bien du vôtre. La lettre finit par : «Nous ne publierons pas ce texte.» On ne vous remercie même pas de l'avoir soumis.

Après tout, ce n'est jamais que le premier manuscrit qu'on vous refuse. Tant d'auteurs s'en sont fait retourner une demi-douzaine, voire plus, avant que paraisse leur premier livre. Vous pouvez au moins vous consoler qu'on publie vos textes pour enfants. Accordez-vous une petite heure de deuil, au pire une soirée. Puis ressaisissez-vous, que diable ! Retroussez vos manches et continuez à travailler ce roman jeunesse dont la recherche est complétée et l'écriture, largement entamée. Il ne faut jamais rester sur un échec.

Vous lancez avec détermination le manuscrit refusé sur la banquette arrière et enfoncez l'accélérateur. La voiture quitte par bonds le stationnement de la Poste et s'engage sur un boulevard bouché par la circulation. Décidément, rien ne va aujourd'hui. Autour de vous, on klaxonne, on s'impatiente. Vous abaissez le dossier du siège d'un cran, rajustez le rétroviseur, augmentez le volume de la radio. Vous ne vous battrez pas contre la circulation, c'est une question de principe. S'énerver s'avère épuisant. Vous préférez économiser votre énergie et réfléchir à la manière dont vous abordez le roman en cours. Ce qu'il y a de déplaisant avec les manuscrits refusés, c'est qu'on ne prend pas la peine de vous dire ce qui ne va pas avec votre histoire. Il faut trouver ça tout seul. Comment apprendre de ses erreurs dans ces conditions? Stop! Foin des jérémiades! Ne doutez pas de vous. «C'est en forgeant qu'on devient forgeron», dit le dicton. Eh bien, forgez!

Ce n'est pas que vous manquiez de bonne volonté, mais l'ordinateur refuse sa complicité lorsque, rentrée à la maison, vous vous mettez à l'œuvre. Vous ne pourrez pas liquider ce deuil aussi rapidement que vous l'auriez souhaité. Vous décidez de vous octroyer une soirée de congé. Vous irez au restaurant, puis au cinéma. Il n'y a rien comme les histoires des autres pour décongestionner votre traitement de texte.

Chez *Mauve*, on vous fait attendre. Vous croyez que c'est enfin votre tour, mais le couple arrivé après vous avait réservé. Finalement, le garçon vous attribue une petite table cachée tout au fond. Pouvez-vous imaginer un instant qu'une Léa, dînant seule, soit coincée derrière une plante en pot sur le chemin des toilettes? À l'époque de Simon, même lorsque vous sortiez seule, vous n'aviez pas à subir cette forme de mépris. Il devait émaner de vous une certaine assurance, quelque chose qui commandait le respect. Vous étiez alors une femme crédible. Vous ne l'êtes plus. Simon a fait de vous une femme jetée. Cela doit se lire dans votre attitude. Vous ne voyez que cela…

Vous détestez l'apitoiement. Devant l'adversité, vous préférez constater l'état des lieux et retrousser vos manches. Les cartes ont été redistribuées, voilà la nouvelle donne. Le départ de Simon a coïncidé avec le départ de votre aînée? Soit. Vous qui avez toujours été la fille de, la femme de, la mère de, vous voilà rendue à vous-même. Il faut donc vous redéfinir. Qui est-on quand on a passé sa vie à se définir en fonction de ses proches? La vie vous offre une formidable occasion de répondre à cette question essentielle. N'est-ce pas un cadeau qu'elle vous fait?

Croquant dans un bâtonnet Grissol, vous réfléchissez à votre situation. Petit à petit, à force de vivre seule et de vous consacrer à votre travail, vous avez pris sans vous en rendre compte un autre rythme. Vous faites désormais les choses d'une manière différente. Une manière qui accorde de moins en moins la priorité aux autres et davantage à vous. Vous vous êtes créé de nouvelles habitudes. Des habitudes de vieille fille. C'est cela : vous êtes devenue une vieille fille. Une personne un peu sèche, un tantinet sauvage, pratiquement autosuffisante, vite agacée lorsque ses habitudes sont bousculées. Cela doit se sentir autour de vous. Partout cette odeur de naphtaline et de bonbon à l'anis. Jusque dans vos romans qui vous sont renvoyés : des manuscrits de vieille fille.

Vous devez sortir de là, c'est clair. Les copines ont raison : ça vous prend un homme. Vous avez suffisamment macéré dans le vinaigre, votre deuil est fait. Suffit! Vous êtes encore jeune et désirable, c'est le temps où jamais de réorienter votre vie.

Cette résolution prise, le plus facile reste à faire, croyez-vous. En effet, si vous vous fiez à votre expérience passée, ce dossier devrait être réglé d'ici quelques semaines. La séduction n'était-elle pas votre matière forte avant Simon? En y mettant un peu du vôtre, il ne devrait pas être trop difficile de camoufler «des ans l'irréparable outrage» et de renouer avec les plaisirs de la séduction. Levant discrètement votre verre à vous-même, vous déclarez ouverte la saison de la chasse aux hommes. Au bout du compte, vous n'aurez pas tout à fait perdu votre temps ce soir.

Depuis deux semaines, vous ne posiez plus le même regard sur les gens. Ragaillardie, vous vous sentiez l'âme d'une conquérante. Le monde s'ouvrait devant vous et, vous le pressentiez, rien ne vous serait refusé. Vous vous saviez belle, généreuse, capable de tenir le monde dans vos bras tant vous avez d'amour à offrir. Aucun homme ne résisterait à cela.

Voilà du moins ce que vous pensiez jusqu'à aujourd'hui. Il apparaît clairement ce matin que vous allez devoir rectifier le tir. Vos regards appuyés, vos sourires engageants, vos modes de prise de contact : rien ne va plus, il faut bien le reconnaître. Vous vous faites l'effet d'une matante qui veut avoir l'air dans le coup et se ridiculise à force d'en mettre. Tout sonne faux. Les vieux réflexes ne sont d'aucun secours. Vous vous sentez complètement larguée. Le monde a beaucoup changé en vingt ans, à commencer par vous. Voilà ce dont témoigne crûment votre miroir. Votre âme paraît sans doute éternelle, mais la vie a taxé votre corps. Le «médium étant le message», c'est clair, votre propos ne passe plus. Une vague de découragement noie vos côtes. Le contrat s'annonce énorme. Dieu que vous étiez bien dans votre cocon, il y a à peine quinze jours !

Comme vous remontez le temps pour retrouver l'innocence originelle dont on vous a fait émerger malgré vous, le sourire de l'homme au sucre se plante dans vos souvenirs. Celui-là, il ne l'emportera pas au paradis, si jamais il croise de nouveau votre route. Curieusement cependant, vous n'arrivez pas à lui en vouloir longtemps. Ce sont précisément les sentiments qu'il a fait naître qui vous donnent envie de sortir du marasme. Vous revoyez vos doigts tourner la page du livre dans la musique du corps tendu vers l'étranger. N'était-ce pas agréable de renouer avec le désir ?

Mais quel chemin à parcourir avant d'en arriver à revivre cela sur demande ! Vos minauderies des dernières semaines sont là pour le prouver : si vous comptez sur le hasard pour revivre de pareils moments, vous risquez fort d'avoir à solliciter les nonagénaires d'ici à ce que votre bonne étoile vous rattrape. Il faut donc revoir votre stratégie. Par où commencer ?

Vous inspectez votre garde-robe avec inquiétude. Que révèlent-ils de vous, ces vêtements ? Vous n'en savez rien du tout. Vous ne vous êtes jamais posé ce genre de question. Vous vous êtes toujours vêtue d'abord pour vous sentir à l'aise. Parce que vous étiez toujours à quatre pattes avec les enfants, vous n'aimiez pas les vêtements qui serrent de trop près. Vous avez donc adopté le genre jupe longue et chandail. D'ailleurs, vous trouviez cela très féminin, ces jupes qui flottaient, légères, autour de vous. Et c'était si adorable quand Chloé s'enroulait dans les pans de tissu pour échapper aux taquineries de son frère… Oui, ils étaient confortables, ces vêtements. C'est sans doute pourquoi la sonnette d'alarme n'a pas retenti, lorsque vous vous êtes mise à engraisser. Le verdict de votre miroir est tranchant : vous avez des kilos à perdre. Hélas, voilà la réalité !

Pourquoi tout ce chambardement ? Quelle est cette lubie, tout à coup, de mettre un homme dans votre vie ? Quelle folie, surtout, de vouloir changer pour que se produise une rencontre avec, oh ! même pas l'homme de vos rêves, vous n'en demandez pas tant ; juste un homme agréable, bon vivant, qui saurait vous regarder comme si vous étiez unique. N'avez-vous pas mieux à faire ? Après tout, si quelque chose doit changer dans votre vie, que les dieux s'assument et jouent leur rôle. Vous avez mis tant d'énergie à vous recréer un univers cohérent et satisfaisant depuis le départ de Simon. Pourquoi faudrait-il mettre cela en péril parce qu'un jeune homme en déficit de sexe vous a fait un clin d'œil dans un café ?

Pour un peu, vous remettriez vos intentions au placard et retrouveriez le confort de vos pantoufles. Seulement une voix intérieure vous asticote. Avez-vous vraiment l'intention de finir vos jours cloîtrée ? Avez-vous vraiment mis à tout jamais une croix sur l'amour ? Non ? Alors, faites quelque chose. N'importe quoi, mais pour l'amour, sortez de votre isolement.

Vous décidez d'offrir une dernière chance au hasard. Tout le jour, vous vous exposez au destin : au café, entre les rayons de la librairie, devant les vitrines des magasins, dans la file au cinéma, dans la section non-fumeurs au restaurant, sur un banc de parc à deux rues de chez vous où vous êtes seule à braver le froid. Vous avez beau distribuer sourires et encouragements de toutes sortes, personne ne vous aborde. Personne ne soutient même votre regard. Vous ne prenez pas plus de place en ville qu'une brindille ensevelie sous un mètre de neige.

Vous rentrez chez vous. Le parfum du thé au jasmin et la guitare de Clapton vous réchauffent. Il fait nuit déjà. Vous allumez la lampe sur le secrétaire. Cela fait un rond de lumière jaune sur la table, laissant le reste de la pièce dans la pénombre. Une branche gratte contre le mur de la maison tandis que vous vous installez. Vous aimez ce bruit, comme la présence d'un amant mystérieux qui murmurerait des douceurs à votre oreille.

Depuis des jours, le cadeau de Léa vous nargue. La coupure de journal vous brûle les doigts. Vous riez de vous à l'idée d'écrire à ce «Gueule acceptable». Vous jouez avec cette idée comme le chat avec la souris. Vous observez la coupure de loin, feignant de vous occuper à autre chose, puis vous jetez brusquement la patte dessus, la retenez sous votre souffle dans vous ne savez trop quel fol espoir. Vous la repoussez encore et vous en désintéressez un temps, avant que tout ne recommence dans un remous constant. Vous vous moquez de vous qui désirez la proximité de l'homme, la chaleur de l'homme, la reconnaissance de l'homme, mais qui n'êtes pas prête à en payer le prix. Ces tergiversations, est-ce assez ridicule à votre âge!

Pour en finir avec cette histoire, vous étalez devant vous le bout de papier. Vous passez plusieurs fois la main dessus pour le défroisser. Vous vous penchez sur les mots avec une curiosité mêlée de crainte et de désir. Avec une certaine gêne aussi. Vous ne pensiez jamais devoir en arriver là. Mais ne cédez pas déjà au découragement. Derrière ces mots, il y a des esseulés qui rêvent de conjuguer leur vie au pluriel. Plutôt que de se plaindre, ils agissent. C'est désormais la manière de se rencontrer ? C'est entré dans les mœurs ? Soit ! Allons-y, puisqu'il faut passer par là. Quand on doit gérer son temps de façon aussi stricte que l'exige la vie moderne, il n'est que logique de prendre les moyens nécessaires pour encadrer les besoins du cœur comme le reste.

Vous encerclez l'annonce de Gueule acceptable d'un trait gras de crayon rouge. Voilà, c'est lui. Vous vous penchez sur les mots comme sur un message codé. Vous les lisez et les relisez pour vous en imprégner. Vous tentez d'entrer dans leur intimité. Vous cherchez à leur faire dire même ce qu'ils taisent. Déjà, vous croyez deviner cet homme. Vous éprouvez presque de la tendresse pour celui qui tente de trouver son chemin vers celle qu'il aimerait aimer. Vous vous sentez proche de lui. Cela vient… Les mots que vous cherchiez commencent à vibrer en vous. Vous éloignez la coupure pour vous recueillir, pour reconnaître le rythme et les sons qui s'imposent, ceux qui conviennent à cet homme, à celui-là entre tous – du moins à ce que vous croyez savoir de lui. Une grande partie de la nuit, vous écrivez. Cela demande du temps, de trouver les mots justes, porteurs d'espoir, ceux qui n'en disent pas trop tout en racontant assez. Vous vous endormez finalement sur la page quelques heures avant l'aube. Dans la colonne «homme cherche femme» d'un morceau de journal, votre plume coule au milieu d'une cible rouge.

Cher «Gueule acceptable»,
Ni trop belle ni trop moche, 41 ans, libre, féministe assagie, tendance zen, a vu sa méditation

troublée récemment par votre petite annonce. Je sympathise d'emblée avec qui prétend s'y entendre en magie et en émerveillement.

Comme vous, apparemment, j'ai depuis un moment réglé leurs comptes à mes fantômes. Frappée de sérénité précoce, je vis donc en paix. Désireuse de vivre les joies comme les peines (je prétends qu'étouffer celles-ci empêche de vivre pleinement celles-là), je suis capable, la plupart du temps, de débusquer le meilleur sous le pire. Je préfère les randonnées en forêt à la tournée des bars, la lecture d'un roman aux soirées de gala. Il me semble encore que rien ne bat un bon disque devant un feu dans l'âtre, une histoire lue à voix haute en famille, un souper gourmand entre amis. Les sports sont vraiment ma matière forte. Je pratique notamment le tourner des pages de livres, le croisement de jambes au cinéma, le «step» du bout des doigts sur un clavier d'ordinateur. Il m'arrive aussi de marcher longuement ou de rêver paresseusement sur l'eau entre deux longueurs de piscine. Enfin, je ne suis ni droguée, ni alcoolo, ni aventurière, je vous rassure. Seulement un peu accro de l'écriture.

Je vous cède la parole, ne sachant si mes mots auront titillé votre curiosité. Si vous n'avez pas envie de répondre à ma lettre, je vous remercie du moins de m'avoir offert l'occasion de l'écrire.

Anne

Au réveil, vous préférez ne pas vous relire. Vous léchez le rabat de l'enveloppe, le repliez, appuyez une main ferme dessus. L'enveloppe cachetée repose devant vous sur la table. Sous votre main s'obstine un silence, une résistance, un «non pas encore». Soudain, un fléchissement. Les doigts se soulèvent. Prêts à se refermer sur la lettre, ils créent cependant une ouverture. Vous observez votre main. Elle est curieuse, cette main. Elle fait semblant de se demander si l'enveloppe se trouve toujours là. Elle le sait bien, pourtant, qu'elle y est. Avec ce drôle de nom, «Gueule acceptable», écrit en lettres moulées juste au-dessus d'un numéro de case postale. Un nom qui n'en est pas un. Une adresse anonyme. Tout cela paraît acquis. Ce qu'elle veut savoir, la main, c'est ce qui se passera si elle libère l'enveloppe. Peut-elle le savoir sans prendre de risques?

Vous avez une petite pensée pour l'homme au sucre, pour les copines, pour la femme jetée que vous ne voulez plus être. L'enveloppe brûle votre paume. Vous soupirez. Subitement, tout se déroule très vite. L'enveloppe passe de la table à la poche de votre veste, puis de la poche à votre main et de la main au comptoir postal.

– Veuillez indiquer l'adresse de retour sur l'enveloppe, s'il vous plaît, madame.

Vous n'aviez pas pensé à cela. C'était un jeu, cette missive, une douce folie, un clin d'œil au hasard, une bouteille à la mer, un cri lancé dans un gouffre de silence. Pas une lettre à laquelle on répond! Le drôle de postier regarde la drôle de bonne femme, ébahie qu'on lui demande autre chose que le coût du timbre, hésitant à laisser partir l'enveloppe, refusant net de livrer quoi que ce soit d'aussi personnel qu'une adresse. Il prend son temps, le postier. Les postiers ont d'ordinaire tout leur temps. Cela vous a toujours exaspérée.

Pour une fois, vous leur en savez gré. Celui-là ne fait même pas semblant de s'occuper à autre chose. Il supporte patiemment votre délivrance. Au bout d'un moment, vous voyant torturée, il propose une case postale. Une percée de soleil inattendue dans la brume. Une case postale, oui, voilà ce qui convient à celle qui lance des appels au secours et craint qu'on lui réponde.

Vous rentrez chez vous épuisée, le ventre vide. La folie dont vous venez d'accoucher a désormais une vie propre. Vous n'avez plus de pouvoir sur elle. Vos mains usent leur inquiétude sur le quotidien, entre cuisine et lessive, entre préparation de cours et traduction. Votre nuit se ferme sur une misérable case postale, cubicule de métal anonyme et insensé, voué à ne recevoir qu'une seule lettre qui probablement ne viendra pas ; ou qui, si elle trouve son chemin jusqu'à vous, sera décevante, étrangère à votre désir. Vous vous surprenez à rêver d'une case remplie d'enveloppes déversant leur flot de chaleur, de tendresse, d'espoir éthéré. Parmi elles, celles de l'homme au sucre. C'est un rêve extra-ordinairement sollicitant.

De manière imprévisible, n'en pouvant plus d'attendre passivement que les dieux s'occupent de votre cas, à l'heure du déjeuner, vous téléphonez au journal et placez vous-même une annonce. Peut-être les hommes de qualité laissent-ils de temps à autre errer un regard rêveur sur cette colonne le samedi matin ?

Votre folie est imprimée, noir sur blanc, sur cette coupure du journal glissée dans votre agenda depuis une semaine.

Caractère noble, esprit entreprenant, 41 ans, préférant randonnées en forêt à tournée des bars et vérité massue à circonlocutions mielleuses, ayant don pour la sérénité, cherche compagnon de tendresse. Écrire à C.P...

Ce sont vos mots. Ceux que vous avez lancés, il y a huit jours, comme on jette un tronc au-dessus d'un ruisseau qui barre le chemin. Vous vous étiez juré de n'en toucher mot à personne, mais cela a été plus fort que vous dimanche, alors que vous déjeuniez avec Chloé rue Saint-Denis. Au bout de vingt minutes, vous lui avez tout raconté.

— Tu crois que j'ai fait une bêtise?

Elle a l'air plus étonnée que choquée. Cela vous rassure un peu.

— D'habitude, c'est toi qui donnes les conseils...

— D'habitude, je ne me mets pas dans des situations pareilles. Qu'est-ce que tu en penses? Honnêtement.

Chloé a beaucoup souffert de votre séparation, qui a complètement bouleversé son mode de vie. Vous craignez d'en rajouter en lui indiquant que vous vous sentez prête à faire entrer en scène un autre homme. Vous observez votre belle grande rouquine de fille, tandis qu'elle rassemble les mots pour expliquer ce que votre action provoque en elle. Vous vous attendez à essuyer un flot de mises en garde teintées de reproches. Ce ne serait que naturel, étant donné les circonstances. Convaincue d'avoir à vous battre pour faire passer votre point de vue, vous préparez votre artillerie, tandis qu'elle dépose son bol de café au lait entre vous sur la table et vous regarde dans les yeux.

– Je pense qu'il est à peu près temps que tu te déniaises.

Est-elle en train de crâner? Non, elle paraît sincère. Satisfaite de son effet, Chloé vous laisse digérer l'information, puis, curieuse, elle vous lance sur les résultats.

– Il y a eu des réponses?

– Je ne sais pas.

– Comment ça, tu ne sais pas?

Vous qui chaque soir en rentrant vous précipitez sur votre courrier dans l'espoir ridicule qu'un amant imaginaire se manifeste, vous n'avez pas osé encore vérifier votre case postale.

– Je manque de courage.

– Tu veux que je t'accompagne?

La proposition de Chloé vous fouette. Voilà! Si vous n'y prenez garde, vous allez glisser insensiblement vers l'âge où les enfants se trouvent contraints de materner leurs parents. Vous n'en êtes pas là, que diable, réagissez! Elles ne vont pas vous dévorer, ces lettres. Vous déclinez l'offre de votre fille, promettant de passer voir dès le lendemain si un lecteur a été sensible à votre prose.

Vous voilà maintenant au bureau de poste à repérer la case qu'on vous a attribuée. Elle est située tout au bas du casier, ce qui vous force à vous courber pour en examiner le contenu. Ce désagrément supplémentaire était-il bien nécessaire? Vous tournez la clé dans la serrure comme si vous craigniez que la case soit piégée. Vous avez le trac. Si votre boîte se trouvait vide? Si vous n'intéressiez personne? Heureusement, vous n'êtes pas déçue. Il y a bien une douzaine d'enveloppes.

Cette fois, vous n'attendez pas de vous engouffrer dans la voiture pour décacheter votre courrier.

— Je ne m'attendais pas à ça. Je suis idiote ?

Assise par terre, adossée au divan, derrière le rideau de cheveux qui lui barre à moitié les yeux, Mathilde vous regarde, amusée. Sur la table basse entre vous, un amas d'enveloppes. Mathilde plonge la main, entremêle les enveloppes avec le plaisir de qui se trouve soudain devant l'abondance.

— Je peux pas croire que t'as fait ça.

— Ne tourne pas le fer dans la plaie, je t'en prie.

— C'est génial ! Je suis seulement surprise que t'aies eu l'audace…

Vous dévisagez Mathilde avec une indignation feinte. Elle vous prend donc pour la dernière des empotées ?

— Qu'est-ce que je fais de tout ça maintenant ?

Depuis une semaine, on vous écrit chaque jour. Une soixantaine d'enveloppes forment un petit monticule sur la table. Vous faites la moue, incertaine, hésitant entre la panique et votre détermination à renouer avec le pouvoir de séduction. Vous voyant hésiter, Mathilde prend le commandement de l'opération.

— À mon avis, faut faire un tri.

— Je me sens tellement ridicule, si tu savais ! J'en tremble en décachetant les enveloppes.

Mathilde vous lance un de ses petits regards perspicaces dont elle se fait une spécialité quand elle pense avoir une longueur d'avance sur vous dans l'appropriation des données d'un problème.

— Mettons que tu le trouves, ton gars. Tu fais quoi ?

Vous la considérez, ébahie, comme si la réponse allait de soi. Puisque vous ne semblez pas comprendre, Mathilde met les points sur les *i*.

– Tu cesses de travailler soixante heures par semaine? Tu renonces à la sacro-sainte solitude dont tu prétends avoir besoin pour écrire? Tu fais de la place pour sa brosse à dents dans ta salle de bains? Tu lui expliques pour Martin? Tu fais quoi? Tu t'es demandé quel temps tu as pour l'amour, toi? Ça dérange, l'amour, je sais pas si tu t'en souviens.

Bien qu'elle ait le mérite de camper la situation dans de nouvelles et saines perspectives, il vous semble que la façon dont Mathilde pose le problème est erronée. Ce n'est pas de l'amour, peut-être, que vous prodiguez à vos enfants? Pas de l'amour, la passion que vous mettez à enseigner et l'attention consacrée à vos étudiants? Pas de l'amour, la manière dont vous appréciez chaque minute de votre vie, présente, passée ou à venir, les canards sous votre fenêtre, le passage des saisons, vos plantes, la musique, les livres, l'écriture? Et Simon. Vous ne l'aimiez pas, peut-être, Simon? La vision de Mathilde vous paraît singulièrement réductrice. Cela vous étonne de sa part. Elle a tout de même quatre enfants… Elle devrait pourtant savoir que l'amour est polymorphe.

– Si l'amour se pointe, ne t'inquiète pas, je vais lui faire de la place.

– À mon avis, si tu veux qu'il se pointe, tu dois déjà lui faire de la place…

– Alors, tu m'aides ou tu me fais la leçon?

Vous ramassez les enveloppes et en faites un paquet. Devant vous sur la table, vous délimitez trois zones imaginaires.

– On fait trois piles : intéressant, peut-être intéressant, pas du tout intéressant. Tu crois pouvoir y
arriver ?

– Bon sang ! Je suis sûre que tu te rends même pas
compte que ta vie est palpitante !

Vous séparez le paquet en deux liasses à peu près
égales et en tendez une à Mathilde.

– Tu prends cette moitié-ci et moi celle-là…

Vous connaissez par cœur le contenu des enveloppes.
Sauf une ou deux peut-être – et encore –, aucune ne
trouve grâce à vos yeux. Seriez-vous à ce point devenue
fermée aux hommes ? Fugace, le sourire narquois de
l'homme au sucre traverse vos pensées. Il se moquerait
certainement de vous, s'il vous voyait faire. Vous vous
sentez prise d'une fureur soudaine à l'idée de voir
braqué sur vous son regard exaspérant.

Vous observez Mathilde tandis qu'elle découvre le
contenu des enveloppes. Avant même qu'elle ne passe
un commentaire, vous savez déjà ce qu'elle pense de
vos prétendants.

– T'as vu ça ? Une photocopie, même pas nette, avec
un prénom et un numéro de téléphone. Pour les petits
soins, on repassera !

– «Pas intéressant». Celui-là, regarde, il envoie sa
photo.

Dans la cuisine d'une maison de campagne, derrière
les restes d'un repas bien arrosé dont témoignent les
bouteilles de vin vides qui traînent sur la table en
formica, un homme sourit béatement à l'appareil photo
en levant son verre : cheveux longs jusqu'à mi-bras
pesant grassement sur les épaules, regard faussement
joyeux, ongles noirs.

– Hum! Pas mal, si tu aimes le genre coureur des bois.

– C'est pas ça. Regarde, il porte un jonc.

– La photo remonte peut-être à des années.

– Et son langage non verbal, à lui, il ne t'inquiète pas?

– Sa lettre?

– Pas fort.

– Alors, où est le problème? Quoi d'autre?

Sans consulter Mathilde, vous mettez deux enveloppes sur la pile «pas intéressant». Elle s'interpose. Apparemment, elle n'a pas confiance en votre jugement.

– L'un écrit de prison, précisez-vous pour justifier votre geste; l'autre, d'un hôpital pour soins prolongés. Je n'ai pas envie de jouer la bonne Samaritaine le reste de mes jours… Tu vois une objection?

– Va pour «pas intéressant».

– Seulement, je ne trouve pas ça juste. Il y a peut-être des très bons gars à l'hôpital!

– Il y a sûrement des très bons gars à l'hôpital, tu veux dire. Là n'est pas la question.

Ces lettres vous forcent à vous interroger. Elles soulèvent une foule de questions que vous n'aviez jamais pris le temps d'éclaircir pour vous-même. Le thème de la femelle qui cherche instinctivement le mâle fort et puissant, entre autres. C'est valable quand on a vingt ans et qu'on pense à faire des enfants… Mais à votre âge? Comment justifier qu'on cherche encore un cliché?

Incrédule, Mathilde déplie des feuillets de papier pelure. Le texte, écrit en mauve, est encadré de roses dessinées à la main. Vous souriez.

– Je vois que tu as découvert le petit gars fleur bleue.

– C'est pas croyable. Ça existe, des gars comme ça? Tu as vu son orthographe? Sœur Sainte-Rose-du-Crucifix en ferait une syncope!

Vous avez rarement lu style plus ampoulé que celui de cette lettre. Le pauvre garçon a dû vouloir vous en mettre plein la vue. Il s'est gargarisé de phrases en ronds de jambe, de qualificatifs superflus, de formules désuètes créant un insupportable charabia. Cette recherche de style est d'autant plus déconcertante que l'orthographe est détestable. La lecture à voix haute que fait Mathilde de cette lettre vous épargne la vue de ces écorchures. Hélas, elle ne vous protège pas des démangeaisons que vous occasionne le numéro de courbettes de cet apprenti séducteur.

– En plus, s'exclame Mathilde en interrompant sa lecture, il en a pondu douze pages! Quelqu'un devrait lui suggérer d'utiliser le téléphone pour conter fleurette…

Mathilde pose la lettre sur la table et en prend une autre, que vous connaissez bien pour l'avoir lue à quelques reprises. Vous épiez votre amie du coin de l'œil, tandis qu'elle lit.

Chère anonyme,

Il m'arrive de lire ces «petites annonces». Je n'en ai cependant pas l'habitude. En tout cas, jusqu'à aujourd'hui, je n'avais répondu à aucune d'entre elles. Perce dans la vôtre un petit quelque chose de différent, une certaine détermination peut-être.

J'ai quarante-sept ans. Je me prétends équilibré. Déterminé, j'accorde beaucoup d'importance à l'intégrité, au respect de la parole donnée. Professionnel, tout à fait autonome, j'ai des intérêts variés. Je suis divorcé depuis quelques années et j'ai la garde de mes enfants une semaine sur deux. Ni chauve ni tatoué, ni maigrichon ni colosse, je suis du genre «pas mal». Je n'ai pas les atouts du tombeur, je sais cependant me montrer attentif aux personnes qui m'entourent. Aux artifices, je préfère la simplicité et la profondeur. Je suis patient pour développer une relation. N'étant pas chasseur, je préfère apprivoiser et, si elle y consent, séduire une femme. Il m'arrive même d'être romantique. Bref, je suis prêt pour une belle histoire.

J'aimerais en savoir plus sur vous. Autant vous dire que je suis curieux et que j'apprécierais particulièrement explorer votre fameux «don pour la sérénité».

Soyez assurée de mon respect. À bientôt peut-être?

Pierre

— Si mes yeux ne me trahissent pas, il écrit au stylo plume.

— Ça m'a frappée aussi.

— Il a l'air bien.

— Tu n'as pas le sentiment qu'il est un peu trop posé?

— Oh! Madame cherche la passion… Je peux te dire quelque chose?

Vous levez sur Mathilde un regard méfiant. Vous le sentez, elle va vous assommer avec une de ses vérités accablantes.

– T'annonces pas la passion toi-même.

Votre sang ne fait qu'un tour.

– Je suis un vrai volcan !

– T'en as pas l'air. Ou alors, il est éteint, ton volcan.

Vous n'êtes pas sûre d'avoir envie de savoir de quoi vous avez l'air exactement, mais aussi bien en avoir le cœur net.

– Tu as l'air d'une fille posée.

– C'est fou, je te sens polie, là…

Mathilde vous sourit ingénument et vous tend l'enveloppe.

– Alors ? On le met où, ce Pierre ?

– Intéressant.

– Très intéressant ou peut-être intéressant ?

– Oh ! Tu me casses les pieds !

– Tu devrais dire merci. Tiens… Et celui-ci ?

– Fais voir. Ah ! Le méchant loup…

– Oh ! Un méchant loup ? Je parie que tu t'en pourlèches déjà les babines…

Vous haussez les épaules. Mathilde déplie les feuillets et se met à lire.

À la randonneuse qui se barre dans les sentiers isolés des boisés,

La quarantaine qui piétine (pour encore au moins dix ans, j'espère) à l'orée du cinquantième boisé, je me présente sous un corps acceptable malgré les incontournables érosions qu'il faut porter au compte de la pollution urbaine, certainement, car j'ai fait mes devoirs et sacrifié, chaque jour depuis des lustres, à l'autel des Montignac et autres prêtres du bodybuilding.

Dans mes coffres, des trésors : bottes de randonnée, bicyclette, raquettes, panier à pique-nique et nappe à carreaux pour les moments sentimentaux. J'ai œuvré longtemps dans la construction pour payer des études qui m'ont permis de perdre ma chemise à défendre les droits de la veuve et de l'orphelin. Aujourd'hui, je m'use les yeux et les doigts dans le journalisme d'enquête que je pratique en franc-tireur. Ça ne fait pas tinter la tirelire, mais ça m'excite les sangs. Je craque pour l'exercice de la liberté, la solitude, la nature.

Ce que je cherche est utopique, je sais, mais je ne suis pas à un moulin à vent près ! Une bonne amitié féminine dans laquelle domineraient la transparence et le respect mutuel ; une amitié honnête et virile, où chacun trouverait son compte. Ça vous dirait ? La passion amoureuse me manque. Vous croyez être capable de cela ? Ah ! J'oubliais ! Je suis un brin phallo. Question de santé. Mais vous l'aviez peut-être déjà remarqué ?

Et tant qu'à faire dans la transparence, le Loup en moi ne détesterait pas trouver son Chaperon rouge… Je vous laisse donc tout ce qu'il faut pour me trouver dans les forêts où je rôde : adresse, téléphone, télécopieur, courriel, téléavertisseur et cellulaire. N'attendez pas que grand-mère ait besoin de tartines au beurre : foncez ! Je me ferai un plaisir de vous indiquer le chemin…

Jules Leloup

P.-S. – Je préfère, et de loin, le Loup au Chien. Voyez, je suis honnête, je vous en avertis…

Mathilde vous regarde, l'œil inquisiteur, pour deviner ce que vous en pensez. Vous faites la moue.

– Un gars qui propose une amitié «virile» : je mè demande ce que Claude en dirait…

Mathilde balaie votre objection du revers de la main.

– On ne va pas trébucher sur les fleurs du tapis. Il déclare aussi qu'il se meurt de tomber amoureux de nouveau.

– Il se ronge les sangs à l'idée d'avoir bientôt cinquante ans. Tu sais ce que je pense des hommes qui ont peur de vieillir?

– Tous les hommes ont peur de vieillir! La plupart des femmes aussi, pour être honnête. Moi, ce qui m'inquiéterait si j'étais toi, c'est plutôt son côté carnivore… Remarque, c'est peut-être ce dont tu as envie, après tout. Je me trompe?

Vous farfouillez dans les piles sans répondre. Votre idée n'est pas claire sur cette question non plus. Mathilde pose sa main sur la vôtre pour arrêter cette agitation inutile.

– Tu sais ce que je crois?

Vous la regardez droit dans les yeux.

– Que je chipote et que je cherche des raisons pour ne pas les rencontrer, ces types.

Elle libère votre main.

– Au moins, tu es lucide.

– Je n'arrive pas à imaginer comment ça va se passer. Tu me vois, Rose-à-la-main cherchant Œillet-à-la-boutonnière dans la foule?

Mathilde sourit bizarrement, la tête penchée de côté. Vous lui lancez un regard suppliant. Elle redresse la tête et rassemble en pile les enveloppes rejetées.

– Pour l'instant, il s'agit seulement de te demander si tu as envie de répondre à l'un ou à l'autre de ces hommes. Ça nous en fait combien dans chaque catégorie?

Vous poussez un grand soupir.

– Deux «intéressants» et six «peut-être». Tout ça pour ça!

– C'est deux gars, peut-être huit, que t'aurais probablement pas du tout croisés autrement. C'est déjà pas mal!

Vous êtes loin de partager l'optimisme de Mathilde. Vous n'arrivez pas à décider si le jeu en vaut la chandelle.

Un vent pernicieux siffle entre les doubles fenêtres. Vous ne parvenez pas à dormir. Il y a peut-être dehors un homme, votre fils, en train de crever de faim et de froid. Cet hiver ne finira-t-il donc jamais? Vous luttez depuis un bon moment contre la folie de sortir fouiller la ville. Une nuit comme celle-ci, vous répétez-vous, Martin se sera sûrement réfugié quelque part. Mais s'il n'avait nulle part où aller? Ce doute. Comment pouvez-vous rester au chaud, à dormir, quand votre fils erre peut-être dans la froidure à chercher un abri? Toute la nuit, vous guettez à la fenêtre au cas où l'ombre frissonnante de Martin hésiterait devant votre porte.

Au début, par des temps comme celui-ci, vous rouliez inutilement en ville, espérant que votre instinct vous conduise à Martin. Les enfoncements, les entrées du métro, les abribus, les snack-bars, la réception des hôtels de passe et des maisons de chambres, le pied des monuments, les ruelles, vous avez tout fouillé. Combien de fois n'avez-vous pas passé la ville au peigne fin en quête d'un indice ? Dès que vous en aviez l'occasion, vous semiez sur votre passage des affichettes avec la photo de Martin et un numéro de téléphone. Le vent les balayait aussitôt. Pas même des cailloux blancs : des miettes de pain becquetées par les oiseaux. Avec le temps, vous vous êtes surprise à penser que vous vous contenteriez que Martin sache seulement que vous le cherchez, que vous n'avez pas baissé les bras, que vous n'avez pas jeté la serviette en disant qu'il se débrouille. Vous vouliez simplement lui faire savoir que, s'il le désirait, il pouvait compter sur vous.

Ce sont probablement des nuits comme celle-ci qui ont fini d'user votre couple. Simon était aux antipodes de votre manière de «gérer le cas de Martin», comme il disait. Il était partisan de la manière forte. Vingt fois au moins, vous l'avez empêché de faire lancer un mandat de recherche contre votre fils. Pour Simon, il suffisait de retrouver Martin et de le savonner rudement. Ce garçon entendrait forcément le bon sens et rentrerait dans le rang. «Quand on a une carie, disait-il, on n'attend pas qu'elle disparaisse toute seule. Si le plombage ne suffit pas, on fait un traitement de canal !» Vous n'étiez pas sûre de saisir toutes les implications de sa métaphore, mais vous étiez convaincue d'une chose : c'était certainement la pire façon d'aborder Martin. Agir comme cela, c'était vous assurer de perdre sa confiance et couper définitivement les ponts avec lui.

Votre fils cherche sa voie hors des sentiers que son père et vous aviez prévus pour lui, mais au moins il cherche, contrairement à d'autres qui gobent tout cru ce qu'on leur met à la bouche. Quand vous raisonnez ainsi, Simon vous arracherait les yeux. Il ne peut pas supporter, lui, d'avoir perdu le contrôle sur son fils. Pour lui, dans le meilleur des cas, Martin a compromis son avenir, s'il n'est pas irrémédiablement perdu dans l'enfer de la drogue et de la prostitution. C'est désormais certain : Martin ne deviendra pas son associé. Cela, Simon ne le lui pardonnera sans doute jamais…

Et vous ? Quels étaient vos rêves pour Martin ? L'avez-vous seulement jamais imaginé ici ou là, ailleurs que dans la vie dont il rêvait pour lui-même ? Non, vous n'aviez pas de projets définis pour lui, seulement l'assurance de le voir devenir petit à petit un homme sous vos yeux. Il a préféré échapper à ce regard. Voilà ce qui vous meurtrit. Vous n'avez pas le sentiment d'avoir mérité cela et sentez votre humeur se brouiller à l'idée que vous payez un peu pour l'intransigeance de Simon.

Lorsque vous vous couchez enfin, épuisée, courbée sur votre impuissance, l'absence d'homme dans votre vie vous taraude comme jamais. Vous auriez besoin, de temps à autre, d'oublier votre peine au creux des bras d'un amant. Au moins la solitude vous permet-elle d'agir à votre guise en ce qui concerne Martin. Sans compter qu'elle vous épargne d'avoir à essuyer la colère ou l'incompréhension d'un compagnon que vous auriez délaissé, cette nuit, pour veiller à la fenêtre dans l'attente du fils prodigue.

Le matin vous trouve plus sereine. Vous mordez dans un quartier d'orange. Les odeurs de café et de pain grillé se répandent dans la cuisine. Par la fenêtre, dans l'hiver qui fond, vous observez l'île Paton qui sort aussi d'une nuit difficile. Vous écartez l'image du fils transi et affamé. Vous prenez le parti de l'imaginer chez un ami. C'est un garçon intelligent et débrouillard. Il ne sera pas resté dehors par une telle nuit. Vous optez pour l'optimisme : Martin ne mettrait pas, au-delà de limites tolérables, sa vie en danger. Chez les voisins, de l'autre côté de la rivière, on gratte le givre des pare-brise. Dans la rue, les pneus crissent et s'enlisent. Vous vous félicitez de ne pas avoir à sortir ce matin. Malgré le manque de sommeil et l'inquiétude qui vous ronge, la douceur de cette pensée vous procure le courage d'affronter la journée.

Lorsque tombe enfin la nuit, vous êtes surprise de constater tous les fruits que le jour a permis de récolter. En plus des pages traduites et des travaux corrigés, vous avez écrit deux lettres.

Pierre,

Le genre «pas mal» me convient tout à fait. Les «sublimes» me font craindre le pire et je crierais à l'injustice devant une belle âme qui afficherait en plus un corps parfait! Pour ce qui est des chasseurs, la peste soit d'eux! Il faut constamment se méfier, se protéger… Ils sont épuisants.

La compagnie des hommes me manque. Chargée de cours, traductrice, écrivaine, je travaille surtout en solitaire. Les occasions de rencontres sont rares. La proximité des hommes m'a cependant toujours été agréable, voire indispensable; même lors des années de militantisme féministe, je n'ai pu y renoncer. Mes amies me reprochaient d'ailleurs, à l'époque, mes complicités avec l'ennemi! Comment peut-on détester les hommes quand on a un père, un frère, un conjoint, un petit d'homme qu'on a porté soi-même? Comment peut-on détester en bloc la moitié de l'humanité et prétendre du même élan construire un monde meilleur? Sachez donc que je ne demande pas mieux que d'être apprivoisée et séduite. Seulement j'ai un cœur méfiant, et jaloux du bonheur qu'il possède déjà. Vous trouverez peut-être qu'il ne se donne pas facilement. Cela ne devrait cependant pas vous rebuter, vous qui vous prétendez «patient pour établir une relation».

Genre «pas mal» signifie cinq pieds trois pouces, poids proportionné. Un faisceau de cheveux blancs dans une tignasse brune qui offre des reflets cuivrés lorsque vient l'été. Cheveux mi-courts, mi-longs, à hauteur des mâchoires. J'ai légué à ma fille les taches de rousseur que j'arborais fièrement plus jeune. Elle trouve à s'en plaindre, vous imaginez cela?

Le secret de la sérénité est simple, mais je ne vous le dirai pas tout de suite, car cela semble vous intéresser. Comme j'aimerais assez vous rencontrer, si ma lettre ne vous en a pas irrémédiablement ôté l'envie, ce serait bête de ma part de brûler tout de suite mon principal argument de vente!

Faites-moi signe, si ce programme vous intéresse.

Anne

Vous relisez cette lettre pour la douzième fois peut-être. Autour de vous, par terre, des boules de papier chiffonné. À votre grand étonnement, vous avez écrit longuement. Comme une qui n'a pas parlé depuis longtemps et qui trouve tout à coup des interlocuteurs. Vous êtes surprise d'avoir tant de choses à dire. À des étrangers en plus! Vous n'en finissez plus de vous relire et d'élaguer. Il y a tout de même des limites à se répandre comme cela. Des feuillets entiers de vos lettres disparaissent sous la censure.

Cher Loup,

Voilà bien dix ans que je fais dans les contes de fées; ne me dites pas que je vais enfin rencontrer le Loup? Méfiez-vous de moi, si vous n'avez pas la dent longue, car j'ai longtemps fréquenté lutins, ogres et sorcières. J'ai en outre de très bonnes relations chez les bûcherons qui ont fait le sort que vous savez au prédateur du Chaperon rouge. Vous voilà à votre tour prévenu!

Nous semblons avoir quelques points en commun : l'humour, l'imaginaire, les références littéraires, le goût de la solitude... Ça continue, mais j'arrête : vous allez croire que je charrie. Comme vous j'ai butiné côté travail. Je suis aussi une personne pleine de projets que la marginalité n'effraie pas, bien au contraire!

Enfin, le croirez-vous, je semble me trouver sur la même longueur d'onde que vous pour ce qui concerne les choses du cœur. Vous recherchez une «amitié virile», dites-vous. Je vous chicanerai seulement sur l'emploi du qualificatif. Je préférerais «musclée», qui serait plus juste et laisserait, à l'incorrigible féministe que je suis, l'espace pour s'exprimer. Cela dit, j'apprécie énormément la

compagnie des hommes, même «phallos», car c'est
justement ce que je cherche auprès d'eux : la si
salutaire différence.

Quant à vos références à Ésope ou de La Fontaine, soyez rassuré! À mon âge, on sait qu'un Loup
est un loup, et l'on s'est passé, depuis belle lurette,
l'envie d'en faire un chien!

Si vous en avez encore le courage, je croiserais
volontiers le fer avec vous.

Anne

Cette fois, vous mettez votre propre adresse de retour sur les enveloppes. Il faut bien assumer un jour
ses audaces.

Vous avez travaillé à la bibliothèque sans voir le
temps filer. Il est plus de vingt heures, et vous n'avez
pas encore dîné. Vous rentrez à la maison avec un
sentiment d'urgence qui n'a rien à voir avec vos obligations de la soirée. Vous n'êtes pas pressée en réalité,
à peine un peu décalée par rapport à vos habitudes;
mais ce temps perdu pour l'écriture, vous le ressentez
comme un larcin que vous commettriez contre vous-
même. Vous réchauffez au micro-ondes un reste de la
veille : le repas sera vite réglé. Vous alliez vous attabler,
lorsque le téléphone sonne.

Pierre a une voix râpeuse qui vous déconcerte un
peu. Vous notez consciencieusement ce détail comme
pour vous prémunir contre quelque chose. Il semble
mal à l'aise au téléphone, mais c'est peut-être parce que
vous avez du mal à vous concentrer sur autre chose que

sur le repas qui refroidit. Vous ne voulez paraître ni impolie ni distante et redoutez d'avoir à couper brutalement la conversation, mais il faut faire quelque chose, sans quoi la soirée va y passer. Vous vous excusez d'avoir à le bousculer et convenez d'un rendez-vous pour la semaine suivante au café.

En soirée, vous lisez la relance d'un fan d'Alexandre Jardin. Sa première lettre ne date pas de plus d'une semaine. Les lettres sont tapées à la machine. Vous reconnaissez la boule script de la vieille IBM Selectric II que vous utilisiez autrefois. Vous pensiez que plus personne ne se servait de machines à écrire depuis l'avènement du traitement de texte. Lui, si. Il a l'habitude de glisser ses feuillets dans une carte. Cette fois, il vous offre la photographie d'un sentier ensoleillé dessinant une éclaircie en coude dans une forêt de bouleaux. Il ajoute sur la carte un mot à la main faisant allusion à votre message dans le journal.

Bonjour,
Voilà sans doute le genre de sentier où vous laissez libre cours à votre don pour la sérénité. Je serais comblé de me trouver alors à vos côtés.

Les *o* de son «bonjour» sont entourés de rayons comme les soleils que dessinent les enfants. On dirait deux yeux bordés de cils épaissis au mascara qui vous regardent du haut de la page. Il a un côté adolescent, cet homme.

Chère «Caractère noble»,
J'avais très envie de cinéma aujourd'hui. J'ai donc prévu de voir deux films. Comme il y avait

plus d'une heure entre les deux, j'ai bouquiné en ville. Je suis tombé sur cette carte qui m'a fait penser à vous. Je vous ai écrit il y a déjà une semaine, et vous ne m'avez pas encore donné signe de vie. J'ai donc décidé de vous écrire de nouveau. J'espère que les hommes entreprenants ne vous rebutent pas.

C'est surtout qu'au cours de la semaine j'ai réalisé que je vous avais tutoyée dans ma première lettre. Je me suis demandé tout à coup si je n'avais pas commis là une maladresse susceptible d'ériger un mur entre nous. Ce serait dommage.

Lorsque je pense à vous, il me vient ces images du violon et de l'archet, de la plume et de l'encrier. L'un ne va pas sans l'autre. Ne ratons pas la chance de découvrir si nous pouvons nous aussi former une paire d'inséparables.

Je vous cède la parole, désireux de voir si nos deux monologues ont quelque espoir de devenir de puissants dialogues ou si vous me laisserez au contraire sombrer dans le donjon de votre mémoire. Ci-dessous, mon numéro de téléphone. J'espère que cette fois vous mordrez à la «ligne»…

Léonard

Vous vous demandez si vous pourrez survivre à tant de guimauve. Seulement vous ne voulez pour le moment écarter aucune expérience. Vous venez de traverser vingt années de sécheresse auprès d'un homme paniqué à l'idée même de former un couple, convaincu d'y aliéner son autonomie : allez-vous repousser d'emblée la possibilité de vous frotter à autre chose?

Sitôt le repas liquidé, vous vous installez à votre table de travail, sortez une pile de feuillets d'un tiroir, remplissez le réservoir de votre Mont-Blanc. Dès que vous sentez la pointe de la plume glisser sur le papier, votre fatigue s'envole. Vous écrivez jusque très avant dans la nuit.

> Léonard,
> Je n'ai absolument rien contre le tutoiement, au contraire, seulement il ne me vient pas naturellement lorsque j'écris. Je trouve le «vous» plus doux, plus musical. Pourtant, je passerai facilement au «tu» quand nous nous rencontrerons.
> Mais soyez patient, que diable! Avez-vous à ce point l'habitude que les femmes vous tombent dans les bras au premier signe pour vous affliger de ne pas avoir reçu réponse par le retour du courrier? Répondre à une lettre n'est pas si simple, surtout quand il s'agit d'une lettre galante venant d'un étranger…

Le stylo suspendu au-dessus du feuillet dans le rond de lumière jaune, vous réfléchissez au temps que vous avez mis en effet à lire et à relire les lettres de ces hommes. On croit toujours avoir compris du premier coup, et l'on s'étonne ensuite des surprises que réservent les relectures. L'intimité d'un texte requiert du temps, de la patience. Il faut permettre que s'épanouisse, par-delà ses attentes, ce que les lettres expriment vraiment, qui est toujours différent de ce que l'on voudrait y voir. Ne pas se fier au lustre des mots, repousser le rideau des apparences, saisir ce qui se dit entre les lignes, prendre conscience de ce qui ne s'y dit pas. Laisser ensuite reposer cela, afin que l'eau trouble se calme et laisse entrevoir le fond du puits. Relire encore. Tâter son âme. S'assurer que les sentiments soulevés par les premières lectures sont toujours justes.

[...] Enfin, il faut l'écrire, cette réponse... et compter avec les délais de livraison. Je vous réponds dans les six jours; ce n'est pas si mal compte tenu de toutes les embûches que comporte un tel acte...

Les lettres de Léonard vous intriguent. Il y a quelque chose d'excessif chez lui qui vous attire et vous effraie à la fois. Vous êtes capable d'excès, ce n'est pas cela qui vous gêne. Tout de même! Il écrit des lettres engageantes, alors qu'il ne vous connaît pas. Comment fera-t-il pour retirer sa mise, si vous ne lui plaisez pas lorsque vous vous rencontrerez? Si vous vous sentez proches sur le plan de l'esprit, des valeurs morales, des intérêts, rien ne garantit que vos corps entreront dans la danse! Il y a plus que ces questions d'épiderme – qui sont si importantes pourtant. Il y a tout le langage du corps, qui se trouve complètement évacué de la correspondance, mais qui «parle» si fort quand on se trouve face à face. Vous n'avez pas attendu qu'un homme au sucre vienne vous faire la leçon pour découvrir cela. Comment prévoir si tel homme sera charmé ou déçu par la façon particulière dont vous souriez, dont vous posez le regard sur certaines choses et pas sur d'autres, par votre démarche, par la façon dont vous tenez votre verre, demandez l'addition, repoussez cette mèche de cheveux qui s'obstine devant vos yeux ? Ces cheveux, justement, vos yeux, votre taille, comment seront-ils reçus par cette image qu'il a déjà, même involontairement, construite de vous ? Et votre caractère ? La noblesse ne se veut pas qu'un mot prestigieux. Elle exige son tribut de rigueur, de droiture, d'authenticité, toutes qualités difficiles à vivre.

Vous-même, que savez-vous de cet homme ? Que c'est un être enthousiaste et sensible à la beauté. Mais qu'est-ce au juste que la beauté pour lui ? Y met-il les mêmes choses que vous ? Vous connaissez un peu l'aspect loisirs de sa vie, mais justement vous ne connaissez que celui-là. Avec ce que vous possédez de renseignements, comment ne pas l'imaginer oisif, rentier ou chômeur, poète à temps plein, grand sé-ducteur de femmes ? Il est probable qu'aucune de ces images ne lui convienne, mais elles se forment en vous, elles tentent de s'imposer, suscitent des réactions qui commandent vos attitudes à son égard. Or tout cela n'est que fiction, car la réalité se trouve sans doute à des lieues de là, loin de la façon dont vous vous figurez cet homme.

[…] Si vous vous fiez à cette seule lettre, il vous est facile de croire que je suis une intarissable bavarde. Comment ne pas croire que je pérore tout le temps ?

En vérité, la plupart du temps, vous êtes quasi silen-cieuse. Vous écoutez, puis répondez avec le moins de mots possible ; des mots que vous pesez, car vous en savez le poids. À l'écrit, cela ne paraît pas. Léonard lira votre lettre d'un trait et vous imaginera volubile, à l'aise, sûre de vous, alors qu'en fait vous murmurez le plus souvent.

[…] Vous vous annoncez comme un gars sentimental, romantique. Voilà qui serait totalement dépaysant! Je ne suis guère accoutumée à cela, je ne connais pas les risques. Dites-le-moi honnêtement, comment pourrais-je sans crainte me mettre dans les pattes d'un émule d'Alexandre Jardin? Vous m'enverriez de fiévreuses lettres anonymes? Vous me donneriez des rendez-vous masqués à l'hôtel du village? Vous me suivriez partout, même après la mort? Seigneur! Léonard, vous le faites exprès pour m'inquiéter? Sachez que je n'ai connu jusqu'ici que des hommes du type attaché-caseet-agenda, qui entraient chez eux se vautrer devant la télé, des piles de documents importants grands ouverts sous les yeux. Alors, allez-y mollo, que je ne fasse pas une *overdose* dès notre première rencontre!

Ce qui nous sauve, Léonard, c'est que j'ai beaucoup d'estime pour ceux qui savent reconnaître un éléphant dans le ventre d'un boa, là où chacun s'obstine à ne voir qu'un chapeau. J'ai aussi grande envie de rencontrer quelqu'un qui soit autre chose que mon exact reflet dans le miroir.

Je m'étais promis de n'écrire que quelques lignes pour vous remercier de votre relance et pour vous dire que, si je ne mordais pas à l'hameçon tout de suite ni ne me servais de la «ligne», c'était pour vous laisser le plaisir de trouver dans votre courrier autre chose que des factures et des circulaires. Écrire est un des excès dont je me rends souvent coupable… et auquel je ne consentirais pas facilement à renoncer.

Anne

Il est près de trois heures lorsque vous terminez cette lettre. Mais quand vient le temps d'inscrire l'adresse sur l'enveloppe, vous réalisez que Léonard ne vous a laissé qu'un numéro de téléphone. Sur le coup, vous êtes furieuse contre lui. Puis, vous riez de votre impulsivité. Vous ajoutez un long post-scriptum.

P.-S. – Vous n'avez quand même pas osé nous faire cela? Voilà des heures que je m'use les yeux et les doigts, et vous n'aviez prévu qu'un coup de téléphone? Pourtant, comment aurais-je pu, autrement que par ces pages, prendre pour moi-même la mesure de ce que je voulais vous dire ou vous taire? Découvrir toutes ces choses que j'ai apprises sur moi en réfléchissant à votre lettre, au moyen d'y répondre, aux éclaircies et aux brumes qu'elle soulevait en moi? Croyez-vous que le téléphone permette cela? Le téléphone est un outil dont on se sert quand on se connaît déjà; quand on peut se figurer le regard et le sourire derrière les mots; quand on s'est apprivoisés et que l'on peut traduire les silences comme les éclats de voix. Ou alors on le prend pour commander de la pizza!

Voyez à quoi vous nous condamnez! Je vous dirai : «Bonjour, Caractère noble à l'appareil…»

Vous me répondrez quelque chose d'insipide, parce que vous aurez l'esprit ailleurs quand le téléphone sonnera; votre fille sera à côté, à écouter la radio trop fort et au mauvais poste; la soupe débordera sur la cuisinière; le camelot broiera la sonnette de l'entrée dans son impatience à se faire payer. Je ne saurai pas quoi dire, parce qu'on ne sait jamais dans ces occasions-là, et vous voudrez vous rattraper, mais ne le pourrez pas. Notre conversation prendra l'allure d'une pizza moyenne toute garnie avec olives sans anchois, et vous serez surpris que le livreur ait du retard et que nous mangions froid. Non, vraiment, tout cela serait trop cruel!

Vous téléphonerez demain pour exiger une adresse. Pour le moment, vous vous glissez sous les draps avec un petit sourire en coin, imaginant ce Léonard en train de lire vos reproches. Cela fait du bien de songer que l'on fera sourire quelqu'un. Vous dormirez mieux cette nuit.

Vous conduisez nerveusement. Vous avez beau vous répéter que ce n'est rien, que votre vie ne va pas se jouer dans la prochaine heure : reste que c'est votre premier rendez-vous. Vous avez l'impression de vous jeter dans la gueule du loup. Tout ce que votre mère vous racontait sur la sournoiserie des hommes vous serre la gorge. Vous avez la nausée, mais vous luttez contre ces manifestations du corps qui trahissent vos craintes. Vous refusez de laisser ces marottes de femme blessée vous paralyser. Vous êtes une femme intelligente ; vous savez bien que tous les hommes ne sont pas comme votre père. D'ailleurs, vous rencontrez Pierre dans un endroit public en fin d'après-midi. Que craignez-vous ? Par prudence, vous faites tout de même le tour des éventualités. À quoi ressemblera cet homme ? Serez-vous à l'aise en sa compagnie ou vous ennuierez-vous à mourir ? Comment prendrez-vous congé de lui, s'il se montrait grossier ou trop entreprenant ?

Pourtant, vous le savez déjà, cet homme ne sera ni grossier ni entreprenant. Ce que vous connaissez de lui par sa lettre et par votre brève conversation téléphonique plaide en sa faveur. Calmez-vous. Vous aurez vraisemblablement affaire à un gentleman, un homme plutôt charmant, sensible et intelligent. Comment lui-même vous jugera-t-il ? Si cet homme vous séduisait et que vous ne lui plaisiez pas ? Votre estomac se resserre à l'évocation des blessures d'amour-propre. Arrêtez donc ce jeu. Cela ne sert à rien de vous faire du mal. Laissez-vous porter par le courant. Ces élucubrations ne parviennent qu'à vous rendre confuse. D'ailleurs, vous brûlez un feu rouge et accaparez les deux voies. Un coup de klaxon enragé vous rappelle à l'ordre. Faites donc un peu attention, vous êtes un véritable danger public en ce moment. Si vous souhaitez vraiment qu'un accident vous épargne ce rendez-vous, visez au moins les lampadaires, pas les piétons !

Un peu plus, et vous regretteriez de vous être rendue à destination sans accrochage. Par-dessus le marché, c'est un comble, non seulement y a-t-il une place libre où garer la voiture, mais encore avez-vous la monnaie pour le parcomètre. Comment ne pas y voir un signe ? Vous devez rencontrer cet homme.

Quatre personnes discutent dans un joyeux brouhaha près de la fenêtre donnant sur la rue. En retrait, un homme gris, seul à une table. Cet homme ressemble si peu à l'idée que vous vous faites de Pierre que vous passez devant sans lui accorder d'attention et allez vous asseoir à proximité du groupe, à l'avant de la salle, dans la zone de clarté et de légèreté. Lorsque l'homme terne se lève et vient vers vous, vous mesurez votre méprise. Vous êtes embarrassée. Vous lui auriez dit d'emblée en entrant dans la salle : «Vous ne me plaisez pas», que vous n'auriez pas été plus claire. Vous êtes consciente de cela. Consciente aussi qu'il comprend de la même façon ce qui vient de se passer. La vie est parfois cruelle. Elle cogne comme un carambolage de billes dures contre les parois du cœur. Voilà l'image qui monte en vous, tandis que l'homme approche, affichant l'air détaché de celui qui est accoutumé à passer inaperçu. Vous notez que, bien que n'ayant pas encore échangé un mot avec lui, vous en éprouvez la certitude, cet homme ne vous plaira pas.

Pourtant, Pierre se révèle un homme doux et lucide. Il a les yeux vifs des êtres intelligents et la voix fêlée par quelque blessure. Vous vous accrochez à cette voix qui parle avec prudence. Vous aimez cela chez l'homme, ce mélange d'intelligence, de prudence, de force et de vulnérabilité. Vous pourriez aimer cette voix qui cherche à éviter les phrases toutes faites et les propos anodins. Mais comment aller tout de suite au fond des choses avec un inconnu ? Vous proposez :

— Détendons-nous.

Il sourit, de ce sourire d'autodérision assez touchant qu'on a parfois quand on s'aperçoit qu'il vaut mieux abandonner la stratégie prévue, qu'il n'y a rien d'autre à faire au fond que de se laisser porter par le courant. Seulement, le courant, aujourd'hui, ne mène pas à vos rives respectives. Vous ne vous plaisez pas vraiment. Pierre, hélas, donne l'impression d'être contraint par la loi et l'ordre. Son métier de comptable a dû déteindre sur lui. Vous vous sentez irrémédiablement refroidie par la circonspection et la mesure qui transpirent de lui. Sa vie paraît si organisée, si prévisible. À trois semaines d'un déménagement, il affirme avec fierté se trouver prêt. Sauf l'indispensable, ses effets sont déjà dans des cartons; les fournisseurs de services, prévenus; les rideaux, commandés; parents et amis disposent du changement d'adresse et de numéro de téléphone. Pour le reste, il a fait des listes et, pour être sûr de ne rien oublier, une liste des listes. Il la garde sur lui, tenez, la preuve. Vous êtes atterrée. À trois jours d'un déménagement, d'ordinaire, vous n'avez encore rien fait.

Vous n'aviez pas prévu cela. Cette manie de l'organisation, qui, pour vous, ressemble à l'antichambre de la mort, n'était pas annoncée. Vous en mettez beaucoup entre vous, de votre tempérament d'artiste, de votre bohème, de votre folie, pour éviter de succomber à ce qui était par ailleurs attirant dans la lettre : la simplicité et la profondeur, la patience pour développer une relation, le désir d'apprivoiser et de séduire. À l'heure qu'il est, ces traits chaleureux disparaissent sous des monceaux de réserve, dans une froideur calculatrice. Tandis qu'il termine sa bière, vous songez à ce que vous a dit Mathilde à propos de l'image que vous renvoyez de vous-même. Si cet homme était semblable à vous? Si l'on ne pouvait rien pressentir du volcan qui bout en lui? De toute manière, il est trop tard pour réfléchir à ces choses. Avec la douce folie dont vous venez de lui emplir la vue, vous avez certainement compromis ce qu'il aurait pu y avoir de possible entre Pierre et vous.

Vous repartez déçue, dépaysée, votre confiance en vous légèrement érodée par un je-ne-sais-quoi que vous vous trouvez en peine de définir. Un doute, peut-être, à l'égard de votre capacité de discernement. Quelque chose, aussi, ayant vaguement à voir avec les préjugés que vous ne saviez pas entretenir sur les apparences. Tout de suite, dans les premières fractions de seconde, avant même qu'il n'ouvre la bouche, Pierre ne vous plaisait pas. Il n'était pas votre type. Vous avez donc un type? Sans vous en rendre compte, vous n'aurez retenu de votre conversation que les éléments suscep- tibles de confirmer ce verdict initial. Vous n'en finissez pas de mesurer l'inconfort dans lequel vous jette cet aveu.

Vous aimez la fin d'avril : le changement saisissant du climat, les journées qui allongent, les terrasses qui s'animent, les fenêtres ouvertes sur l'intimité des maisons, les parfums prégnants qui surgissent de partout et sollicitent les sens. Le printemps fleurit enfin. Ça sent l'humus et on entend la terre s'éveiller. Le gargouillis des rigoles, les craquements de croûte terrestre dans les plates-bandes sous la poussée des fleurs hâtives, le déploiement des feuilles émergeant des bourgeons : tout cela vous porte, vous allège, vous libère.

Au marché, fermiers et horticulteurs réinvestissent un à un les étals extérieurs. Les tables ne regorgent pas encore des fruits et légumes frais qu'on y trouvera en abondance dans quelques semaines, mais il y a des légumes de serre et les produits de l'érable, surtout, qui sont si alléchants. Ne pouvant résister au rituel de l'enfance, vous achetez deux petits cœurs en sucre pour Chloé et Martin. Vous jouissez déjà du sourire qu'esquissera votre fille, quand elle apercevra cette douceur au centre de son assiette la prochaine fois qu'elle viendra manger à la maison. Quand pourrez-vous remettre le sien à Martin ?

Tandis que vous furetez autour des étalages de fleurs, tout à coup Mathilde surgit devant vous. Vous proposez un café.

– D'accord, mais pas longtemps. Roger a invité sa mère à souper et je ne sais pas encore ce que je vais servir.

Son café moka et votre cappuccino devant vous, vous abordez votre unique sujet de conversation par les temps qui courent.

– Gueule acceptable a répondu à ma lettre finalement. Il s'appelle Roland.

Comment avouer que ce prénom vous dérange ? On ne se rend pas compte à quel point ça peut affecter l'image qu'on se fait de quelqu'un, un prénom. Cela vous a choquée de connaître celui de Roland. Comme si vous aviez été brutalement propulsée dans son intimité.

– Peut-être que c'est autre chose, propose Mathilde. Il évoque quoi, pour toi, ce prénom?

– L'ennui.

Mathilde vous regarde avec l'air satisfait qu'arborait votre professeur de géométrie quand il écrivait C.Q.F.D. en grosses lettres au bout d'un théorème au tableau. Vous reculez un peu votre chaise et essuyez vos verres fumés avec un carré de tissus pour vous donner le temps de réfléchir. Pourquoi le prénom de Roland tue-t-il ce qu'il y avait en vous de curiosité pour cet homme? Incroyable comme un simple prénom peut vous faire trébucher sur un aspect de vous-même dont vous ne soupçonniez pas l'existence. Un aspect dont vous êtes loin d'être fière.

La lettre de Roland paraît un peu malhabile, c'est vrai. Pourtant un fait demeure : bien qu'il n'aime pas écrire, cet homme a pris la peine de vous répondre. Vous devriez vous sentir touchée, non? Ne dit-on pas que c'est le geste qui compte? Pourquoi faut-il que la moindre phrase mal équilibrée, un terme impropre, une faute d'orthographe provoquent immanquablement chez vous cette irritation délétère?

– Tu aurais du mal à tomber amoureuse d'un gars qui s'exprime avec difficulté.

Mathilde doit ignorer combien ses déclarations à l'emporte-pièce vous remuent, sinon elle ne balancerait pas aussi crûment ses convictions à votre sujet. Du moins préférez-vous penser qu'elle y mettrait un peu plus de douceur. Vous croit-elle snob? S'imagine-t-elle que vous le faites exprès de lever le nez sur les langues écorchées et les plumes mal taillées?

– C'est peut-être de la lucidité, continue-t-elle, tranquille, dans le concert de vos protestations.

– Quel rapport avec l'amour, la manière dont on s'exprime ?

– Ça aurait plutôt à voir avec la séduction, d'après moi.

Il est vrai que la seule perspective d'une lettre bien tournée vous fait frissonner de plaisir. Pourtant, depuis quand la stylistique a-t-elle préséance sur les qualités du cœur dans votre système de valeurs ?

– J'ai ouvert une vraie boîte de Pandore en répondant à cette annonce, moi.

– C'est certain que, tant que tu te contentais de les lire, les petites annonces ne risquaient pas de bousculer ton train-train… J'en étais à Pierre, moi. Tu as vu qui, depuis ?

Vous avez rencontré Léonard, le fan d'Alexandre Jardin. Votre tête-à-tête a chassé loin derrière l'émanation de virilité massive que vous aviez prêtée à la photo de l'homme aux verres fumés et au chapeau à large bord. Sitôt que vous l'avez vu, cette image que vous aviez construite d'un Léonard vigoureux et entreprenant a disparu. L'homme s'avérait délicat, léger, si fluet que vous pouviez quasiment voir à travers. Vous auriez soufflé dessus que votre souffle l'aurait emporté. C'est l'impression qui vous est restée. Il flottait en traversant la salle. Une plume portée par le vent.

– Bon ! Tu n'aimes pas les petits maigres. Tant mieux. Je suis tranquille pour Roger.

Votre dépit devant les petits maigres soulage peut-être Mathilde, mais il vous taraude la conscience. Comment vous avouer que vous craquez pour les costauds, alors que vous reprochez aux hommes leur prédilection pour les femmes minces ?

– C'est peut-être autre chose qui cloche.

Mathilde n'a pas tort. Des choses qui clochent, il y en a plein avec Léonard. D'abord, il fume. En outre, non seulement était-il en avance au rendez-vous, mais des roses attendaient dans un vase rempli d'eau sur la table. Vous auriez pu être touchée par le geste ; au contraire, vous avez été prodigieusement agacée. Il en avait trop fait. Sans comprendre pourquoi, vous vous êtes trouvée tendue ; surprise à lutter contre vous-même ; contre ce qui, en vous, venait de se fermer à la vue de cet homme. Vous vous trouviez injuste envers lui… Encore aujourd'hui, en revoyant la scène, vous craignez de ressembler de plus en plus à votre mère en vieillissant, et de voir votre méconnaissance des hommes se transformer insidieusement en mépris.

– Tu n'as peut-être pas envie de partager ta vie avec n'importe qui, glisse Mathilde. Tu crois que tu n'as pas le droit de choisir ?

Choisir, oui, bien sûr, mais il y a des limites aux caprices. Qui êtes-vous, vous-même, pour faire la difficile ? Mathilde vous a-t-elle bien regardée ?

– Choisir, point à la ligne, insiste-t-elle. Prendre le meilleur.

– Ou le moins pire…

– Non ! Refuser le moins pire. Prendre le meilleur ou rien du tout. Tu crois que tu ne mérites pas le meilleur ?

Il y a peut-être quelque chose comme cela chez vous, en effet. Il faudra en discuter avec votre psy.

– Il y a autre chose avec Léonard. Il est religieux : catholique pratiquant. Tu imagines ?

Mathilde vous observe, attendant la suite. Apparemment, la difficulté que vous pose cet aspect de la

77

personnalité de Léonard ne lui saute pas aux yeux. Pourtant, c'est clair, non? Cela ne va pas du tout! Cette application à bien faire les choses. Le bon garçon. Non, vous ne voulez pas de cela!

— Tu crois que les catholiques sont incapables d'exaltation? Il y a pourtant quelques superbes précédents...

Vous savez bien que cela n'a rien à voir avec la passion. Vous cherchez un homme solide qui n'ait besoin d'aucune coterie pour se soutenir devant l'angoisse existentielle. Vous êtes convaincue que la religion n'est qu'une béquille pour la plupart des gens.

— Pas de béquilles donc, conclut Mathilde, croyant en avoir terminé avec le dossier de Léonard.

— Ce n'est pas tout.

— Doux Jésus! Il y a autre chose?

En fait, vous ne le comprenez que maintenant, mais vous avez senti des dérapages dans les vérités de Léonard. Comme s'il essayait de ressembler à celui que vous auriez, selon lui, souhaité voir là. Une âme qui se noie dans sa soif d'aimer : voilà comment vous l'avez perçu.

— Et tu te fais des reproches à cause de son gabarit? T'as peut-être tout simplement eu une formidable intuition en le voyant, non? Tu prends un autre café?

— Un Perrier peut-être. Je croyais que tu étais pressée, toi?

— Je viens de décider de mettre Roger au barbecue ce soir.

Un garçon large d'épaules, dont les muscles jouent sous la chemise, vient vers vous son carnet de commandes à la main, un linge blanc plié sur l'avant-bras.

Mathilde le regarde droit dans les yeux en passant sa commande et ne le lâche plus du regard quand, après avoir noté la vôtre, il s'éloigne vers le fond du café.

– Ça donne envie de redevenir célibataire, des gars comme ça, chuchote Mathilde.

– Les bronzés me rappellent le narcissisme de Simon. Plus mon genre… Au moins, ça, c'est clair.

– Mais si ton grand amour à venir est bronzé, tu vas trouver ça mignon… On parie?

Vous reconnaissez que Mathilde n'a pas tort.

– Tu as rencontré Jules, le grand méchant loup?

Un drôle de bonhomme, celui-là. Des yeux rieurs, un enthousiasme dingue. Il pétille comme une bouteille d'Alka-Selzter qu'on viendrait de secouer. Il n'arrête pas. Littéralement! Son regard ne se pose sur rien. Ses mains virevoltent sans arrêt. Il touche à tout ce qu'il voit, il palpe, il froisse, il tripote, il goûte. Et il parle. Sans arrêt.

– En deux heures, je n'ai pas placé vingt mots.

– Il t'a plu?

Vous lancez un regard embarrassé à Mathilde, sachant d'avance qu'elle va se moquer de vous.

– Je réserve mon jugement, finissez-vous par avouer. Il a dit qu'il aimerait qu'on se revoie.

– Tu ne sais pas s'il t'a plu et tu vas donner suite?

– Sa logorrhée cache peut-être une certaine timidité.

– La chimie, ça décollait un peu?

– Tu crois qu'on sait ça tout de suite en se voyant?

– Moi, oui, en tout cas! Je sais tout de suite si un gars me plaît! Ce garçon de café, par exemple…

Vous observez un moment les allées et venues du garçon dans la salle, et admettez d'un sourire que cet homme dégage une certaine sensualité.

– Ça ne t'est jamais arrivé, demandez-vous, de rencontrer quelqu'un qui ne te dise rien de prime abord et pour qui tu craques à force de le connaître?

– La question ne se pose plus, évidemment, mais à l'époque, j'étais trop occupée avec ceux pour qui je craquais illico pour perdre mon temps à explorer du côté des autres.

– Il n'y a pas moyen de parler sérieusement avec toi, protestez-vous.

– Je peux te poser une question? Qu'est-ce que tu espères, s'il ne t'attire pas vraiment?

– …

– Par quel côté est-ce qu'il t'a touchée?

Vous vous sentez terriblement coincée par les questions de Mathilde. Aucune réponse ne vous vient. Vous donneriez cher pour voir clair dans la brume qui pèse sur votre cerveau. Comment savoir ce qui vous agace le plus : votre ignorance des sentiments que vous éprouvez pour ce Jules ou l'irritation que provoque l'interrogatoire de Mathilde?

– Enfin, il y a bien quelque chose qui te pousse à lui donner une deuxième chance?

– Franchement… Ah! Tu vas te moquer de moi!

– Probable! Mais tu vas te sentir tellement mieux après.

Vous hésitez un moment, mais vous savez très bien que c'est pour la forme. Vous brûlez de vous confier à Mathilde.

– Son côté «méchant loup»… Tu avais un peu raison l'autre jour. C'est stupide, je sais. J'ai envie de ça, je crois. De me sentir menacée par le désir du méchant loup.

– Mais le grand prédateur n'était pas au rendez-vous. Comme tu crois que c'est par timidité qu'il n'a pas montré ses crocs, tu veux lui donner une seconde chance de te dévorer toute crue ! C'est ça ? T'es splendide ! Un cas ! Je t'adore.

– N'en mets pas trop. Je me sens assez ridicule comme ça.

– Il y a d'autres candidats en lice ?

– J'ai l'impression d'être à l'usine. Tu sais, l'ouvrière qui inspecte le produit et tamponne un numéro de vérification ?

– Il y a pire, va ! Qui est le prochain ?

– Un universitaire, professeur de sociologie ou de mathématiques, je ne me souviens plus très bien.

– Je t'envie presque !

Vous lui lancez un air sceptique avant de plonger le regard dans ce qui reste de votre Perrier citron. Tout cela vous pèse. Vous regrettez l'époque où vous n'étiez pas consciente du vide créé par le départ de Simon. Vous ne pouviez évidemment pas passer le reste de vos jours ainsi dans les limbes, mais Seigneur que le réveil est douloureux !

– T'as des nouvelles de Claude ?

– Il paraît que ça chauffe par moments avec son avocat, répondez-vous, soulagée que Mathilde vous tende cette perche. On devrait en apprendre plus long dans quinze jours. Tu seras là, bien sûr ?

– Je ne manquerais nos soupers de filles pour rien au monde. Il y a le dossier de Léa et de son Don Juan à suivre aussi.

– Tout est si facile pour Léa ! Elle pose les yeux sur un homme et bang ! Il tombe amoureux d'elle.

– Ne crois pas ça.

– Ce n'est pas vrai peut-être?

– C'est l'impression que ça donne, mais il y a un abîme d'angoisse chez Léa contre lequel je ne voudrais pas avoir à me battre. Tu ne peux pas ne pas l'avoir remarqué, toi qui es si observatrice de l'humaine condition.

– Ne te moque pas de moi. Je n'y comprends pas grand-chose, à la condition humaine, si tu veux mon opinion. Moi qui croyais que passé la quarantaine on avait fini de se torturer avec ces questions-là. Qu'il ne nous restait plus qu'à vivre et laisser vivre… Je me trouve bien loin du compte, figure-toi!

– Je vais au ciné avec mon fils ce soir. Ça te dirait de te joindre à nous?

Vous avez Jules au téléphone, le candidat au titre du grand méchant loup. Une inspiration de fin d'après-midi l'a fait vous relancer. C'est le moment où jamais de voir s'il a la dent longue, cet animal, vous dites-vous.

– On se rejoint où?

– Veux-tu venir casser la croûte chez moi après le boulot? On passerait ensuite prendre Mathieu. C'est sur la route.

– Volontiers. Je peux apporter quelque chose?

– J'ai ce qu'il faut, merci. Tu notes l'adresse?

– J'ai déjà ton adresse, non?

– J'avais donné celle de mes parents sur le boulevard. Ça fait plus classe. J'habite juste au-dessus, mais l'entrée est sur une rue latérale.

Vous notez l'adresse en portant ce jeu de cache-cache au débit de Jules. Cet homme triche. Vous avez déjà moins envie de cinéma, mais vous l'accompagnerez quand même, parce que le film promet d'être intéressant et aussi parce que vous êtes une idiote qui n'a pas envie de se trouver seule parmi les mangeurs de maïs soufflé. Vous en avez tellement marre d'être seule, parfois, que vous donneriez votre mère rien que pour le plaisir de vous entendre demander à la sortie d'un film : «Qu'est-ce que tu en as pensé?» Il est probable que Jules ne vous offrira pas l'occasion de placer un mot. Peu importe, vous ne perdez rien à au moins tenter le sort. D'ailleurs, à force de vous voir traîner ici et là avec des hommes, Cupidon va peut-être se décider enfin à décocher une de ses flèches dans votre direction. Si vous vous tenez toujours enfermée chez vous, il aura beau faire, Cupidon, ses flèches ne serviront qu'à nourrir votre narcissisme. Puis, qui sait, vous croiserez peut-être au cinéma un ami de Jules, un homme tout à fait classe, comme il dit, agréable et brillant, que votre compagnon d'un soir, misérable louveteau, aura la présence d'esprit de vous présenter. Toute à cet éventuel coup du hasard, vous ne vous interrogez même pas sur l'incongruité qu'il y a à se faire accompagner par son adolescent pour aller au cinéma avec une femme qu'on ne voit que pour la deuxième fois. Ce n'est qu'après avoir raccroché que vous vous posez la question : Jules se méfie-t-il de vous?

L'appartement du méchant loup est probablement ce que vous avez vu de plus déconcertant chez un homme de cinquante ans. Vous voilà dans le logement d'un adolescent attardé. Tout y est : le désordre, les vête-ments à la traîne par terre ou sur le dossier des fauteuils, les empilages de cartons jaunis qu'il n'a jamais ouverts, les affiches punaisées sur les murs, les caisses de bou-teilles de bière vides à côté du frigo, les bibliothèques des années soixante-dix constituées de briques et de planches qui ploient sous le poids des livres, et même, suprême raffinement, une rangée de bibliothèques en plein milieu du corridor, séparant le passage en deux allées si étroites qu'il faut pratiquement marcher de côté pour passer d'une pièce à l'autre. Le logement sert aussi de lieu de travail, d'où l'importance d'avoir pignon sur le boulevard. L'associé de Jules – car il y a un associé quelque part dans ce capharnaüm – a transformé en bureau l'unique chambre du logement. Dans l'ancien salon double se trouve l'antre du loup. Un drap tient par des clous devant la fenêtre, un autre assure un minimum d'intimité entre le lit et le coin bureau. On pourrait croire que Jules vient d'emménager. Pas du tout. Il est là depuis douze ans ; il a simplement manqué de temps pour s'installer. Au centre de la pièce, puisque des bibliothèques s'appuient contre tous les murs, un petit lit simple totalement incongru chez un homme de cet âge. Un loup n'est pas un moine, pourtant. Cet homme ne partage donc jamais sa couche ? Mystifiée, vous quittez le lit du regard. Vous avez décidé, en mettant le pied dans la chambre, que ce mystère irait rejoindre les questions qui demeureront sans réponse. Pour le reste, la petite pièce déjà étouffante compte une table de travail, deux téléphones, un répondeur, deux ordinateurs, une imprimante laser, un scanner, un télécopieur, des livres ouverts et des papiers épars sur toutes les surfaces possibles.

Vous suivez Jules dans la cuisine, un grand carré éclairé qui vous rappelle celui de votre enfance, quand on mangeait entre cuisinière et réfrigérateur, et qu'on n'avait qu'à étirer le bras pour prendre le pain sur le comptoir. Jules est enthousiaste et ne tarit pas. Un rien l'inspire : son associé, un entrefilet punaisé sur un mur, ses parents vivant au rez-de-chaussée, le repas à préparer...

– Un faux-filet avec champignons et pommes de terre au four, ça te dit?

– C'est parfait.

Vous mentez, vous qui vous êtes juré de ne plus jamais tricher. En réalité, vous êtes affolée. Ce steak aux champignons vous projette inopinément des années en arrière. Vous luttez pour empêcher ce retour au passé, mais l'événement s'inscrit dans l'odeur du beurre grillé, dans le crépitement du steak sur le feu, jusque dans la voix de Jules que vous n'écoutez plus, mais dont l'interminable bavardage force votre mémoire comme des coups de boutoir.

Vous aviez sept ans. Vous vous trouviez seule à la maison avec votre père. Il parlait sans arrêt. Comme Jules. Il avait préparé un steak aux champignons que vous aviez mangé à la table de la cuisine. On ne mangeait pas souvent de steak chez vous. Cela coûtait trop cher. Ce jour-là, votre père vous avait gâtée. Vous aviez savouré ce steak, ces champignons frais, pas de conserve contrairement à l'habitude, ces pommes de terre au four avec de la vraie crème sûre et du poivre frais moulu. Tout cela s'avérait nouveau pour vous. Puis vous étiez passés au salon pour voir un film à la télé. Votre père avec une énième coupe de vin; vous, avec votre verre de lait. Cet homme encourageait vos confidences, vous aviez confiance en lui. Tout semblait si harmonieux, si parfait. Vous n'aviez jamais connu votre père sous ce jour-là; c'était exaltant d'avoir accès à l'homme, tout à coup. Cela faisait de vous une personne qui compte. Il approchait sensiblement de vous, tandis que vous racontiez vos angoisses de petite fille, et vous aimiez cette proximité. Vous éprouviez de la fierté à capter enfin l'attention de votre père. Vos parents n'avaient jamais le temps de vous écouter d'ordinaire. Pour une fois, vous vous sentiez comprise. Vous avez vogué ainsi sur votre petit nuage un bon moment. Jusqu'à ce qu'il vous frôle et bouleverse cette belle harmonie. Vous avez levé un regard inquiet sur lui. Vous n'avez aucun souvenir de la suite, sinon que le fameux «C'est pour mieux t'entendre, mon enfant» du conte n'a plus jamais eu la même signification pour vous.

— Quel vieux con! Je ne t'ai rien offert. Je t'ouvre une bière?

Ébranlée par ces réminiscences, vous déclinez l'offre de Jules.

— Autre chose? Du vin peut-être?

— Un verre d'eau, si tu veux bien.

— À l'eau? Ben dis donc, tu n'es pas près de perdre la tête, toi! Et un verre d'eau pour madame!

Tandis que Jules parle (un véritable feu roulant de commentaires sur le réalisateur du film, les difficultés du tournage, ses quatre enquêtes journalistiques en cours, la dégradation de la programmation à Radio-Canada FM, l'adolescence exemplaire de Mathieu…), vous vous préoccupez de votre survie. Vous repérez la porte de la cuisine qui donne sur la cour; vous vous assurez d'un coup d'œil furtif qu'elle n'est pas fermée à clé, que la cour donne bien sur la ruelle, que cette dernière n'est pas une impasse.

– Tu sais ce qu'il lit, le petit morveux? Cioran! Tu te rends compte? À son âge!

Vous ne vous laisserez pas distraire par le grand jeu de la fierté paternelle. Vous repérez le couteau à désosser dans le panier à vaisselle et les objets que vous renverserez derrière vous pour l'empêcher de vous rattraper si vous devez fuir.

Tout à coup, entre une remarque de Jules sur les aphorismes de Cioran et une critique sur les audaces de Robert Lepage, vous vous trouvez ridicule. Vous n'avez plus sept ans tout de même, et l'homme devant lequel vous êtes maintenant attablée vous paraît totalement inoffensif, du moins en ce qui vous concerne. Visiblement, il n'éprouve aucun désir pour vous. Si ça se trouve, il n'éprouve de désir pour aucune femme. Il veut vivre avec les femmes des «amitiés viriles» parce qu'il est apparemment incapable d'autre chose. Tout ce que vous pourrez partager avec lui, c'est un petit frisson sur la ligne mélodique d'un air d'opéra ou sur une scène particulièrement esthétique d'un film de répertoire. Petit à petit, les images du passé regagnent l'écrin de la mémoire et vous reprenez vos sens. Tandis qu'il disserte sur le corporatisme qui règne à l'Ordre des médecins, vous donnez un coup de main pour desservir la table. Puis vous passez tous les deux prendre Mathieu, vous visionnez ce film, qui s'avère assez intéressant heureusement, recevez dans un silence contraint les commentaires dithyrambiques de Jules sur la réalisation, ramenez Mathieu chez sa mère, vous faites déposer à votre voiture, déclinez la proposition du dernier verre et rentrez chez vous en toute quiétude, sachant qu'il n'y aura jamais rien à escompter non plus qu'à craindre de ce supposé grand méchant loup.

Dans l'aube de ce samedi, vous faites d'un seul élan le plan de la journée et le bilan de l'année, comme si l'un procédait naturellement de l'autre. Vous avez abattu un travail prodigieux ces derniers mois, et vous dînerez ce soir avec votre fille. La perspective de ce tête-à-tête avec Chloé vous procure une grande satisfaction. Un sentiment d'adéquation entre celle que vous êtes et qui vous souhaiteriez être.

Les relations n'ont pas toujours été simples entre vous et votre aînée. En fait, Chloé est apparue dans votre vie comme se lève un orage en fin de journée l'été. Cela commence par un ciel pourpre. Il fait lourd, mais le ciel est si fascinant qu'on a du mal à en détacher les yeux. On s'amuse de voir les feuilles des arbres virer à l'envers, les branches valser doucement au-dessus de l'allée. Puis le ciel s'alourdit insensiblement, et on reste encore, subjugué, à regarder s'accumuler à l'horizon les nuages soufflés par de puissants poumons noirs. Les branches font la valse à mille temps, la poubelle du voisin vient saluer la vôtre, les draps claquent sur les cordes à linge et on se précipite pour rentrer le linge, les jouets qui traînent et les chaises de parterre. À peine a-t-on terminé, la rage s'abat sur la maison; le vent vocifère, les branches fouettent les murs, les arbres ploient et puis se fendent, les portes des clôtures battent au vent, la maison craque de partout et l'on craint qu'elle ne tienne pas le coup. Puis voilà le déluge. Des trombes d'eau inondent le parterre, attaquent les vitres des fenêtres, martèlent le toit, bien décidées à percer cette armure et à toucher le cœur du maître. Le tonnerre gronde et explose. Les lances de feu fendent la nuit d'une lumière blanche, froide, accusatrice; elles hantent les cauchemars les plus secrets. Quand, épuisé, vaincu, au bout de la nuit on hurle enfin : «Ça ne finira donc jamais?», cela s'apaise brusquement, laissant derrière des traces de ciel pourpre comme un mauvais augure. Alors on regarde autour de soi, surpris que rien n'ait encore cédé cette fois, mais dans la crainte déjà du prochain orage. Ainsi Chloé, telle une tempête infatigable, a-t-elle pendant vingt ans cogné à votre porte pour se faire entendre. Où étiez-vous, tout ce temps? Où étiez-vous donc? Il aura fallu perdre l'homme de votre vie et traverser le désert pour reconnaître enfin le cri de votre propre fille?

Votre âme, brûlée vive, s'apaise un peu à l'idée qu'aujourd'hui au moins, après lui avoir fait défaut si longtemps, vous serez là pour l'écouter. Pour recevoir les bribes de blessures dont elle prend conscience à petites doses et desquelles elle se déleste petit à petit, en même temps que vous des vôtres.

Accordant les besoins de l'âme avec ceux du logis, vous nettoyez les fenêtres et chassez la poussière de la maison. Quand elles émanent d'une nécessité intérieure, ces préoccupations ménagères vous procurent une grande douceur. Prendre soin de la maison, c'est prendre soin de vous-même. Vous reconnaissez toutefois que l'application que vous mettez à caresser d'encaustique le bois des tables et des étagères n'est pas tout à fait innocente. Oui, le manque de l'homme s'exprime là, bien sûr. Le corps doit trouver quelque chose à dorloter; l'âme, un objet pour sa tendresse. Voilà à quoi vous pensez en polissant vos meubles. Vous tentez de voir clair en vous-même, mais le désir vous pèse tant, finalement, que vous trouvez indécent de l'exacerber davantage. Vous écartez chiffons et encaustique, et allumez l'ordinateur. Vous écrivez fiévreusement. Un conte pour enfants, dans lequel il y a beaucoup d'eau froide... Mis à part cette soirée avec votre fille, deux jours et deux nuits durant, vous écrivez. Presque sans dormir ni manger.

Vous roulez au centre-ville. Au feu rouge d'une grande intersection, les squeegees se précipitent sur les pare-brise des voitures. Ce phénomène urbain qui agresse les automobilistes et fait épiloguer sociologues, journalistes, autorités politiques et policières, et avec eux toute la société des bien-pensants, prend pour vous des proportions tout autres. Les marginaux sortent enfin de leurs repaires hivernaux. Ces têtes bleues, rouges, vertes, aux yeux beurrés de khôl, aux oreilles, sourcils et narines chargés d'anneaux, ne sont que le pendant des hippies de votre époque : des jeunes qui cherchent un moyen de se faire une place au soleil en passant par des chemins différents de ceux qu'a suivis la génération précédente. Ils ne sont pas fous. Ils le voient bien que vos chemins mènent à des impasses. Vous aimez ces jeunes. Ils vous rappellent avec quelle énergie vous protestiez contre le système de vos parents. Mais ce qu'ils représentent avant tout, honnêtement, c'est l'espoir que, parmi eux, vous croiserez peut-être le regard de votre fils égaré.

Vos glaces sont si nettes qu'aucun squeegee ne vous proposera un coup d'éponge. Vous priez pour qu'un pigeon s'échappe sur votre pare-brise et prenez la ferme résolution de ne plus faire laver votre voiture aussi longtemps que vous n'aurez pas retrouvé Martin. À une intersection, le chauffeur devant vous manifeste sa réprobation à coups de gueule agressifs, en faisant gicler le lave-vitre jusque sur votre voiture et en actionnant ses essuie-glaces frénétiquement. Vous n'en pouvez plus. Vous donnez un petit coup de klaxon et faites signe au grand garçon en patins que vous accepteriez bien, vous, un petit coup d'éponge.

– Bonjour, madame !

– Agressif, le père !

– Y en a des comme ça.

Tandis qu'il passe sa raclette en caoutchouc sur votre pare-brise, vous tirez de la boîte à gants le communiqué sur lequel apparaît la photo de Martin. Vous lui tendez le bout de papier en mettant le doigt sur la photo.

– Tu le connais ?

Il vous regarde d'un air méfiant.

– Connais pas, non. Z'êtes de la police ?

Vous prenez votre air le plus rassurant.

– Pas du tout, non. Ça fait même des années que je me bats contre son père pour ne pas lui mettre la police aux fesses, justement. C'est mon fils. Je suis sans nouvelles de lui. Si tu le rencontres, dis-lui juste que je l'aime et que je serais rassurée de savoir comment ça se passe pour lui. Il y a mon numéro sous la photo.

– Ouais, mais j'le connais pas.

– Tu as peut-être des copains qui connaissent quelqu'un qui aurait entendu parler de lui. Sois gentil. Fais circuler ça pour moi.

Vous lui tendez une pile de feuillets et mettez un billet de vingt dollars dessus. Entre-temps, le feu passe au vert et on s'impatiente derrière vous. Il ouvre la main.

– Je vais voir ce que je peux faire.

– Merci !

Tout en démarrant, vous suivez le garçon des yeux dans le rétroviseur. Il jette la pile d'avis de recherche dans la poubelle et enfouit le billet de vingt dans la poche de son short. Vous aimeriez bouillir de rage. Pourquoi ne parvenez-vous donc jamais à hurler vos colères ? Vous n'arrivez même pas à éprouver l'ombre d'un ressentiment. À sa place, votre fils n'aurait-il pas fait la même chose ? Ils se tiennent entre eux. C'est leur morale. Elle vaut bien la vôtre.

Il y a cinq ans, Léa a acheté un appartement de quatre pièces au dix-septième étage d'une tour résidentielle dans l'ouest de la ville. Elle a vue sur une partie de l'activité commerçante et a même droit à un petit rectangle de fleuve. C'est assez scintillant le soir : ça étincelle, ça clignote, ça bouge. Les phares des automobiles créent de longs rubans lumineux qui serpentent autour des édifices avant d'être avalés peu à peu dans les zones d'ombre au loin. Le jour, c'est plutôt béton, en dépit des îlots de verdure parsemés ici et là. C'est toujours bruyant. Léa aime cela. Ça lui permet de se sentir vivante, supposez-vous.

Les portes de l'ascenseur se referment sur vous dans un vooshh discret. Vous sentez à peine le hoquet de la mécanique quand la cage se met en branle. Une bouteille de vin et deux Perrier pèsent au bout de votre bras. Vous contemplez les parois d'aluminium ouvragé et le panneau de contrôle pendant dix-sept étages. Ils ont fait un effort. C'est joli pour un ascenseur. Ralentissement, blocage, sentiment d'être suspendue dans le vide, vooshh : le hall d'entrée du dix-septième, son éclairage tamisé, la console de style Empire ornée d'un bouquet de fleurs séchées sous lequel sont disposées des cartes du fleuriste, les tapis feutrant vos pas jusqu'au bout du corridor, à gauche, porte 1708, toc toc, coucou, c'est moi. Exclamation de Léa qui bloque l'entrée et paraît aussi surprise de vous voir que si elle ne vous attendait pas.

– Hé! Les filles, c'est Anne!

– Je suis en retard?

Consultation du bracelet-montre.

– Pas du tout! Tu es même en avance. Tout le monde est en avance aujourd'hui!

Il faut croire que vous aviez toutes hâte de vous revoir. Léa vous entraîne dans le séjour, où Claude est en train de servir l'apéro. Vous posez vos bouteilles sur le comptoir, puis faites la bise aux copines. Léa semble déconcertée par vos bouteilles.

– Tu vas nous lâcher l'eau, toi! Ce soir, on se défonce!

Léa vous paraît singulièrement exubérante. Discrètement, vous examinez les ailes de son nez : aucune trace de poudre. N'empêche, le doute plane. Cette fébrilité, c'est suspect. Les filles ont l'air d'être parties pour la suivre. Le plaisir que vous éprouviez à la perspective de cette soirée vous échappe comme un ballon qui se dégonfle. Vous avez horreur de cela, cette agitation, cette frénésie explosive, cette urgence de faire péter les plombs. Encore une fois, vous allez nager à contre-courant. Vous voilà coincée : jouer le jeu, c'est vous trahir; rester vous-même, c'est vous comporter en empêcheuse de tourner en rond; vous retirer, c'est jeter un froid sur la soirée. Pourquoi y a-t-il si rarement de place en vous pour la douce folie ?

Mathilde s'approche de vous, enjôleuse.

– Dis donc, toi… Comment vont les amours ?

Vous parvenez à détourner un moment sa curiosité, prétextant que ce n'est pas à vous mais à Léa qu'il faut poser cette question. Cependant, la diversion dure peu. Tandis que, sous le regard réprobateur de Léa, vous tendez la main jusqu'au bac à glaçons pour noyer votre vermouth, Mathilde insiste :

– N'empêche, t'as jamais rencontré autant d'hommes.

Il y en a moins qu'il y paraît. Depuis un moment déjà, vous avez raffiné votre technique. Vous êtes devenue très sélective au téléphone. Vous n'avez plus besoin que de trois ou quatre questions pour savoir si l'inconnu au bout du fil vaut le déplacement. De toute manière, prétendez-vous, vous rencontrez ces hommes sur une base amicale pour votre roman.

– Pour ton roman !

– Absolument!

Vous sentez bien que vous n'avez pas réussi à mettre dans votre ton toute la conviction que vous auriez voulu y voir. Mathilde, qui ne croit visiblement pas un mot des mensonges que vous vous racontez, vous donne des coups de coude pour vous encourager.

– Parle-nous au moins de ton dernier rendez-vous! Ça m'excite, moi, ces aventures.

Léa lui lance un regard gouailleur et prend les copines à témoin.

– C'est certain que ça doit te changer de ton petit train-train avec Roger. Ça fait combien de temps déjà, vous deux?

– Vingt-deux ans et des poussières.

– Et elle s'en vante!

Vingt-deux ans et pas l'ombre d'un nuage, songez-vous avec une pointe d'envie. De son côté, Léa fait une mine choquée.

– Coucher avec le même gars tous les soirs pendant vingt-deux ans! C'est du masochisme!

– C'est un défi intéressant, je t'assure. Tu devrais essayer avec ton Nicolas.

– Oh! Certainement pas!

Il y a moins de conviction que vous en attendiez dans son cri du cœur. Mathilde l'a senti aussi et elle jette à Léa un de ses petits regards inquisiteurs auxquels personne n'échappe. Cette dernière se défend aussitôt.

– Je reconnais que ce gamin est une affaire, mais les meilleures choses ont une fin. Se gaver de chocolat jour après jour, ça finit par rendre malade.

Il est clair que Léa ne livre pas le fond de sa pensée. Claude lance une sonde.

– La vie nous réserve des surprises… C'est peut-être le bon.

Léa se hérisse et roule de grands yeux comme si elle manquait d'air.

– Dieu m'en préserve! De toute façon, lui, il ne va sûrement pas tomber amoureux de moi! Ça va bientôt lui prendre une jolie petite femme prête à lui faire des bébés. Vous saurez me le dire.

– Il n'en veut peut-être pas d'enfants, avancez-vous. Vous en avez parlé?

– T'es malade? J'emploie toute mon énergie à lui faire oublier mes quarante-quatre ans. Je ne vais pas me mettre à lui parler couches et biberons, alors que je n'en veux même pas, moi, d'enfant.

Vous songez que c'est bien triste d'utiliser ainsi ses énergies à contre-courant. Vous ne voudriez pas vous trouver dans cette situation.

– De toute façon, je n'aime pas les histoires qui s'étirent. Je le vire avant d'en tomber amoureuse.

Mathilde allume les bougies que Léa vient de poser sur la table. Léa trempe son doigt dans son vin et, les yeux dans le vague, le fait glisser sur le bord de sa coupe, qui se met à vibrer. Elle lève ses yeux de fauve sur Claude.

– Je vais ressortir sa fiche et étudier son cas dès demain!

Sur le coup, Mathilde cale son verre et se sert de nouveau du vin.

– C'est ignoble, ta manière de traiter les hommes. J'en reviens pas! Quand je raconte ça à Roger…

Léa se braque.

– Parce que tu racontes mes histoires à Roger, toi?

– Je dis tout à Roger. Enfin, presque…

Vous êtes trois maintenant à protester. Seulement, c'est pour la forme. Vous savez bien que rien n'empêchera jamais une Mathilde de tout dire à un Roger.

Vous remuez les glaçons dans votre verre, faisant languir Mathilde avant de vous mettre à table. Vous songez que, quoi qu'elle en dise, sa vie doit être bien terne pour que vos pauvres histoires l'émoustillent. Le dernier épisode de votre quête amoureuse s'appelle André et enseigne les maths à McGill. Déjà au téléphone, vous vous étiez méfiée. Il ne vous avait donné que son numéro au bureau. Vous les voyez venir, les hommes, quand ils font cela. Allez donc savoir pourquoi, une certaine douceur dans la voix peut-être, vous avez accepté de le rencontrer en dépit de votre intuition.

– Il est marié ?

– Tout ce qu'il y a de plus bague au doigt, ma chère.

Mathilde a l'air ahuri d'une petite fille qui découvre la vie. Cette naïveté qui surgit dans les situations les plus inattendues chez elle vous déconcerte chaque fois. Vous avez du mal à réconcilier la candeur avec l'image de battante que vous vous faites de Mathilde.

– Ça te surprend ! coupe Claude. Les gars mariés placent des annonces comme ils sacrifient au rituel de la pêche : un poisson frétillant de temps à autre, ça permet de faire passer le congelé qu'ils se tapent à la petite semaine.

Mathilde grimace. Vous épousez sa cause, refusant tout rapprochement entre le concept de mariage et le processus de congélation. Léa retire du four des bouchées préparées par son traiteur et les dispose sur une assiette de service.

– Les plus «classe» ont une maîtresse officielle, dit-elle. Si tu joues bien le jeu, ça ne te coûte pas cher de loyer, et tu peux même renouveler ta garde-robe, le temps que ça dure…

– Franchement, demandez-vous, vous me voyez en maîtresse?

Claude et Léa déclarent avec une belle unanimité que vous n'avez pas vraiment le profil. Vous faites la moue.

– De toute manière, je ne suis pas vraiment sa solution, à ce type. Il veut plus qu'une maîtresse…

– Quoi d'autre? demande Mathilde, soulagée de voir l'attention ramenée sur votre histoire.

Claude passe le plateau des bouchées chaudes à la ronde. Vous tirez un tabouret et vous assoyez au comptoir, après avoir rempli votre verre de Perrier.

Vous revoyez André à la table du restaurant où vous avez dîné, boulevard Saint-Laurent. Grand, solide, un début de calvitie attendrissant, tempes grisonnantes, col roulé, veston de tweed, mains impeccables. Il semble tout à fait à sa place dans ce décor un peu huppé. Son intelligence et son humour vous saisissent d'emblée, et vous êtes sensible à ce léger malaise qui perce dans son regard et que vous portez au compte des circonstances de votre rencontre. Ce détail joue en sa faveur. Cet homme n'est pas un compulsif des rendez-vous libidineux de la mi-journée, ou alors il joue incroyablement bien son jeu. Or, il n'a pas l'air du genre à raconter des histoires. D'entrée de jeu, il vous parle de sa femme.

– Elle n'a jamais voulu d'enfant. Jusqu'à présent, j'étais plutôt d'accord avec elle.

Tout à coup, aujourd'hui, à cinquante-cinq ans, cela lui manque terriblement. Il craint d'être passé à côté du meilleur de la vie. Il ne peut pas croire qu'il va mourir sans connaître le bonheur de tenir son fils dans ses bras. Il cherche donc une femme qui accepterait de lui faire cet enfant. Il veut que cela soit clair : il aime sa femme et n'a pas l'intention de la quitter. Seulement, leur univers rétrécit chaque jour et André n'arrive pas à se résoudre à bercer passivement des souvenirs. Il affirme être suffisamment vigoureux pour aimer deux femmes et prendre soin d'un enfant. Il assure qu'il ne laisserait ni seule ni démunie celle qui accepterait de lui faire don de la paternité.

– Il veut que tu lui fasses un enfant ? demande Mathilde, ébahie.

– C'est presque mignon, s'exclame Léa en avalant une bouchée.

– Il a l'intention de vivre ça comment ?

– Le problème ne se pose pas avec moi, évidemment, répondez-vous. Il a bien vu que j'ai donné, côté enfants. Mais c'est ce qu'il cherche, oui, une double vie. D'un côté, sa femme et la vie de ville ; de l'autre, sa maîtresse et la vie de famille.

– Deux belles équations, dont une à deux inconnues. Ça doit être assez séduisant pour un prof de maths !

– Rationalisme ! prévient Claude. Ça va les tuer, les mecs ! Ça me fait penser à ce cher Gérard, tenez !

Vous levez le regard sur elle sans comprendre.

– Me Sanscartier... Gérard Sanscartier...

– Oh ! faites-vous pour la taquiner. On est rendu au prénom ?

– Je tutoie aussi ma dentiste, précise Claude.

– Oui, mais tu ne risques pas de coucher avec elle.

– Qui te dit que je ne l'ai pas fait ? Gérard, donc...

Mathilde, encore elle, pose son verre un peu brusquement sur le comptoir. Du vin se renverse sur sa main, et elle ne s'en préoccupe même pas.

– T'as fait ça?

– Fait quoi? demande Claude, déjà ailleurs.

– Coucher avec ta dentiste?

– Oh! Mathilde! s'exclame Claude avec agacement. Ça serait si grave?

– Allez! coupez-vous, en offrant une serviette de papier à Mathilde pour qu'elle s'éponge la main. On veut savoir la suite.

Mathilde s'essuie d'un air boudeur. Elle n'a pas prisé votre intervention. Vous parieriez qu'elle va revenir sur cette histoire entre Claude et sa dentiste tant et aussi longtemps qu'elle n'aura pas obtenu le fin mot de l'affaire.

– Gérard et moi, poursuit Claude, essayons de conclure une entente hors cour, mais ça suppose que je reconnaisse comme vraie une partie de la déclaration sous serment déposée contre moi. Ça, ils peuvent me passer sur le corps, les mecs, je ne bougerai pas.

– Surtout que tu n'as rien à te reprocher, ajoute Léa.

– En effet, mais va faire comprendre ça à un avocat misogyne.

– Je te rappelle que c'est précisément pour sa misogynie que tu l'as choisi, soulignez-vous.

– Je paie pour, je te le dis! Peu importe ce que je lui raconte, il vire tout à l'envers, me fait dire des choses que je n'ai pas dites… Je n'ai même pas pensé que je pourrais les dire. C'est insensé! Je le castrerais.

– Tu as intérêt à changer de vocabulaire avant de passer devant le juge, ma belle!

– On est entre nous, là, assure Claude. À mon avis, il me prépare pour l'affrontement avec l'avocat de la poursuite. En même temps, je ne suis pas tout à fait convaincue qu'il n'en profite pas un peu, cet enfant de salaud. Je suis d'abord et avant tout une femme à ses yeux, n'oubliez pas ça !

– Et… tu voudrais être quoi d'autre ? demandez-vous, interdite.

Claude vous regarde comme si vous étiez une Martienne.

– Un client, bien sûr. Rien de plus qu'un client.

Léa coupe court à l'envolée féministe que Claude s'apprête à faire. Elle lève son verre et vous engage à faire comme elle.

– T'en fais pas, tu vas t'en sortir, ma chouchoute. On est derrière toi. Hein, les filles, qu'on est derrière elle ?

Quand vous avez bu à la victoire de Claude sur le machisme atavique, mielleuse, Léa propose :

– Tu veux que je m'en occupe, moi, de ton Mᵉ Sanscartier ?

– Non merci. D'ailleurs, t'en as pas plein les mains avec ton jeunot, toi ?

– Oui, protestez-vous. Laisses-en pour les autres !

Le jour est déjà largement entamé lorsque vous ouvrez enfin l'œil ce samedi-là. Après les courses, le lavage, l'entretien de la maison, vous plongez dans le dernier Doris Lessing, lorsque le téléphone sonne. À l'autre bout du fil, l'homme a une voix douce, chaude, pleine. Une voix sensuelle qui sait jouer des sons comme des silences. Une voix qui connaît cependant son pouvoir et dont vous savez déjà qu'il faudra vous méfier. Vous êtes sensible, trop sensible, à ses envoûtements. Cette voix s'infiltre en vous qui êtes plus poreuse encore qu'une éponge.

Vous avez longuement conversé au téléphone. Une heure, samedi; deux, dimanche; trois, hier; à parler de banalités autant que de choses graves, comme si vous vous étiez toujours connus. À quels abus, à quelles imprudences le manque de l'homme vous conduit-il!

Vous ne l'avez pas laissé rappeler aujourd'hui. Vous n'auriez pas supporté cela. Vous voulez bien, une fois de temps à autre, céder à vos extravagances d'adolescente attardée, mais il y a des limites. Il faut crever la bulle avant qu'il soit trop tard, ne pas tomber amoureuse seulement d'une voix, mais aussi d'un regard. Si celui-là louchait, fuyait, mentait, trouveriez-vous sa voix si séduisante? Il vous coûte d'affronter la vérité. Pour l'instant, vous vous plaisez à rêver que cette voix au téléphone est bien celle de l'homme que vous cherchez. Cette nuit, avant même de le rencontrer, vous écrivez à cette voix.

> Philippe,
> À l'heure où je devrais m'allonger, je pose plutôt la main à plat sur la page et lisse le papier avant d'y déposer une parcelle de mon âme. Je dois aimer vivre dangereusement pour prendre le risque de t'écrire à cette heure-ci qui est celle où les idées s'embrouillent, cherchant à regagner le lit de l'inconscient, et où le corps fatigué de sa longue garde

ne songe qu'à s'assoupir. Il y a en moi cette urgence d'écrire, toujours, qui commande à mes sens de se tenir éveillés au-delà des limites raisonnables et qui s'obstine à tenter de fixer ce qui ne peut pas l'être, des mouvements d'âme insondables. Une nuit de pleine lune, en plus, alors que les sorcières sont probablement toutes dehors à secouer les arbres pour en répandre le pollen envoûtant!

Il y a du sortilège, en effet, dans votre manière de céder aux exigences de cette voix. Comment expliquer autrement que vous passiez une nuit blanche à écrire à un homme que vous ne connaissez même pas? Un homme qui vous a demandé, de surcroît, comment il se fait qu'une femme «intéressante» comme vous n'ait pas trouvé preneur?

[…] C'est une question «intéressante» par ce qu'elle révèle de toi. As-tu songé, en la posant, au sens de l'expression «trouver preneur», au jugement qu'elle porte sur moi, à la passivité qu'elle m'impose? Peux-tu seulement imaginer que j'exerce aussi un choix? Par ailleurs, ton inquiétude est légitime. J'ai moi-même été rassurée d'apprendre que tu as aimé et été aimé.

D'aussi loin que je me souvienne, j'ai eu des hommes dans ma vie. Le «chum» de mes douze ans n'était pas le premier! Je me suis mariée jeune, dans des circonstances rendues confuses par la maladie de mon père, la dépression de ma mère, le fait que je me croyais contrainte d'abandonner mes études et de pourvoir aux besoins de ma famille. J'ai accepté un peu vite peut-être la main que me tendait un prince charmant. Heureusement, c'était un homme bon et j'ai appris avec le temps à l'aimer, si bien que j'ai fini par ne plus pouvoir imaginer ma vie sans lui. Quand il en a préféré une autre, il y a quelques années, j'ai pensé ne jamais venir à bout de la souffrance et du vide que son départ avait creusé en moi.

Pourquoi ne me suis-je pas mise en chasse aussitôt après cette séparation? Parce que ce n'est pas tout d'avoir un homme dans sa vie. Encore faut-il qu'il y soit pour les bonnes raisons. J'ai voulu ce temps mort, après Simon. Je ne veux pas arriver dans un nouvel amour avec les espoirs déçus ou les peines accablantes de l'amour précédent. Je ne veux pas me blottir dans les bras d'un homme en lui imposant les effluves d'un autre que je viendrais juste de quitter. En outre, j'ai vécu le dernier quart de siècle si près des miens que je me suis terriblement éloignée de moi-même. J'ai perdu contact avec ce qui faisait ma spécificité, ignorant les frontières qui me séparaient de mon homme, de mes enfants, fondue presque en eux. Mon mari est parti trouver son bonheur ailleurs; mes enfants entreprennent leur propre quête. Tout à coup, la vie me donne la chance de renouer avec la femme pleine de projets et de promesses que j'ai abandonnée sur une voie d'évitement à vingt ans. Je ne veux pas laisser passer cette chance de me tendre à moi-même la main.

Vous réalisez, en écrivant, que vous vous exprimez parfois au présent, comme si votre ex-mari venait juste de vous quitter. Pourtant, voilà déjà plus de trois ans que vous vous recueillez sur vous-même, à faire l'inventaire de vos forces, de vos désirs, de vos espoirs; à tenter de définir, dans le lot des ambitions familiales, les aspirations qui vous sont propres. Faire entrer trop tôt un nouvel amour dans votre vie, ç'aurait été vous perdre, et perdre sans doute aussi celui qui vous aurait tendu la main. Vous n'étiez pas prête. L'êtes-vous davantage aujourd'hui?

[...] Il y a des jours, je l'avoue, où j'ai véritablement peur d'aimer. Je rentre à peine au port. J'apprécie la tranquillité de la rade, le vert de la côte, les parfums des boutiques, l'activité portuaire. Pourtant, mon regard se tourne constamment vers le large. Il y a là, je le sais, une île inconnue à découvrir. Je suis une chercheuse de trésor, et il semble que je n'aie pas encore trouvé le mien. Aussi, aux jours où je me laisse séduire par la sécurité du port succèdent, de plus en plus nombreux, ceux où l'appel du large vibre en moi. Je m'apprête à repartir. Je le sais à la manière dont je tâte les voiles et les cordages, à la façon dont je m'appuie au bastingage pour en éprouver la solidité.

Vous vous imaginez assez bien mettant le cap en direction des côtes d'un homme comme Philippe. Quand il serait en vue, vous en feriez prudemment le tour pour éviter d'éventrer votre navire sur quelque écueil insoupçonné; pour éviter aussi de déchirer ses terres par imprudence en vous commettant trop vite. Si, au sortir de cet examen attentif, rien ne vous alarmait; si ses côtes ne s'avéraient pas trop revêches; si vous trouviez quelque part en lui un bassin accueillant, vous n'auriez nulle crainte de laisser mouiller votre vaisseau dans ses eaux.

[…] Tu disais aussi que je dois faire peur. J'ai répondu «oui» un peu vite. Si tu me posais cette question aujourd'hui, je répondrais plus sagement – et c'est plus près de la vérité – que je n'effraie pas les hommes de qualité.

Si tout cela t'inquiète, dis-le-moi simplement. Évite-moi le voyage jusqu'à tes côtes, si elles ne recèlent pas le trésor que je cherche. Je suis courageuse, mais fatiguée. Si, honnêtement, tu crois que nos valeurs se croisent, si tu devines dans mes propos ce que tu cherches toi-même, alors prenons le risque de mesurer nos chimies. Nous verrons bien…

Anne

Il a rappelé. Vous avez refusé de l'entendre sans le voir. À bout d'arguments, il a finalement murmuré : «Ce soir.» Pourtant, il a demandé des garanties : que vous lui gardiez votre amitié quoi qu'il arrive, que votre rencontre ne mette pas en péril vos conversations téléphoniques – des choses impossibles, comme de raison. Vous lui avez répondu que vous travaillez sans filet et avez eu le courage de refuser qu'on vous prenne à moitié.

C'est au lac des Castors que vous vous rencontrez. Vous aimez tout de suite sa carrure. Vous vous sentez en pays connu devant ce corps solide. Au premier coup d'œil, cet homme ressemble à votre père. Vous tremblez en réalisant cela. N'allez-vous pas vous jeter dans un terrible piège ? Vous vous installez face au lac sur un banc encore mouillé par l'orage.

Il y a chez Philippe une timidité que vous n'attendiez pas. Une réserve, en fait. Celle, probablement, de l'homme déçu – mais vous ne retenez pas tout de suite cette hypothèse. Vous préférez voir en lui de la vulnérabilité. Il est rare, songez-vous, qu'un homme soit assez fort, assez confiant en lui, pour laisser transpirer la vulnérabilité qui l'habite. Loin de chercher à la camoufler, celui-là au contraire la prend en compte. Vous vous dites cela, devant ses repliements douloureux immédiatement suivis d'ouvertures et de joyeuses envolées oratoires semblables à celles qu'il avait au téléphone. Dix fois au moins, vous avez voulu passer vos bras autour de ses épaules, maternelle et aimante, pour rassurer en lui ce qui demande à l'être. Dix fois au moins, vous vous êtes retenue, consciente d'être déjà très avant dans sa bulle, alors qu'il n'en est pas désireux ; beaucoup moins, en fait, qu'il ne le laissait entendre au téléphone. Vous mettez donc un bémol à vos élans, à votre spontanéité, pour accorder votre rythme avec le sien ; peut-être aussi par prudence. Cette réserve chez lui peut tenir à mille causes. L'une d'entre elles serait le fil à la patte qu'il conserve : il n'a pas renoncé à cette femme qui l'a quitté récemment. Il se peut aussi que vous ne soyez pas son genre. C'est une idée absolument détestable, envisagée de votre point de vue, mais bon, ce serait idiot de forcer les choses.

Au milieu de la soirée, il s'approche de vous avec réserve pour savoir si cela goûte bon, de vos lèvres à ses lèvres. Vous vous prêtez à cette expérience, parce qu'il importe de savoir ces choses. Vous aimez la douceur de sa bouche et vous vous y abandonneriez volontiers, si vous sentiez chez lui le moindre élan de désir. Vous enfouissez profondément en vous le constat qu'il n'y a pas de chimie dans ce baiser.

Sur le coup de minuit, Cendrillon quitte le parc de la montagne sans perdre sa chaussure. Un baiser poli a été déposé sur ses joues. Pauvre enfant privée de tendresse, elle l'emporte comme s'il s'agissait d'un don précieux. La nuit est lourde et chaude. L'orage n'a pas réussi à chasser cette oppression qui fatigue la ville. Jusque chez vous, au bord de la rivière, où il fait d'ordinaire plus frais même par temps de canicule, on ne trouve pas de répit. Vous avez mal dormi, et rêvé éveillée.

À cinq heures ce matin, comme à votre habitude, vous émergiez du demi-sommeil, quand il y a eu, brusquement, un jaillissement d'eau sous votre fenêtre. Quelque chose a plongé dans la rivière ou en est sorti dans un grand éclaboussement. Aussitôt, un canard s'est mis à se plaindre et, comme vous écoutiez de votre lit son appel épuisé suivre le courant, il vous a semblé que vous manqueriez à tous vos devoirs si vous ne sortiez pas immédiatement du lit pour vous pénétrer de ce drame.

Vous avez pensé à la manière dont les hommes et les femmes façonnent le monde. L'homme érige le monde à force de caractère et de bras. La femme lui insuffle vie en le tenant serré sur son cœur. D'un coup, votre féminité s'est exacerbée. Vous auriez voulu parler à votre fille, d'urgence, lui dire combien il importe de mettre de la douceur dans chacun de ses gestes. Il faut caresser le monde : entourer les arbres, bercer les rivières, murmurer aux canards blessés que nous sommes là et ne les abandonnons pas. Il faut prendre le temps d'aimer même la moindre pierre. Si nous ne le faisons pas, qui donc le fera ? Le monde a tant besoin de tendresse.

Suivant de près le fil du courant, les corbeaux sont sortis en déchirant le silence. Leurs cris de guerre se sont épuisés au loin, là où certainement un canard se noie. Il vous a semblé que vous trahiriez la vie si vous ne vous leviez pas pour écrire cela, qu'il était de votre responsabilité de témoigner de cette tragédie. Un canard ne meurt pas pour rien sous votre fenêtre dans le petit matin.

La pluie tombe maintenant pour laver la rivière, pour chasser les corbeaux, pour pleurer celui qui ne viendra plus caqueter sous la fenêtre. Pour vous apporter de la douceur, à vous. Femme, il faut apprendre cela. Il faut savoir se laisser caresser par la pluie et le vent, pénétrer par la lumière du petit jour comme par celle du couchant, cajoler par la fraîcheur de l'herbe, et ne pas hésiter à se lover dans le pli des montagnes comme dans le creux des arbres. Ses forces d'amour, c'est de là qu'on les tient. Tout occupées sommes-nous à bercer les enfants, à accueillir les hommes. Notre vie ne connaît ni relâche ni repos. De nuit comme de jour, hiver comme été, de l'enfance au grand âge, nous sommes là qui veillons à écouter le monde, à calmer sa souffrance, à le guider vers sa force et son courage, à lui apprendre l'amour. Notre tâche est ingrate, essentielle ; immense est notre responsabilité. Il faut s'aimer beaucoup pour accomplir cela. Tenir son amour de soi, ne pas l'attendre de l'autre. Le reconnaître dans les sillons fumants comme dans la neige tombée.

Vous voilà dans un drôle d'état. Lyrique, fragile, lamentable. Où sont donc votre force, votre assurance, vos convictions? La rencontre avec Philippe a fait trembler vos fondements, et vous n'êtes plus que l'ombre fuyante de vous-même. Reprenez-vous, Seigneur! Oubliez cet homme et la musique envoûtante de sa voix.

Contre toute attente, il a rappelé. Il est aussi venu vous voir. Pour parler d'elle, celle qui l'a quitté. À l'autre bout de la semaine, vous érigez des murs entre Philippe et vous; il les démolit aussitôt d'un souffle de sa voix. Cet homme semble un mystère qui vous cherche et vous fuit à la fois. D'un même élan, il vous épuise et vous ravit. Vous vous abreuvez à la source qu'il propose, repoussant à plus tard l'examen que la raison commanderait. Quand il tient votre main dans la sienne, c'est tout votre corps qui s'embrase. Vous devinez bien, pourtant, que cet homme demeure une épreuve sur votre chemin. En effet, cela vous apparaît clairement désormais, vous ne pouvez plus prétendre que votre quête s'apparente à un simple exercice de style. Elle a ouvert des brèches insoupçonnées en vous, des failles importantes, dont vous êtes dorénavant obligée de tenir compte. Vous voilà chargée de blessures dont vous ignoriez tout et qu'il vous faut soigner afin de continuer votre route.

Le canard est revenu hier. Il était accompagné! Le couple a surgi au-dessus du pont alors que vous y passiez, le mâle et la femelle, l'un épousant le mouvement de l'autre, bas dans le ciel, toujours plus bas, jusqu'à frôler l'eau. Ils se sont posés juste devant chez vous. En les voyant atterrir, vous avez repensé à celui que, l'autre jour, vous aviez fait mourir. Auriez-vous pris pour un cri d'agonie ce qui était en fait un gémissement d'amour? Comment pouvez-vous encore, à votre âge, passer à côté de connaissances si essentielles? Et pourquoi, pour l'amour du ciel, ce canard a-t-il autant d'effet sur vous?

Vous vous épiez beaucoup. Cela vous épuise. Pourquoi n'êtes-vous donc pas entièrement dans la jouissance ou dans la tristesse du moment? Pourquoi êtes-vous tout le temps un peu assise à côté de vous-même à vous regarder vivre et à vous poser des questions?

Philippe a téléphoné en après-midi, hier. Vous avez parlé un moment et, quand est venu le temps de raccrocher, il a promis de rappeler plus tard. Vous avez dit non : s'il veut vous parler, il lui faut aussi vous voir. Il est donc passé vous prendre en début de soirée.

Vous avez fait quelques pas sur la promenade de Sainte-Anne-de-Bellevue avant de vous installer à une terrasse, le temps d'une bière. Il a écouté le récit de vos rencontres avec Pierre, Jules, Léonard et les autres; de ce que vous avez appris sur vous grâce à eux. Il vous a aussi parlé des femmes dont il a croisé la route ces derniers temps dans l'espoir d'oublier celle qu'il ne faut pas nommer. Ainsi avez-vous découvert qu'une femme peut rencontrer cinquante-cinq hommes en trois semaines! Qu'une autre exige, avant même de le voir, des références sur sa libido! Qu'une audacieuse peut annoncer trente-sept ans, mais en porter dix de plus, qu'elle cache sous du cuir, des talons hauts et une épaisse couche de rouge à lèvres. Comme vous vous sentez étrangère à tout cela! Si ce sont là les séductrices, comme vous devez dérouter les hommes!

Après avoir marché le long du campus du collège John-Abbott, vous vous êtes installés sur un banc dans un jardin étalé comme une paume ouverte entre un arrêt d'autobus et la promenade en bois qui longe la rive. Sous le lampadaire et les charmilles, distraits, par moments, par les mouvements affairés d'une araignée suspendue à son fil, vous avez lu les lettres que, comme des collégiens, vous vous étiez écrites la veille ou durant la journée.

Où puisez-vous la force pour demeurer douce et ouverte, sereine et calme, tandis qu'on vous abandonne sur la rive avant de regagner le large? Avez-vous à ce point l'âme d'une femme de marin? Vous êtes une femme qu'on admire, qu'on trouve merveilleuse et que l'on estime; mais pas une qu'on désire et que l'on prend. Voilà du moins ce que vous comprenez du discours alambiqué de Philippe. Que faites-vous donc encore ici?

Vous ne l'avez pas remarqué tout de suite, mais lorsque vous avez jeté un regard au miroir avant de quitter la maison, hier matin, vous avez compris que vous étiez en deuil. Vous étiez tout de noir vêtue : la jupe, le chandail, la veste, les souliers. S'il n'avait pas fait si chaud, vous auriez aussi porté des collants, tant il vous pressait de vous sentir enveloppée. Vous avez passé la journée dans le silence. Au volant de votre voiture, des larmes coulaient malgré vous sur vos joues. Vous êtes rentrée tôt et vous êtes alitée. Vous avez rêvé que vous achetiez des piles chez Rona! Vous devez être épuisée. Au réveil, vous avez préparé un repas léger que vous avez mangé sans appétit. Puis vous avez écrit. Durant des heures. Vers minuit, cela allait un peu mieux. Vous avez pu dormir encore.

Vous vous êtes levée à l'aurore et vous êtes remise à votre table de travail. Au bout d'un moment, vous avez écarté la traduction à faire. Il ne convient pas d'engourdir sa douleur dans le travail. Encore moins un samedi, quand la tête doit se trouver au repos. Vous avez renoncé une fois pour toutes à fuir l'inéluctable. Vous devez affronter votre vérité. Enfoncée dans le creux du divan, enroulée dans une couverture légère (l'inconfort de la chaleur n'est rien à comparer avec l'urgence que vous éprouvez d'être couvée), vous avez rassemblé autour de vous les pages de votre journal et toutes les lettres des derniers mois. Vous refaites le chemin, de la jeune fille à la femme mûre, l'historique de votre manière d'entrer en relation avec l'homme. Vous dressez la cartographie de votre cœur, qui a grand besoin que vous le ménagiez.

Vous vous portez mieux dimanche. Vous le savez à la manière dont votre cœur ne déraille plus pour une sonnerie de téléphone et aux projets que vous élaborez pour les prochains jours. Au bout de l'été, vous êtes sauvée, vous reconnaissez cela, et ce sentiment vous permet de mesurer le chemin parcouru. Il y a vingt ans, vous auriez mis vingt ans à comprendre que cet homme n'était pas pour vous.

Remise sur pied, vous reprenez votre bâton de pèlerin. La rentrée voit défiler dans les journaux de nouveaux candidats à l'amour. Après avoir échangé quelques mots avec Victor, conseiller juridique d'une importante société papetière, vous convenez d'un rendez-vous dans un parc d'Outremont. Vous le reconnaîtrez à son chien, un magnifique bouvier des Flandres. Une bête de race, assure-t-il fièrement, qui remporterait prix sur prix dans les concours, si seulement l'emploi du temps de son maître lui permettait d'y participer. Il raccroche avant de vous laisser le temps de l'informer que vous ne connaissez rien aux canidés. Vous devez visiter la section des livres sur les animaux, à la bibliothèque, pour ne pas le confondre avec un propriétaire de caniche.

Vendredi, dix-huit heures. C'est à croire que tous les maîtres de chiens du quartier se sont donné rendez-vous. Les bêtes se flairent mutuellement le cul et arrosent à qui mieux mieux les arbres, les poteaux, les clôtures, les murets, les bornes-fontaines : un rien les inspire. Leurs maîtres devisent à grands coups de superlatifs des mérites respectifs de leurs fidèles compagnons. On s'extasie, on admire, on s'enthousiasme, on s'ébaudit; on s'inquiète, se confie, se conseille et se refile des adresses. Vous prenez des notes : pour entrer en contact avec l'homme, il n'y a pas mieux que se promener avec un chien. L'ennui, c'est que vous ne rencontrerez que des amateurs de la gent canine. Les hommes qui représenteraient pour vous quelque intérêt feraient probablement de grands détours pour éviter les crocs de votre toutou.

Victor vous reconnaît à ce que vous êtes la seule à ne pas tenir d'animal en laisse. Ça n'a pas trop l'air de le décontenancer. Il a une démarche assurée, un tantinet arrogante. Il pavane. De toute évidence, il attend que vous le complimentiez sur son trésor. C'est une bête énorme, au long poil brun, presque noir, avec des touffes de roux sur la gorge et un peu de blanc près du museau et sur les pattes. Sa queue fouette l'air. Ses grands yeux suppliants et mouillés sont levés vers vous en attente de quelque chose. Que dit-on à un chien qui vous regarde comme un jeune communiant contraint de confesser un péché mortel? «T'es un gentil chien, tout doux, mon toutou.» À la façon dont vous lui tendez la main – au chien, bien sûr, pour qu'il vous flaire au lieu de vous attaquer pour avoir eu l'outrecuidance de vous adresser directement au maître –, Victor comprend que Médor vous rend nerveuse. Il jette un regard condescendant sur vous. Vous voilà irrémédiablement discréditée.

Vous auriez pu vous épargner le reste. Le condo de luxe dans un immeuble d'époque, avec ascenseur évidemment, les meubles de style, le décor étudié, le divan de soie sur lequel vous avez, par mégarde, pris la place de Médor, les photos encadrées de Médor sur le secrétaire à l'entrée, la visite du coin cuisine où Médor prend ses repas, le bol de Médor, le tapis de Médor, l'interminable narration des exploits et faits divers de la vie de Médor de sa naissance à aujourd'hui… Encore heureux que la brave bête n'ait pas encore fêté son troisième anniversaire! Quand vous quittez enfin le condo, trois verres de scotch et un verre d'eau plus tard (pour lui, le scotch; vous avez préféré vous en tenir à l'eau), Victor promet de rappeler. Vous n'en demandez pas tant. De toute façon, vous savez pertinemment qu'il n'en fera rien. C'est toujours comme ça avec les hommes, allez savoir pourquoi, quand ils disent qu'ils vous rappellent, c'est que votre chien est mort.

Avec l'automne reviennent le froid mordant et les nuits longues. La fatigue alourdit vos muscles, ralentit votre esprit, s'infiltre insidieusement dans vos projets, qui se révèlent de moins en moins ambitieux. Certains jours, vous vous contenteriez d'être un lézard, toutes vos aspirations tenant dans le seul désir de vous poser sur un rocher au soleil et de n'en plus bouger avant au moins un siècle. La saison n'étant pas propice aux lézards paresseux, vous vous résolvez à poursuivre votre route. Seulement vous marchez comme un zombie. Vous fonctionnez sur pilote automatique et bien des fois vous vous retrouvez incapable d'expliquer votre emploi du temps. De longues périodes se sont écoulées que vous n'avez pas vues passer. De la vie dilapidée. À votre échelle des valeurs, un tel gaspillage est sacrilège.

Les rencontres dont vous avez émaillé votre agenda ne se sont pas révélées aussi énergisantes que vous l'auriez souhaité. C'est même tout le contraire. De chacune, vous sortez un peu moins convaincue de votre capacité à plaire, un peu plus aux prises avec votre solitude. La solitude. Elle se dresse devant vous, celle-là, comme un mur infranchissable. Vous n'aviez pas prévu cela. Il vous avait toujours été si facile de séduire. Que se passe-t-il avec vous ? Qu'est-ce qui ne fonctionne plus ? Vous vous revoyez devant ces hommes qui, depuis Simon, ont traversé votre ciel comme des étoiles filantes. Quel signal leur avez-vous inconsciemment lancé pour qu'ils se détournent de vous ? L'image de l'homme au sucre s'impose à vous avec fulgurance. Une image que vous voudriez retenir et qui vous échappe quel que soit l'effort que vous y mettiez. Comme vous regrettez tout à coup ce café que vous lui avez refusé.

Encore une fois, les fêtes de fin d'année vous trouvent seule. Vous avez bien passé le réveillon de Noël avec vos parents et votre fille. Vous aviez un peu espéré que Martin vous ferait le cadeau de réapparaître pour Noël, mais non. Pourquoi l'aurait-il fait ? Vous avez composé avec votre déception de manière que l'absent ne prenne pas trop de place et ne fasse pas d'ombre à la fidèle Chloé. Vous n'avez rien prévu pour le Jour de l'An. Chloé réveillonnera chez son père, vos amies sont prises avec leurs propres obligations et vous n'avez pas envie de rejoindre vos parents pour tromper la solitude devant l'écran de la télé. C'est sans doute égoïste, mais vous préférez encore écrire. Vous trinquez avec votre reflet dans la fenêtre. Vous négligez de tirer les rideaux. Pourquoi vous priver du mouvement des silhouettes qui festoient dans les fenêtres de l'immeuble d'en face ?

Tout à coup, vers neuf heures, le téléphone sonne. La voix au bout du fil s'inquiète de vous déranger dans vos festivités, mais prétend n'avoir pu se résoudre à laisser se terminer l'année sans vous avoir rappelée. Vous cherchez un moment de qui il peut bien s'agir, puis vous vous souvenez d'avoir vous-même, quelques jours plus tôt, rappelé un certain Marc qui avait réagi à votre annonce. Vous parlez un bon moment. Au bout d'un certain temps, il lâche :

– C'est idiot! On est là, au bout du fil, à passer chacun de son côté à la nouvelle année. Vous n'auriez pas envie qu'on fête ça ensemble? C'est une façon comme une autre de faire connaissance.

Vous résistez pour la forme, mais cette invitation à mettre un peu d'imprévu dans votre vie ne vous laisse pas de glace. Il propose de donner quelques coups de fil pour voir s'il peut encore trouver une table dans un restaurant. Bien entendu, tout est réservé depuis des lustres, et les restaurants où il n'est pas nécessaire de retenir sa table sont fermés pour la nuit. La seule attitude sensée serait de reporter ce rendez-vous au surlendemain, mais, pour une raison que vous vous expliquez mal – un relent de regret à l'idée du café refusé à l'homme au sucre, peut-être –, il vous semble tout à coup impérieux de rencontrer immédiatement cet homme. À votre grand étonnement, vous vous entendez proposer :

– Pourquoi est-ce que vous ne viendriez pas chez moi?

Après avoir raccroché, une fois qu'il a accepté votre invitation, vous n'en revenez pas de votre audace et du risque que vous prenez. Après tout, vous ne connaissez de Marc que son prénom! Surgissent alors toutes les raisons qui auraient dû vous empêcher de succomber à cette tentation. Quelle inconscience! Vous imaginez la suite en enfilade : le viol, la boucherie dont vous réchappez par miracle, l'hôpital, l'enquête, le procès au cours duquel vous tâchez de convaincre le jury que ce n'était pas du tout ce que vous cherchiez en invitant cet étranger chez vous. Vous seriez terrifiée si Chloé commettait une pareille imprudence. Vous n'avez même pas l'excuse de l'inexpérience. Après toutes ces histoires d'horreurs entendues durant vos années de militantisme féministe! Jusqu'où le manque d'homme vous poussera-t-il?

Dans l'espoir de minimiser les risques, vous appelez votre mère :

— Peux-tu me téléphoner, vers une heure du matin, sous prétexte de me souhaiter la bonne année? Si je prononce le mot sapin, tu m'envoies les flics.

Évidemment, votre mère est dans tous ses états. À qui d'autre auriez-vous pu faire un coup pareil? Heureusement, lorsqu'elle vous appelle quelques heures plus tard, rien ne vous oblige à parler de conifères. Marc se révèle un homme charmant, très entreprenant certes, mais n'est-ce pas ce que vous souhaitiez au fond? Comme une vierge effarouchée, vous résistez une bonne partie de la nuit à ses assauts. L'un après l'autre, il défait vos arguments. Vous avez besoin de cela : d'un homme qui sache vous tenir tête, qui prétende savoir mieux que vous ce que vous désirez en ce moment, qui comprenne combien vous êtes tout empêtrée encore dans les liens d'un mariage auquel une partie de vous refuse de renoncer, qui ait l'audace de bousculer vos résolutions, qui manifeste le désir de vous, malgré vos kilogrammes en trop, vos pattes d'oie, vos seins lourds et vos réflexes de petite fille. Vous ne désirez pas cet homme. Vous voulez seulement savoir si vous êtes encore capable d'approcher quelqu'un.

C'est lui qui vous conduit à votre chambre. Tandis que vous passez à la salle de bains, il tire les couvertures et se déshabille. Vous le trouvez debout à côté du lit. Il a gardé son caleçon, sa camisole et ses bas. Sur la table de chevet, le sac de la pharmacie où il a fait le plein de condoms en venant chez vous. Rien n'est moins excitant que la vision que vous avez là. Votre thermomètre frôle le point de congélation. Vous lui dites que vous regrettez, vous êtes allée plus loin que vous ne le souhaitiez. Il affirme que vous êtes nerveuse et propose que vous vous étendiez à ses côtés pour parler. Il accepte de retirer sa camisole et ses bas. La plante de ses pieds s'avère incroyablement douce sur vos jambes, et l'érection qui gonfle son caleçon pose un baume sur votre inquiétude. Vous finissez par vous laisser couler entre ses bras.

– Tu n'en es pas morte.

Vous aviez un urgent besoin de vous confier. Mathilde était coincée par le cours de natation des jumeaux. Vous l'avez donc accompagnée au complexe sportif. Tandis que les garçons s'entraînent dans l'eau, vous prenez un café sur la terrasse intérieure, près de la baie vitrée qui donne sur la piscine.

– Seulement, je n'en suis pas fière.

– Ça t'a fait du bien, oui ou non?

Elle envoie la main à l'un de ses fils qui réclame son attention avant de plonger. Vous l'imitez sans savoir qui, d'Antoine ou de Jonathan, se tortille au bout du tremplin.

– J'avais l'impression d'avoir vingt ans.

– Ben, tu vois, c'est pas si mal, à ton âge!

– J'ai horreur d'avoir vingt ans.

Mathilde vous lance un regard perplexe.

– À vingt ans, tu fais l'amour pour te prouver que t'es une vraie femme, pour que le gars pour qui tu craques ne t'en préfère pas une autre, pour faire suer tes parents, pour l'excitation d'ajouter des cœurs à ton tableau de chasse, pour faire comme les copines, pour mille raisons qui n'ont rien à voir avec l'amour.

– À vingt ans, tu peux aussi faire l'amour par amour… Oh! Regarde comme ils sont mignons!

Mathilde agite les deux bras en direction des jumeaux qui se congratulent mutuellement pour un bon coup dont vous avez tout loupé. Comme vous lui enviez par moments la simplicité de sa vie. Vous faites un signe aux garçons, les pouces en l'air, pour leur confirmer qu'ils sont champions.

– Tu as joui, au moins?

– Pardon?

– Ne rougis pas comme une fillette!

Comment peut-on jouir quand c'est la première fois qu'on fait l'amour depuis trois ans, avec un parfait étranger en plus, un homme avec qui l'on n'a pas le b.a.-ba d'une complicité, qu'on est préoccupée par sa propre apparence et son manque de savoir-faire, cha-virée par les réminiscences du seul homme avec qui l'on ait fait l'amour durant le dernier quart de siècle, son mari, qui nous a plaquée pour une autre!

– Évidemment, ça fait beaucoup à gérer.

– Je ne revivrai pas cela! Plus jamais!

– Tu vas virer bonne sœur?

– Je ne baise plus. Je ne veux plus faire que l'amour.

– Et si tu ne trouves pas d'amoureux?

– Oh! je t'en prie! Ne parle pas de malheur.

Vous avez rencontré Richard, Alain, Michel, Luc et d'autres encore. De toute votre vie, vous n'avez jamais approché autant d'hommes que durant les neuf derniers mois. Certains de ces tête-à-tête n'ont pas duré plus de quinze minutes, il est vrai. Vous avez la nausée rien que d'y penser. Comment font celles qui abordent cinquante-cinq hommes en trois semaines?

Vice-président vidéo d'une maison de production de films, Richard affiche un esprit créatif, entreprenant, qui a aussi à son compte une recherche spirituelle intéressante. Audacieuse même, puisqu'il partait, à vingt-cinq ans, avec femme et enfant, vivre dans un ashram en Inde. Vous auriez normalement dû avoir beaucoup à vous raconter. Pourtant, vous étiez au neutre quand vous l'avez rencontré. Vous n'aviez rien à lui dire! Manquez-vous à ce point de culture et de conversation?

Alain est un cas. Célibataire en rupture de ban, il a consenti à prendre une conjointe rien que pour en finir avec le célibat. Il n'y a pas d'amour entre eux, peu de complicité, à peine de la tendresse. Il temporise, cherche l'élue de son cœur ailleurs, avouant candidement que celle avec qui il partage actuellement sa vie ne représente qu'une transition. Conjointe temporaire! La précarité rejoint la vie privée!

Michel est gestionnaire; Luc, homme d'affaires. Gentils, francs, directs, efficaces, ils manquent cependant totalement d'imagination. Vous vous ennuyez avec eux, et eux avec vous.

En dépit de ses cinquante-sept ans bien sonnés, Jacques s'avoue irrémédiablement attiré par les femmes dans la vingtaine. Pourquoi a-t-il répondu à votre message, alors que vous annonciez rondement votre quarantaine? Pourquoi s'être entretenu si longtemps avec vous au téléphone, puis devant une bière à une terrasse, alors que vos quarante-deux ans, annoncés au téléphone, constituent pour lui un obstacle infranchissable? «C'est si riche de parler avec toi! Ça change des conversations que j'ai habituellement avec les femmes…» L'inconséquence des hommes devient-elle contagieuse?

Professeur de philosophie dans un collège, Gilbert voudrait que vous lâchiez tout séance tenante et alliez le rejoindre pour une fin de semaine dans la maison de campagne qu'il rafistole en Beauce. Vous trouvez l'invitation un peu engageante pour une première rencontre. Il ne comprend pas votre réserve… Vous cessez de donner suite à ses appels, puisqu'il n'entend pas d'autre langage.

André téléphone matin et soir, tous les jours de la semaine qui précède votre rendez-vous. Quand vous vous voyez enfin, le samedi, il se précipite vers vous et vous serre à vous étouffer en répétant, visiblement soulagé : «Et en plus tu es jolie! Merci! Merci!» Vous subodorez un grand vide affectif, ce qui vous rend toute réservée. Devant votre manque d'enthousiasme, le pauvre se dégonfle comme un ballon crevé…

Gabriel est marié, désire le demeurer, mais ne détesterait pas trouver dans votre lit un palliatif de la froideur que lui oppose sa femme… Pedro se trouve tout coincé encore dans la crise du chômage et du divorce qui a suivi… il y a six ans! Malgré le temps écoulé, il ne s'en remet pas, et cherche une épaule consolatrice.

Charles a tout pour être heureux. Il est bel homme, paraît en santé, et sa profession le passionne. Il habite un manoir dans le quartier chic de la montagne. Il a connu de près le pouvoir politique et continue à exercer son influence aux plus hauts niveaux. Ainsi, à sa manière, a-t-il par moments tenu le sort du pays entre ses mains. Ses enfants, maintenant de jeunes adultes, lui apportent toute la joie et la fierté que les parents peuvent espérer de leur progéniture. Toutefois, rien n'est parfait, son mariage a été un fiasco et il se sent seul.

– Seul? demandez-vous, incrédule. Comment peut-on être seul quand on a le pouvoir et l'argent? Il doit y avoir des essaims de courtisanes autour de vous.

– Mais pas d'amour véritable. Ce que je cherche, c'est la simplicité et la transparence. Là où je vis, ce ne sont pas des qualités faciles à trouver.

Quand elles se trouvent devant lui, ces qualités, Charles semble incapable de les reconnaître, songez-vous non sans une certaine amertume.

Cette rencontre a laissé des traces en vous. Allez savoir pourquoi, le visage de Charles surgit dans vos pensées au moment où vous vous y attendez le moins. Ces apparitions fortuites vous agacent prodigieusement. Vous aimeriez comprendre pourquoi le souvenir de cet homme a tant d'emprise sur vous. Et aussi pourquoi les hommes de sa qualité prétendent qu'ils vont rappeler quand ils n'en ont pas l'intention. C'est cela qu'on appelle la diplomatie? Où sont l'authenticité, la délicatesse? N'est-ce pas un étrange comportement de la part de qui affirme être en quête de transparence et de simplicité?

Entre vos mains, les feuillets se froissent. Voilà des lignes que leur destinataire ne lira pas. Vous venez de prendre cette décision en vous relisant. Vous ne savez jamais, avant de l'écrire, ce que contiendra une lettre. Vous ne connaissez que la nécessité intérieure, tout à coup, de murmurer à l'oreille de quelqu'un. Dans ces confidences au papier surgissent, comme des présents, des choses que vous ignoriez savoir. Les lettres sont pour vous des moments d'apprentissage. Vous devrez celui-ci à Charles.

Charles,
Voici une étrange lettre. Une lettre qui ne vous est pas destinée en réalité, mais plutôt à un fantôme qui a inopinément emprunté votre apparence. En fait, je l'écris pour moi, cette lettre. Pour tenter de comprendre comment il se fait que, lorsque je m'y attends le moins, ce fantôme de vous surgit brusquement du néant et me nargue. J'écris pour faire monter le jour, les fantômes ayant la réputation de craindre la lumière…

Il y a quelques semaines, la voix de Charles laissait son empreinte dans votre boîte vocale du *Devoir*. Au téléphone, il vous paraissait un peu bourru. Une remarque de votre part, sur le fait qu'il ne vous avait même pas laissé un prénom et que vous ignoriez donc qui rappeler, l'a conduit à vous remettre sèchement à votre place.

— Eh bien, maintenant vous connaissez non seulement mon prénom, mais aussi mon nom.

Vous avez noté qu'il tournait facilement un commentaire anodin en reproche et qu'il y répondait avec une certaine agressivité. Habituée à la mauvaise humeur chronique des hommes, vous avez passé outre, sans même vous demander pourquoi vous teniez tant à faire la connaissance de ce bougon. Quand vous avez raconté ce détail à Mathilde, elle a tout de suite compris de qui il s'agissait.

– Je suis sûre que ce Charles Gauthier, c'est l'ancien p.d.g. de Sogéner.

L'idée vous avait bien effleurée, mais vous l'aviez repoussée tant il vous paraissait invraisemblable de croiser un tel homme par le biais des boîtes vocales. Mathilde avait alors élaboré un plan d'attaque pour que vous sachiez tout sur lui avant le jour J.

– C'est hors de question, aviez-vous répondu.

Vous désiriez avoir accès à l'homme sans que vos perceptions soient faussées par ce que l'on disait du personnage public dans Internet et dans les journaux. Pas question non plus de laisser pervertir votre jugement par les mirages de l'argent et du pouvoir. Vous saviez d'emblée que des murs se dresseraient entre Charles et vous : vous ne vouliez pas en rajouter et arriver devant lui chargée de préjugés. Vous comptiez vous faire votre propre idée avec ce qu'il révélerait ou tairait de lui-même au moment de votre tête-à-tête.

Quand est venu, au téléphone, le moment de préciser les dispositions pour votre prise de contact, il a paru soudain légèrement embarrassé, avouant que c'était sa première expérience avec ce genre de rendez-vous. Vous avez donc pris sur vous d'organiser la soirée. À partir de là, vous avez eu tout faux. Il proposait un restaurant, vous en suggériez un autre que vous saviez correspondre davantage à vos moyens. Il n'est pas dans les habitudes de ces «rencontres du *Devoir*» que monsieur invite madame. Généralement, chacun assume ses frais. L'idée ne vous ayant même pas frôlée qu'il désirait vous inviter, vous avez donc omis de lui dire pourquoi vous imposiez ainsi votre choix. Vous avez dû prendre les choses un peu de haut, sans réaliser qu'il n'avait aucunement besoin de votre aide ; qu'il avait l'habitude de mener la barque, pas celle de se faire commander.

Voilà à la suite de quel malentendu vous vous êtes retrouvés au *Sarah-Bernhardt*, un restaurant qu'il a tout de suite détesté avec son éclairage cru, la promiscuité des tables et cet affreux rideau rouge à l'entrée, qui s'ouvrait brusquement à tout moment, forçant la curiosité, détournant l'attention de ce qui aurait dû la réclamer toute. À la façon dont il a demandé qu'on vous assoie à une autre table, vous avez compris que Mathilde ne s'était pas trompée. Vous avez aussitôt changé de registre et l'avez laissé prendre en charge le reste de la soirée. Trop tard. Vous étiez déjà épinglée dans sa collection aux côtés des castratrices.

[...] Vous m'avez avertie d'emblée que vous saviez toujours en moins de deux minutes à qui vous aviez affaire. Normalement, je réplique à des affirmations aussi péremptoires. Un jugement comme celui-là ne peut être que grossier, partial, faussé par les circonstances et en conséquence totalement injuste. Vous ouvrez la porte sur moi alors que c'est plein hiver dehors, moins trente degrés au bas mot, bourrasques et poudrerie. Forcément je me froisse, je me recroqueville, je me replie sur moi pour me protéger du froid. Vous penserez que je suis frileuse, que je manque d'audace, de force, de courage? Ouvrez la même porte alors qu'il ne fait que dix degrés de plus, vous aurez devant vous une tout autre personne. Quelle idée vous ferez-vous alors de moi? Cette appréciation sera-t-elle plus juste que la première?

Au lieu de lui livrer alors le fond de votre pensée, vous avez fait confiance à son jugement et à votre capacité de plaire. Si cet homme parvenait vraiment à lire au-delà des apparences, ce ne pouvait que vous être favorable. En même temps que vous pensiez cela se produisait un phénomène étrange en vous. Vous ramollissiez. Vous vous trouviez tout à coup privée de moyens, sans ressort, sans voix. L'ombre de vous-même! Tandis que vous vous piquiez intérieurement pour tenter de réagir à cette paralysie inattendue, la soirée passait. Vide de vous. C'est sans doute votre propre voix muselée qui vous hante aujourd'hui davantage que le fantôme de Charles. Alors que vous êtes d'ordinaire assez vive dans le tête-à-tête, ce soir-là, vous étiez muette. Vous notiez pêle-mêle les impressions, ces petits bouts de lui qu'il vous livrait au compte-gouttes, et ces myriades d'informations qu'il taisait, bien qu'elles fussent du domaine public. Vous ne vouliez ni forcer ses confidences ni le brusquer. D'où est-ce que vous teniez qu'un tel homme déteste qu'on l'affronte?

Si vous aviez eu, avant de le connaître, l'occasion de faire les apprentissages que vous avez faits avec lui ce soir-là, sans doute auriez-vous agi autrement. Vous ne seriez pas demeurée paralysée longtemps. Vous auriez avoué simplement : «Je sais qui vous êtes. Je constate que cela m'intimide plus que je ne l'aurais imaginé. Je voudrais que cela ne constitue pas une barrière entre nous. Croyez-vous que ce soit possible?»

[...] D'une certaine manière, je vous ai fait défaut. Je n'ai pas su rester simple. Je le regrette. J'ai le sentiment d'avoir raté un bel échange, et ce rendez-vous manqué me laisse parfois une impression amère. J'y reviens comme à un travail qu'il convient de terminer. Je ne sais pas pourquoi je tiens tant à terminer ce travail. Peut-être parce que, sans cela, il me serait impossible d'aller plus loin? C'est ainsi que je comprends la constance avec laquelle mon imagination vous cède son espace. Qu'ai-je donc à apprendre de vous?

Devant vous au *Sarah-Bernhardt*, ce soir-là, se tenait l'homme. Pour vous, Charles incarnait cela : l'essence de la virilité. Un physique solide. Une présence incontournable, un rien impériale. Une tête bien faite, cultivée, qui pense par elle-même. Une volonté et une ambition agissantes, qui ont mené des croisades, remporté des victoires, connu des défaites; qui tiennent debout dans la tempête. Solide, avez-vous dit. Quelqu'un que l'on craint et que l'on respecte. Mais ce qui est craint et respecté peut-il se savoir aimé?

[...] J'ignore si ce portrait vous ressemble, je ne sais rien de vous. Il n'y a rien dans les vapeurs émanant du fantôme qui me hante qui soit réellement

129

de vous. Rien qui ne soit autre chose que le fruit de ma propre imagination. Pourtant, je suis aux prises avec ce désir de plaire à un fantôme. Vous imaginez cela? Intelligence et lucidité ne me protègent donc de rien?

J'ai dit que votre fantôme surgissait inopinément dans ma vie. Cela s'est produit encore tout à l'heure. Je lisais Christian Bobin : «Je prends des notes sur ce qui a résisté et c'est forcément du tout petit, et c'est incomparablement grand, puisque cela a résisté, puisque l'éclat du jour, un mot d'enfant ou un brin d'herbe ont triomphé du pire[1].» Pourquoi cette phrase tout à coup me fait-elle penser à vous? Pourquoi est-ce que je pense qu'elle contient un secret qu'il vous plairait de connaître?

Tandis que vous parcourez le monde et en prenez la mesure, de mon côté je fais comme Bobin de l'éternité avec de l'ordinaire : je plante des fleurs, calme une fièvre d'enfant, dresse la table, couche des mots sur la page… J'essaie de m'en tenir à l'essentiel. Ce qui me touche dans la vie, ce qui retient véritablement mon attention, c'est la manière particulière dont chacun résiste, puis cède, à la part d'ombre qui menace en lui. Pourquoi est-ce que j'ai la conviction que c'est un sujet que vous auriez aimé aborder avec moi?

Voilà essentiellement ce que je privilégie : les petites choses. Comme de prendre le temps d'écrire une lettre au fantôme d'un inconnu. Presque pour

1. Christian Bobin, *Autoportrait au radiateur*, Paris, Gallimard NRF, 1997, p. 88.

rien. Pour dire qu'il a laissé une trace. Une trace parfois bien embêtante, dont je dois me défendre et qui réclame de l'attention et de l'énergie. Une trace qui crée cependant un contraste utile. Qui sollicite en moi des choses qui ne l'auraient pas été autrement, qui permet de les connaître, de les apprivoiser, d'en faire l'expérience.

Si le hasard met un jour cette lettre sous vos yeux, Charles, remerciez de ma part le fantôme de vous pour ce que, sans le savoir, il m'a permis d'apprendre sur moi.

Anne

Mathilde a l'air de penser que vous avez une vie particulièrement trépidante à côté du calme plat de la sienne. Si elle savait à quel point vous enviez ses pantoufles et sa routine.

– J'ai l'impression d'être une itinérante de l'amour, expliquez-vous. Une bonne à rien, incapable de satisfaire mes besoins primaires comme le commun des mortels.

– N'exagère pas!

– Une mésadaptée, je te dis! Je mendie dans les journaux, dans les soupers rencontres, dans les brunchs du dimanche, jusque dans Internet «un peu d'amour pour subsister».

– Tu es peut-être trop exigeante?

Vous raclez une coulée de cire qui vient de se déverser sur la table. La flamme de la chandelle vacille entre vous.

– Je crains que la faculté d'aimer ne faiblisse avec l'âge.

– Tu sais aussi bien que moi que l'amour n'a pas d'âge.

Il paraît, oui. Mais votre expérience à vous, c'est que neuf fois sur dix, passé quarante ans, Roméo ne convient pas à Juliette ni Juliette à Roméo. Ils ont du savoir-vivre : ils se serrent la main, se souhaitent bonne chance ; seulement, ils repartent chaque fois chacun de son côté.

– L'amour n'est pas quelque chose qu'on programme. Tu crois que j'ai un jour inscrit à l'agenda : «Cet été, je règle ce dossier» et que là-dessus je me suis organisée pour tomber amoureuse de Roger ?

Entre Roméo et Juliette, les vrais, les choses auraient dû se passer tout autrement. Il aurait suffi d'un détail, d'une poussière, d'un grain de sable, pour qu'ils passent l'un à côté de l'autre sans se voir. Pourtant, le miracle a eu lieu.

– À cause de quoi, tu crois ? À cause du destin !

– Oh! Je t'en prie, protestez-vous, ne me parle pas de destin. Lorsqu'on tombe amoureux, on est trop heureux de croire que l'on était, de tout temps, destinés l'un à l'autre. Cela ajoute du piment à l'amour. En réalité, le destin n'existe pas. On invente l'âme sœur comme on invente Dieu : pour se rassurer.

Mathilde vous jette un regard lance-flammes. Elle déteste que vous piétiniez ainsi ses croyances.

Par vous ne savez trop quelle alchimie, votre esprit fait se dresser tout à coup le grand corps maigre d'Yvan Bernier. C'est un collègue écrivain à qui vous avez donné à lire les textes que vous avez réunis sur vos récentes expériences. Certains passages l'ont agacé. D'autres, par contre, semblent l'avoir ébranlé dans ses certitudes. Là où il n'avait aucune envie de se voir sollicité. Pour se débarrasser de vous, il a prétendu que vous êtes une mystique. Il assure que l'homme que vous cherchez s'appelle Dieu, et vous invite à lire Saint-Ceci et Saint-Cela… Vous avez tourné ses propos dans votre tête durant des jours, parce que vous accordiez du crédit à cet homme. Pourtant, plus vous y songez, plus il vous semble qu'Yvan se trompe. N'êtes-vous pas là, vous? Une âme, bien sûr, mais aussi un être de chair et de sang, avec ses aspirations nobles comme avec ses désirs lancinants. N'êtes-vous pas une femme profondément ancrée dans la réalité? Chaque jour, ne croisez-vous pas des femmes qui, si elles n'ont pas toutes vos exigences, ne sont pas moins que vous troublées dans leur quotidien par une détresse et des aspirations semblables aux vôtres? N'est-il pas aberrant de prétendre qu'aucun homme n'éprouve pour sa part de tels désirs, une semblable détermination? Comment un écrivain de la trempe d'Yvan, qui se penche en outre sur le rapport amoureux dans ses livres, en arrive-t-il à réduire de la sorte la complexité des sentiments qui agitent l'humain dans sa soif d'aimer?

— C'est pas une vraie question ça, coupe Mathilde. Il a la trouille, pardi!

— À cinquante ans, se contenter d'aimer dans l'insouciance et l'aveuglement de ses vingt ans? Pourquoi tricher ainsi?

— Parce qu'il ne veut pas avoir cinquante ans!

Il faut être bien souffrant devant les exigences de son âge pour consentir à de telles compromissions. Vous espérez ne jamais en arriver là. Vous vous battrez, s'il le faut, pour avoir toujours la force d'assumer votre âge. Et l'homme que vous cherchez serait-il seul dans l'univers capable d'aimer comme vous vous en sentez capable, quand bien même ne devrait-il jamais croiser votre route, un tel homme serait néanmoins la preuve vivante que vous avez raison et qu'ont tort les incrédules qui désespèrent de l'humanité.

– Ton Bernier n'a pas tort. On appelle ça la foi.

– Rien à voir avec la foi. Je sais que cet homme existe.

– Intuition féminine?

– J'existe bien, moi. Qu'un être humain puisse avoir les mêmes aspirations que moi, c'est si improbable?

– Si tu désires que cet être humain soit un homme, à mon avis, tu viens de diminuer considérablement tes chances.

Dieu que les gens vous paraissent cyniques! Eh bien, s'il vous faut absolument passer pour une mystique, soit! Mais rien ne vous fera renoncer à la conviction que, quelque part au monde, en ce moment même, un homme tour à tour désespère de vous et reprend courage. Il sait, tout comme vous savez, que les probabilités que ses pas et les vôtres foulent les mêmes routes au même moment sont plus qu'aléatoires. Tout comme vous, cependant, il croit qu'elles existent. Vous continuerez donc à espérer reconnaître un jour dans le regard d'un homme la détermination qui se trouve dans le vôtre. Il fera de même. À espérer, dites-vous bien. Car vous commencez à comprendre qu'il y a dans la quête amoureuse le germe même de ce qui la compromet.

– Au fond, chercher l'amour, c'est le tuer dans l'œuf.

– Tout le monde sait ça, ma pauvre Anne! C'est du domaine de la science populaire!

Mathilde a raison. Comment avez-vous pu passer à côté d'une vérité comme celle-là? L'amour, c'est gratuit, c'est sauvage, c'est libre. L'amour refuse de se laisser enfermer dans les stratégies, les planifications, les intrigues et les manigances. Il ne faut pas chercher l'amour, c'est lui qui doit nous trouver. L'amour veut surprendre. Il attend qu'on ait l'esprit à des kilomètres de là avant de nous tomber dessus.

– Alors, j'arrête.

– Pardon?

– J'arrête tout, je te dis.

Voilà où vous en êtes, songez-vous, enfoncée dans votre divan protecteur au milieu de la nuit, une fois Mathilde rentrée chez elle. Vous êtes au bord de vous dédire. Vous cherchez cet amour au milieu d'un champ de bataille, là où, assurément, il ne se trouve pas. On ne compte plus les morts ni les blessés dans cette vallée. Que ferait l'amour parmi ces décombres, au milieu de cadavres en putréfaction? Vous le savez ailleurs, là où il y a la douceur de vivre, le rire, la sérénité. Là où l'on ne force pas les choses. Là où l'on s'intéresse davantage à la vie. Voilà. Vous vous apprêtez à déserter. Vous qui avez toujours su vous battre avec opiniâtreté pour vos rêves, voilà que vous déposez les armes et quittez le champ de bataille en plein combat. Soudain, votre quête s'est vidée de son sens. Vous ne croyez plus à cette démarche qui prend des allures conquérantes, impérialistes. Vous ne croyez à aucune guerre : comment avez-vous pu vous lancer dans celle de l'amour? Tandis qu'autour de vous la lutte se poursuit, que les balles sifflent et les peaux se déchirent, vous virez le dos au champ de bataille et rentrez chez vous. Vous sortez de la quête pour mieux prendre possession de vous.

Vous allez retrouver vos livres, le silence, la paix. Vous voulez chérir votre solitude. Vous abandonner au calme de la rivière, panser vos plaies. Marcher longuement sous le ploiement des arbres dans le crissement des cailloux du sentier. Dire : «Bonjour, madame», «Bonsoir, monsieur» aux voisins que vous croiserez en faisant votre promenade vespérale. Offrir des dîners complices à votre aînée. Accueillir ce fils prodigue, s'il vous accorde un jour assez de confiance pour vous adresser un signe. Recevoir des amis à la chaleur de votre table. Jouer à Robinson avec les enfants du voisin. Et regarder s'ébattre les canards, qui ne sont plus deux mais bien près d'une douzaine, car le bonheur fleurit de lui-même, se reproduit et se répand. Vous voulez laisser s'emplir votre âme de ces bonheurs simples, indéfectibles, aussi sûrs et riches que les levers de soleil, les retours de pleine lune, le passage des saisons. Vous voulez vieillir tranquille, à l'ombre de vous-même, dans la douceur du temps. Tant pis pour l'homme, s'il se prive de vous !

2

Aux mois d'agitation succèdent les mois de répit. Peut-être aviez-vous simplement sous-estimé le trouble dans lequel vous jetaient ces rencontres, mais passer à autre chose a suffi à faire chuter votre niveau d'anxiété. Vous avez l'impression d'avoir échoué sur une île déserte après la tempête. Le temps ne s'est pas arrêté autour de vous, mais c'est tout juste. Vous vous étonnez de ressentir cette période comme une trêve, une transition tranquille, car rien n'est vraiment calme dans les mois qui suivent, bien au contraire. Seulement, malgré les bouleversements de tous ordres, heureux ou difficiles, vous traversez sereinement ces saisons.

Il y a d'abord la saison du livre. Le conte que vous aviez écrit au printemps a cette fois été confié à un illustrateur-vedette. Vous connaissiez cet artiste de réputation. Vous admiriez depuis longtemps son travail et on disait beaucoup de bien de la qualité de ses rapports avec ses collaborateurs. Toutefois, vous demandiez à voir. Tant de grands noms se révèlent en réalité insupportables de vanité et de suffisance. Vous aviez le sentiment d'avoir tout à craindre de ce garçon : les idées toutes faites sur vos personnages, le refus de remettre en question son travail, les caprices de star… C'est donc avec une certaine méfiance que vous vous êtes rendue à son atelier, à la demande de l'éditeur, pour discuter des esquisses.

Bon point en sa faveur, que cette rue modeste du Plateau, avec ses escaliers en spirale, ses bacs de recyclage en bordure du trottoir, ses drapeaux du Québec aux fenêtres, ses balcons qui ploient sous le poids du bric-à-brac des boîtes à fleurs, des bicyclettes et des chaises de parterre empilées là sous du plastique pour l'hiver. Vous comprenez que, pour dessiner, un artiste s'installe ici, au cœur du vrai monde. Un embryon de réconciliation germe en vous tandis que vous tournez un bouton de sonnette d'une autre époque.

– Benjamin Cyr, s'il vous plaît. Je suis…
– Anne, bien sûr! C'est moi, Benjamin. Entrez!

Vous vous attendiez à autre chose. C'est tout le contraire du personnage arrogant qui se déploie devant vous. L'humilité de Benjamin Cyr n'a d'égale que sa taille. Ce garçon s'avère si grand qu'il vous donne le vertige. Il vous tend une main chaleureuse, à la poigne solide. Ses installations paraissent plutôt modestes. Il dessine sur un coin de la table de la cuisine pendant que les enfants sont à l'école. On peut créer des chefs-d'œuvre sur un coin de table entre boîte à lunch et supervision des devoirs? Le contact avec lui est facile. D'autant que vous n'avez rien à redire de ses esquisses, qui frappent votre esprit comme ce que vous avez vu de plus beau depuis que vous travaillez dans l'édition pour enfants.

La sensibilité de Benjamin, les valeurs qu'il défend comme artiste, semblent assez proches des vôtres. À la différence de vous cependant, Benjamin ne fait aucune concession au dieu commerce. Il défend des valeurs relativement traditionnelles qui prennent des allures révolutionnaires, si on les compare avec les choix de la plupart des gens aujourd'hui. Comment ne pas songer à Martin en observant Benjamin? Votre fils saura-t-il comme Benjamin trouver l'équilibre entre travail, famille et amis? Réussira-t-il à se réconcilier avec la partie sombre de lui-même? Cherchera-t-il à transformer sa vie en une œuvre d'art? Vous vous étonnez que Benjamin soit parvenu si tôt à un tel degré de sagesse. À trente-trois ans, il semble vivre en pleine lumière, en harmonie avec lui-même et le reste du monde, alors que vous-même traînez encore dans les marécages ombrageux de l'indécision et de l'api-toiement. Certains jours, vous lui enviez sa sérénité. Qu'avez-vous donc tant à lui envier? Objectivement, n'êtes-vous pas somme toute une femme heureuse et accomplie?

L'univers de Benjamin et le vôtre se rencontrent, se croisent, se conjuguent, de telle sorte que, au bout de quelques mois, vous pourriez jurer que l'album né de votre collaboration résulte de l'amour. Comme le bonheur se montre contagieux, le livre sera bien accueilli par la critique et les lecteurs. Pourquoi cet heureux événement ne suffit-il pas à vous combler? Pourquoi ne trouvez-vous de satisfaction dans rien de ce que vous entreprenez? Pas même dans vos réussites.

Sur votre île déserte a également soufflé la saison de la mort. Celle du père, abrupte, inattendue. Observant le désarroi familial autour du mourant, vous mesurez votre chance. Vous avez eu, vous, le privilège de faire la paix avec ce père inadéquat. Tandis que vous re-gardez vos sœurs et votre mère s'épuiser à établir le compte de tout ce qu'il aurait fallu dire, demander, faire admettre à cet homme et exiger de lui, vous constatez que vous n'avez rien omis, de votre côté, qu'il n'y a rien à ajouter à ce qui a été transmis de l'un à l'autre, du père à la fille, de la fille au père. Vous avez guéri, croyez-vous, des blessures de l'enfance. Vous laissez donc sereinement partir cet homme. Toutefois, des mois plus tard, son fantôme recommencera à hanter vos nuits comme lorsque vous étiez petite.

Pourquoi porter attention à un fantôme quand, sous votre fenêtre, se profile la plus belle de toutes les saisons : celle du retour du fils prodigue? Quelques semaines plus tôt, un après-midi que vous dévalisiez les magasins avec Chloé, votre fille a annoncé :

– Martin a appelé. Il a demandé ta nouvelle adresse.

Plus d'un mois avez-vous passé à espérer que retentisse la sonnette de l'entrée. Vous aviez presque cessé d'y croire. Puis, un après-midi, il se tient là devant vous qui, incrédule, émue, infiniment reconnaissante, ne savez pas quoi dire. Il a maigri. Vous vous informez de lui d'un coup d'œil : les vêtements flottant autour du corps, les joues creuses, les yeux cernés, l'anneau au sourcil, les cheveux longs, libres sur les épaules. Martin arbore toujours ce sourire un peu moqueur derrière lequel il se protège… Oui, il va bien, songez-vous en suivant son regard, perçant, d'une incroyable profondeur, qui demande : on peut entrer? C'est à ce moment-là que vous la voyez, elle. Il la tient par la main. Une petite et fragile comme lui. Une de son espèce, sauvage et blessée. Et ce ventre tout rond sur lequel elle pose sa main libre vous apparaît aussi. Vous ne retrouvez pas seulement un fils. Vous gagnez une fille et un petit-enfant en prime. Vous les faites entrer, bien sûr, gênée de vous trouver si malhabile tout à coup, comme ces mères qui en font trop à craindre de n'en point faire assez. Avez-vous faim? Avez-vous soif? Trop chaud ou trop froid? Puis-je vous offrir quelque chose? Ça va, ce fauteuil, Mélanie, ma petite Sauterelle? Tu n'as pas mal au dos, c'est sûr? Racontez-moi tout. J'avais perdu un petit garçon, voilà que je retrouve un homme. Qui es-tu devenu, mon fils? Dites-moi qui vous êtes, tous les deux. Comment vous êtes-vous reconnus? Comment vous est venu cet enfant? Qui sont vos amis? Quels sont vos rêves, vos désespoirs? Qu'est-ce qui vous amène à rompre le silence soudain? Non, ne dites rien! Quelle sotte je suis! Je ne demande pas d'explications que vous ne voudriez pas fournir. Je ne veux rien qui soit une barrière entre nous. Aidez-moi à me taire. À ne rien demander. Me trouver là, seulement, dans la présence de vous, c'est déjà le bonheur. Ces retrouvailles n'ont pas besoin de mots. Oui, tu es le bienvenu, mon fils, avec cette femme que tu aimes, la mère de ton enfant. Qui que tu sois devenu, je t'aime, et j'aime aussi ces êtres que tu chéris. Sens la chaleur et la tendresse que j'emmagasine pour toi depuis des années. Prends tout, d'un bloc ou au compte-gouttes, comme il te plaira. Sers-toi à ton rythme, à ta soif. Quand tu croiras la source tarie, il y en aura encore. C'est chez toi, chez moi. Mes bras et mon cœur sont assez grands pour trois.

Jamais vous n'oublierez le regard de votre fils quand il dépose, quelques mois plus tard, sa petite Ariane dans vos bras… Ariane, cette petite chose grouillante qui tient presque dans une seule main; qui sent le lait chaud et le sucre doux; qui exige à pleins poumons, dévore le sein de sa mère, puis sourit aux anges pendant son sommeil; Ariane, la bien-nommée, le fil qui vous a ramené Martin, celui grâce auquel vous n'avez pas perdu votre fils dans les dédales obscurs qu'il était parti explorer loin de l'impossible famille dont vous tentiez en vain de recoller toute seule les morceaux.

Enfin a surgi la saison de l'amour. Pas pour vous, non, pas encore. Cette saison est celle de Claude. Par une énormité que vous vous expliquez mal, vous, la femme large d'esprit et ouverte à tout, semblez bien être la seule aujourd'hui à vous inquiéter de ce mariage. La seule à ne pas comprendre ce qui a pu pousser Claude, la célibataire endurcie, à se marier. La seule à vous étonner de sa prédilection soudaine pour Me Sanscartier. La seule à vous interroger sur les raisons qui l'ont menée, elle, la citadine et athée, à célébrer ce mariage religieux dans une petite église de campagne. Pour tout le monde, sauf pour vous, cela semble aller de soi. Il y a tant de détails qui clochent, qui ne coïncident pas avec l'image que vous vous êtes faite de votre amie. Vous vous attendez à tout instant à ce que quelqu'un saute au beau milieu de la salle et annonce dans un grand éclat de rire la fin de la supercherie. Pourtant non, le mariage a bel et bien eu lieu. Les nouveaux mariés, flanqués de leurs parents, ont reçu tout à l'heure les félicitations d'usage à l'entrée de l'auberge champêtre. Maintenant installés à la table d'honneur, ils échangent de longs baisers langoureux dans le tintamarre des cuillères qu'on frappe contre les coupes de cristal. Votre cuillère, elle, se rebiffe, demeure suspendue dans les airs. Quelque chose en vous refuse de jouer le jeu.

– On a un blocage?

Mathilde vous chuchote cela à l'oreille avec un sourire moqueur.

– Ça me dépasse.

– C'est pourtant pas compliqué. Tu frappes délicatement le verre avec la cuillère pour réclamer un baiser.

– Ils n'ont pas besoin de nous pour s'embrasser.

– Non, mais ça leur fait plaisir qu'on leur donne un prétexte pour le faire devant nous, ici, maintenant. Elle n'a pas l'air heureuse, Claude?

– Resplendissante, en fait. Ça fait partie des choses que je m'explique mal.

– Que Claude soit heureuse?

– Elle vient de passer pratiquement vingt-cinq années de sa vie à dénoncer un système dans lequel, pour finir, elle se fond en roucoulant comme si elle n'avait jamais rêvé que de cela. Franchement, ça me choque.

– Claude n'a jamais dénoncé le mariage. Elle a toujours prétendu qu'elle ne trouvait pas chaussure à son pied.

– Ah non! Là, pardon, je t'arrête. «L'institution du mariage est une aberration», a-t-elle seriné sur tous les tons. «C'est une énorme machination pour déposséder les femmes de leur citoyenneté et les priver de toute possibilité de changer les choses.»

Mathilde vous regarde, interdite.

– Tu l'as crue? C'était sa manière de se défendre de n'avoir pas été choisie… Anne, si je ne te connaissais pas si bien, je penserais que tu es jalouse!

C'est à vous de jeter sur Mathilde un regard scandalisé.

– «De n'avoir pas été choisie»? Tu es en train de me dire que toutes les luttes féministes sont le fait de femmes frustrées de n'avoir pas été élues? Tu me donnes envie de hurler tout à coup. Ça fait peut-être trop longtemps que tu es à la maison avec les enfants. Ton univers se ratatine.

Mathilde hausse les épaules et se détourne de vous. Elle entame un bout de conversation avec Roger et Léa. Vous vous tournez vers votre voisin de droite. Il faudra remettre à plus tard l'occasion de lier davantage connaissance avec ce Normand : il est en grande conversation avec sa voisine, une grande blonde un peu trop maquillée, Hélène, qui s'est présentée comme esthéticienne. Un peu plus, elle vous remettait sa carte. À la droite d'Hélène, une cousine de Mᵉ Sanscartier, seule comme vous. À ses côtés, le compagnon de Léa pour la soirée, François, un homme dans la quarantaine qu'elle vous a présenté avec enthousiasme tout à l'heure comme le p.d.g. de vous ne savez plus quoi. Si vous vous fiez à la façon dont ce François détourne un peu trop facilement la tête vers les jeunes femmes, quand il croit que Léa ne le regarde pas, il ne devrait pas passer le cap de la journée.

– Et Nicolas, quelles nouvelles? avez-vous demandé à Léa lorsque vous vous êtes retrouvées seules un moment.

Léa affirme l'avoir sorti du tableau et être passée sans regret à autre chose. Vous savez que c'est faux. Vous avez appris par Claude que Nicolas lui en a préféré une autre, plus jeune, et que Léa en a souffert.

Secrètement, bien sûr. Elle se ferait arracher les yeux plutôt que de l'admettre.

Vous balayez la salle du regard. Chaque tablée ressemble à la vôtre : sept ou huit personnes, les hommes alternant avec les femmes, avec l'hiatus occasionnel de femmes seules assises côte à côte. L'inverse ne se produit pas, comme si aucun homme n'avait à subir l'opprobre de sortir sans être accompagné. Pour avoir rencontré tant d'hommes seuls ces derniers mois, vous savez que cette perception ne reflète pas la réalité. Plusieurs de ces hommes sont en fait sans compagne. Pourtant, ils se débrouillent dans de telles occasions, ou alors ils restent chez eux.

Vous faire accompagner! Avouez que vous n'y aviez même pas songé! Cette illumination jette un jour nouveau sur votre situation. Curieuse, vous vous demandez à qui vous auriez pu demander ce service. De tous ces célibataires dont vous avez fait la connaissance, à combien auriez-vous osé proposer de vous accompagner à ce mariage? Avec le sentiment d'avoir frôlé une catastrophe, vous revoyez vos tête-à-tête. L'idée de présenter un seul de ces hommes à vos amies vous donne la chair de poule.

Vous regardez l'assemblée avec curiosité. Il doit bien y avoir une soixantaine d'hommes dans la salle aujourd'hui. Combien parmi eux vous attirent? Combien trouvez-vous seulement agréables à regarder? Avec combien d'entre eux prendriez-vous plaisir à échanger plus de quelques mots? La vérité? Aucun, mis à part Roger – mais lui, ça ne compte pas, vous le connaissez. Ce résultat vous paraît improbable. Vous reprenez l'exercice en y mettant un peu plus de conviction cette fois. Rien à faire, aucun homme ici ne semble mériter votre attention. Vous êtes stupéfaite.

Roger se penche vers vous dans le dos de Mathilde :

– Ça va, toi ?

Vous avez bien envie de balayer sous le tapis vos découvertes, mais comment résister à l'idée de confier à un esprit scientifique le résultat terrifiant de vos observations ?

– Aucun ? insiste-t-il.

– Mis à part toi, bien sûr.

Mathilde ne vous permet pas d'ouvrir cette brèche. Depuis quelque temps, elle assure une surveillance de tous les instants sur son homme. Vous seriez bien surprise que quiconque puisse passer au travers des fortifications qu'elle est en train d'ériger autour de Roger.

– Avec tes Roméos, c'est pareil ?

– Non, tout de même. Certains m'ont attirée.

À votre droite, Normand part d'un énorme éclat de rire. Un rire gras qui fait sursauter une poitrine velue dont la toison gonfle la chemise. Hélène lui raconte une histoire truculente qu'il écoute avec délectation. Sa main vient de quitter la table pour se poser sur la cuisse de la blonde, qui baisse aussitôt les yeux sur son assiette avec des manières de fausse vierge intimidée. Vous êtes soufflée. Roger sourit. Il admet d'un clin d'œil que ce Normand n'est pas excitant.

– Y en a-t-il un avec qui tu regrettes que ça n'ait pas marché ?

– Si ça n'a pas fonctionné, je suppose que c'était mieux ainsi. Ça m'épargne d'entretenir de vains regrets.

– Réponse de tête, chouchoute, coupe Mathilde. On parle à ton ventre, là. On cherche à découvrir ton type d'homme, alors laisse-toi aller. Avec qui aurais-tu aimé que ça fonctionne ?

Vous sentez des rougeurs réchauffer vos joues. Vous vous trouvez idiote comme une gamine hésitant à confier le prénom de son amoureux.

– Charles, peut-être.

– Le millionnaire… Tiens donc ! Méchant hasard… Et qu'est-ce que tu lui trouves ? À part ses millions, je veux dire…

– Ça n'a rien à voir avec l'argent. C'est… Comment dire… Ce type, c'est un vrai gars.

Roger a l'air particulièrement intéressé par ce qu'il anticipe.

– Ça ressemble à quoi, un vrai gars ?

Vous prenez le temps de réfléchir. Vous ne voulez ni tricher ni mentir. Vous tentez de décrire le plus fidèlement possible ce qui s'est passé avec Charles. En grimaçant une requête d'indulgence, vous lâchez votre énormité.

– C'est carré, un peu bourru, cultivé, ça parle politique et société, ça dit que ça va rappeler, et ça ne rappelle pas…

– Eh bien ! s'exclame Roger, je suis presque content de ne pas être un vrai gars, moi !

Tout à coup, cela vous saute aux yeux. Seigneur ! C'est votre père que vous venez de décrire là.

Mathilde se moque de vous.

– Il était à peu près temps que tu t'en rendes compte !

– Maman, retiens-moi, je vais le tuer !

Mathilde ne bouge pas encore. Elle demeure quasiment statufiée devant la cuisinière, concentrée sur le potage comme s'il y avait une question de vie ou de mort à remuer au bout de la cuillère en bois. Vous faites des vœux pour que se transforme en une éternité de paix ce silencieux mais hélas trop bref repli stratégique qui flotte dans la pièce d'à côté, entre une menace de mort et la riposte à venir. Ces dix secondes vous paraissent plus lourdes de tension que les conséquences d'un impair diplomatique américain au Moyen-Orient. Dans ces moments de crise entre adolescents, vous le savez, toute suspension des hostilités cache habituellement une perfidie dévastatrice. Vous vous attendez à ce que la bombe éclate d'une seconde à l'autre. Rompue aux préceptes du *just in time*, Mathilde économise ses énergies. Elle n'interviendra que lorsque aura fondu tout espoir de voir la crise gérée par les protagonistes. Juste avant que la bombe n'explose et ne détruise ses petits chéris – emportant dans la déflagration ce divan et cette table basse qui lui ont coûté la peau des fesses, il y a six mois. Voilà comment vous voyez la scène, perchée sur un tabouret de la cuisine, soulagée de savoir les jumeaux concentrés sur un jeu électronique au sous-sol. Si Florence et Étienne continuent, vous ne saurez jamais la raison de l'appel au secours de Mathilde.

Un mouvement se devine dans le séjour. La menace des coups bas se concrétise. Mathilde passe silencieusement dans la pièce d'à côté. Vous admirez son calme. Les bras croisés, elle observe la scène. Son fils est debout sur le divan, à fouiller d'un bâton de hockey les coussins empilés où s'est enfouie la balle de tennis qu'il utilise comme rondelle dans la maison. La balle retrouvée, il la place par terre et s'apprête à la frapper en direction de sa sœur quand il aperçoit sa mère. Il devient tout sucre et miel.

– C'était une blague! explique-t-il en ouvrant les bras.

Mathilde retient son indignation. Elle ne dit pas un mot, ce qui a plus d'impact sur Étienne que la crise de nerfs ou le sermon. Florence n'a pas compris la stratégie de sa mère. Elle enrage et coupe à Mathilde ses effets.

– Tu dis rien! Il allait me *shooter* sa balle dessus, et tu dis rien!

Mathilde ne bronche pas. Pas même un coup d'œil en direction de Florence ni un commentaire sur son anglicisme. Vous-même n'auriez pu résister à la tentation de le corriger, s'il avait été de Chloé ou de Martin. Imperturbable, Mathilde continue à crucifier Étienne du regard. Celui-ci crâne un peu. Doucereux, il remet les coussins en place, les tapotant gentiment, plus que nécessaire même. Les protestations de sa sœur le mettent visiblement en joie.

– On sait bien, c'est ton chouchou. Il pourrait me battre à mort, tu dirais rien!

Il y a sept ou huit ans, quand vos enfants avaient cet âge, ce genre de réflexion vous lançait dans une introspection nourrie d'où vous sortiez meurtrie de culpabilité et suffisamment discréditée à leurs yeux pour vous couper de tout espoir d'intervention sensée. Mathilde semble avoir plus de métier que vous à l'époque : elle ne parle pas, elle toise. Elle darde son œil impassible sur Étienne, ne laissant rien passer entre elle et lui que sa réprobation muette. Rien, pas même la jalousie de sa fille, ne parvient à s'interposer entre eux. Son regard ne fléchit pas, et bientôt ce grand fanfaron en face commence à moins savoir sur quel pied danser pour mettre sa mère de son bord. Il range son attirail de hockey et allume le téléviseur, que Mathilde éteint avec la télécommande. Il rallume, elle éteint de nouveau. Il lui tient tête à quelques reprises, mais cela devient gênant à la fin de savoir le regard de sa mère sur sa nuque. Il fait mine de lui laisser le dernier mot.

– Je crois que je vais aller lire dans ma chambre, dit-il d'un ton léger.

– Il va s'en tirer comme ça! s'indigne Florence. Je peux pas le croire!

– Qu'est-ce que tu veux, on l'a ou on l'a pas, ti-cul! lance Étienne à sa sœur, bravache, en passant à la hauteur de sa mère.

Mathilde se met sur son chemin. Pour monter à sa chambre, Étienne devra la contourner; ce qu'il tente de faire évidemment, mais par un pas de côté Mathilde lui barre de nouveau la route.

– Tu veux plus que je lise maintenant? Quand je vais dire ça à mon prof de français!

– Yé baveux ça se peut pas, et toi, tu fais rien!

La petite danse des pas de côté se poursuit un moment jusqu'à ce qu'Étienne abdique enfin. Il se tourne vers sa sœur.

– O.K. Je m'excuse.

Il se retourne vers sa mère.

– Là, t'es contente?

– Ta gueule! crie Florence. C'est trop facile! Ça marche peut-être avec maman, tes excuses, mais avec moi, tu peux crever!

Étienne prend sa mère à témoin.

– Tu vois? Je reconnais mes torts, mais c'est pas assez pour mademoiselle. Il faudrait que tu m'arraches les yeux et les ongles pour qu'elle commence à se sentir un peu satisfaite.

– T'inquiète pas, pauvre petit chouchou à sa maman, elle lèvera jamais la main sur toi.

– Elle me provoque, là! lance-t-il d'un air faussement indigné. Je sais pas ce qui me retient de lui sauter dans la face mais, tu vois, moi, je me contrôle!

– Y m'écœure!

Les yeux de Mathilde ne quittent pas ceux d'Étienne.

– Quoi? Qu'est-ce que tu veux que je fasse? Je me suis excusé. Elle ne veut rien savoir, tu vois bien! Je peux monter, là?

– Non.

C'est le premier mot qu'elle prononce. Sa voix est calme, assurée. Pas le moindre signe du plus petit tremblement d'impatience. Vous n'en revenez pas.

– Pourquoi?

– Je ne considère pas le problème comme réglé.

– C'est elle qui a commencé.

– Ça, c'est pas vrai!

– Je regardais Sport Mag tranquille, et elle éteint la télé sous prétexte que ça la dérange. Bon gars, je dis rien. À la place, je décide de jouer au hockey…

– Dans le salon, je te fais remarquer, et en la prenant pour cible en plus.

– Oui, oui, mais c'est pas de ça que je te parle, là. T'es complètement hors contexte, la mère.

Là, vous vous attendez à un grand coup, à ce que Mathilde explose enfin. Rien du tout. À peine un petit «Étienne, ne pousse pas» tout calme.

151

– Excuse-moi, m'man.

– *Shit!* maugrée Florence. Tu te contentes de ça?

Bien que vous lui reprocheriez la crudité de son langage, vous comprenez un peu l'indignation de Florence.

– Je regarde la télé, ça dérange mademoiselle. Je joue au hockey, ça la dérange encore. Je fais rien que respirer, ça l'empêche d'étudier, la petite bolée. Elle est chiante, je sais pas si tu te rends compte! Qu'est-ce qu'il faudrait que je fasse : me suicider peut-être? Je suis prêt à le faire, si c'est ce que ça prend pour ramener la paix dans cette famille de…

– Oh! Flûte de merde! On peut jamais étudier ici! J'ai une préparation de labo de physique à remettre demain, moi, plus un oral d'anglais et un résumé de chapitre en morale! J'en ai au moins pour jusqu'à minuit, si vous ne me dérangez pas!

– Vous réglez ça entre vous, d'accord? Avec un minimum d'intelligence et de respect.

– Bon, comme je disais, je vais aller lire un peu dans ma chambre.

– Tu règles d'abord…

– Bon! Ça va…

– J'ai pas le temps de régler quoi que ce soit, moi. J'étudie! É-TU-DIER, vous savez ce que ça veut dire? Vous voulez absolument que je coule mon année?

– C'est vrai qu'avec quatre-vingt-cinq de moyenne générale t'es pas mal en danger. Je stresserais, à ta place!

– Mamaaan! Fais quelque chose!

Mathilde lève le nez, l'air inquiet.

– Ça sent drôle, il me semble…

– Bon sang! vous exclamez-vous. Le potage!

Il flotte dans l'appartement une odeur de brocoli brûlé. Vous courez à la cuisine. Les légumes ont collé au chaudron. Vous auriez au moins pu surveiller les légumes ! Étienne passe la tête dans la porte de la cuisine et affiche un sourire rayonnant.

– Faut prendre ça avec philosophie : on se fait livrer du poulet ?

– Je ne sais pas comment fait ta mère pour garder son calme, Étienne. Tu dépasses les bornes.

Mathilde intervient.

– On se passera de potage. Il y a toujours la morue.

– Pas de la morue !

– Si tu n'en rajoutes pas, Étienne, on devrait pouvoir souper avant demain matin.

– De la morue, m'man ! Tu y penses pas ? Une belle petite bête toute frétillante qu'on a tuée pour la mettre dans ton assiette… C'est dégoûtant. Pis le moratoire sur la morue, hein ? Qu'est-ce que t'en fais ? Moi, je mange pas. Je fais un jeûne de protestation au nom des pêcheurs de l'Atlantique.

– Et les poulets, eux, crie Florence du salon. Qu'est-ce qu'ils t'ont fait que tu veux pas les protéger ?

– Dis donc, Étienne, coupe Mathilde, ce jeûne, tu n'irais pas le faire dans ta chambre finalement ? J'ai un repas à préparer, moi.

– T'es sûre, là ? Je peux aller lire ?

– Monte avant que je change d'idée.

– Je monte, je monte, mais tu vas pas virer Alzheimer pendant que tu assassines ce pauvre poisson et m'accuser ensuite de t'avoir désobéi ?

– Si tu n'es pas dans ta chambre dans trois secondes, je te fais peler les oignons.

Il file enfin. Dans le séjour s'évapore le soupir de délivrance de sa sœur. Vous songez que la paix ne va pas durer bien longtemps : dans quelques minutes, il va falloir déranger de nouveau Florence afin de dresser la table.

– Admirable ! soufflez-vous à Mathilde qui examine l'ampleur des dégâts dans la cuisine. Désolée pour le potage, j'étais prise par ta performance.

– Je n'avais pas envie de potage de toute manière. C'était pour ne pas perdre le brocoli.

– On aurait pu le servir en crudités.

– Oui, ça aurait été pas mal moins de trouble !

– Rien ne t'abat, toi !

– Crois pas ça !

Vous avez remarqué à votre arrivée que Mathilde avait son teint brouillé des mauvais jours. D'ailleurs, vous étiez convaincue, depuis son coup de téléphone, que cette invitation impromptue à souper à la maison, avec les enfants et en l'absence de Roger, cachait quelque chose. Il y avait un S.O.S. dans l'insistance de Mathilde. Vous n'en êtes que plus admirative. Son exploit de tout à l'heure a dû lui demander des trésors de maîtrise de soi.

– Pendant que c'est calme, si tu me disais quel est le problème ?

– J'ai peur que Florence n'entende.

– Tu veux que je démarre le broyeur à déchets ?

Elle sourit. Quand elle a ce sourire réservé, Mathilde a l'air d'une petite fille. Cela vous émeut chaque fois. C'est joli, une petite fille de quarante-deux ans. Pour l'encourager, vous chuchotez :

– C'est Roger ? Il ne peut pas avoir perdu son boulot, c'est lui le patron du labo. Il est malade ?

– Il est absent.

Vous ne saisissez pas tout de suite.

– Il travaille. Quasiment jour et nuit depuis près de deux mois. Tu vois?

– Il a toujours eu beaucoup de travail. Avec ces compressions budgétaires à l'université, comment s'étonner qu'il soit obligé d'en faire plus? Ce n'est pas facile de trouver les fonds pour poursuivre des recherches. Je ne t'apprends rien, voyons!

– Si c'était une excuse?

Par petits coups, Mathilde regarde à droite et à gauche, comme un écureuil nerveux avant de déterrer un gland. Elle finit par se décider et chuchote :

– S'il avait une maîtresse?

Vous n'en revenez pas! Roger? Où Mathilde a-t-elle bien pu aller chercher une idée pareille?

– Pour l'amour du ciel, Mathilde! Ça va mal entre vous?

– Apparemment, en tout cas, rien n'a changé.

– Alors quoi? Qu'est-ce qui te fait penser que…

– Chut! Les enfants…

– Roger t'adore. Il est au-dessus de tout soupçon.

– Justement! C'est louche!

Déposant votre couteau, vous décochez un air incrédule à Mathilde.

– Tu es sérieuse à ce que je vois. Tu ne me dis sûrement pas tout…

– Tu te souviens de cet universitaire qui voulait que tu lui fasses un enfant dans le dos de sa femme?

– Oui…

– Peut-être que Roger…

– Tu ne crois pas que Roger a suffisamment d'enfants?

– Justement, il a peut-être envie d'autre chose. Une petite vie tranquille avec une femme rien que pour lui, toujours mignonne, jamais débordée.

– Je vois.

– Ah! Tu vois bien, toi aussi.

– Pas du tout, non! Je vois ce que tu veux dire, le raisonnement qui t'a menée jusque-là... Franchement, non, je ne crois pas du tout que Roger ait envie de se mettre une double vie sur les épaules.

– Tu crois qu'il n'est pas assez séduisant pour ça, peut-être?

– Au contraire, si ce n'était pas ton mari, je lui ferais bien un brin de cour, moi, à ton Roger. Il a tout pour plaire, ton homme, mais justement, dans sa tête, dans son âme, dans son corps, jusqu'au fond de ses tripes, Roger est ton homme à toi.

– Tu crois cela?

– J'en suis convaincue!

– T'es gentille. J'avais besoin d'entendre ça.

– Alors, on le fait cuire, ce poisson?

Vous ouvrez la porte du four et tirez la grille. Vous demandez :

– Tu lui as raconté ma rencontre avec André?

– Il a ri...

– Tu vois bien.

– Jaune, il me semble. Il a ri jaune.

– Tu avais déjà des soupçons. Tu auras interprété de travers.

– J'aimerais en être sûre.

– Parle-lui. Dis-lui ce qui t'arrive, tes doutes, tes craintes, tout, quoi!

– T'es folle?

– Je ne crois pas, non.

– Excuse-moi mais, vraiment, je ne me vois pas lui dire ça. Des plans pour lui mettre des idées en tête, s'il n'y a pas pensé par lui-même…

Le raisonnement de Mathilde vous échappe. Vous l'observez fermer le four et mettre la minuterie, vous épiant en tentant de ne pas en avoir l'air. Tout à coup, cela vous semble évident : Mathilde cache autre chose. Elle brûle de vous l'avouer, mais cette confidence, il faudra la lui arracher.

– C'est pour ça que tu couves Roger?

– Je le couve?

– On ne peut plus échanger un mot avec lui sans que tu interviennes, suspicieuse, et interrompes nos conversations.

Mathilde vous regarde d'un air faussement dégagé et provocateur.

– Aucune femme sensée ne devrait laisser son mari courir en liberté dans les rues.

– Tu ne me dis pas tout.

– Tu me passes l'huile et le vinaigre, s'il te plaît? C'est dans l'armoire au-dessus de ta tête.

Vous présentez les flacons d'huile et de vinaigre balsamique, mais, quand elle vient pour les saisir, vous lui offrez de la résistance et retenez les bouteilles dans votre main comme monnaie d'échange contre un aveu.

– C'est trop facile, finit-elle par lâcher.

– Qu'est-ce qui est facile?

– De tromper son conjoint…

– Ah! Tu crois que c'est simple?

– Je ne crois pas : je sais.

– Que me dis-tu là? Je ne suis pas sûre de…

157

– Je voulais savoir ce qui se passe vraiment dans ces rencontres, alors…

Mathilde grimace un sourire tourmenté. Votre regard ne la quitte pas. Vous attendez la suite.

– … J'y suis allée. Voilà !

– Attends ! Je ne te suis pas, là. Tu es allée où, tu dis ?

– Faut que je te fasse un dessin ? J'ai répondu à une annonce, j'ai accepté un rendez-vous.

– Quoi ?

– Si c'est valable pour les hommes mariés, je ne vois pas pourquoi les femmes…

– Si je te suis bien, tu es convaincue que Roger t'a trompée parce que toi, tu l'as fait ! Mais, bon sang, pourquoi tu as fait ça ?

– Vingt-deux ans, Anne. Penses-y ! Vingt-deux ans sans jamais connaître autre chose que les bras d'un seul homme…

Vous regardez votre amie sans comprendre. Ce qui serait pour vous l'expression de la félicité représente tout à coup pour Mathilde un abîme d'inquiétude. Et cela, à cause de vos histoires… Vous pensez à Roger et aux enfants, à l'injustice qui leur est faite ; de là, à Simon et à votre propre famille éclatée. Tant d'innocents sacrifiés à la frivolité d'un seul. Un bouillonnement de colère vous chauffe soudainement les joues. Les mots vous manquent ou, plutôt, vous étouffez ceux qui se pressent sur vos lèvres pour ne rien dire qui compromette votre amitié pour Mathilde. Mais que vaut une amitié muselée ? Saurez-vous vous taire longtemps ? Pour éviter d'avoir à décider tout de suite, vous vous acharnez sur les tiroirs.

– Je mets la nappe ou des napperons?

∞

– Tiens, les voilà!

Tel un diablotin surgissant d'une boîte à surprise, Claude bondit de sa chaise longue pour accueillir Mathilde et Léa. Elle rayonne comme qui vient de frapper un grand coup. Elle n'a pas tort. Elle vous reçoit dans la maison de campagne que lui a louée, «à prix d'ami», un de ses clients reconnaissants. La «modeste cambuse» tient plutôt du domaine s'étendant sur plus de cinq cent mètres de façade en bordure du lac Memphrémagog.

Cette fin de semaine avait été présentée comme une grande réunion de famille – les amoureux et les enfants devaient aussi être de la partie. Mais les choses ont rapidement tourné autrement. Gérard avait une urgence à régler outre-mer et Roger affirmait ne pouvoir quitter son labo en ce moment. Ne se résolvant pas à lui laisser quartier libre toute une fin de semaine en ville, Mathilde lui avait laissé les enfants. De toute manière, disait-elle pour se donner bonne conscience, ils auraient rechigné sur tout : la nourriture, l'absence de télé, de Nintendo, d'amis, et cela vous aurait coupé votre plaisir à toutes les quatre. Au bout du compte, ce week-end est devenu une histoire de filles.

– Ben, dis donc! s'écrie Mathilde en émergeant de la voiture. Y se foutait pas de ta gueule, le gars!

Vous-même, arrivée en début d'après-midi, êtes encore éblouie par l'entrée du domaine. Un chemin étroit et cahoteux dévale le coteau sur plus d'un kilomètre depuis la route, zigzaguant ensuite dans un

sous-bois chargé d'odeurs, de froufrous et de mouvements : pépiements d'oiseaux, courses d'écureuils,
froissement des ramures... L'impression de conte de
fées est si forte qu'on ne s'étonnerait guère de voir
surgir tout à coup un lutin de derrière un tronc mort,
ni de trouver dans un détour du sentier Blanche-Neige
endormie sur du sapinage, entourée des sept nains, un
prince charmant penché sur son blanc visage. Après un
dernier hoquet et un coude un peu brusque, le chemin
s'adoucit et s'évase, de poignet en paume, jusqu'à
l'aire de stationnement où trouveraient facilement place
au moins dix calèches et leurs attelages dans l'ombre
fraîche et odorante de pins gigantesques.

– Vous n'avez rien vu encore !

Vous savez, vous, ce qui les attend au détour de la
maison de bois rond – une construction immense déjà
qui, hormis la somptuosité de sa terrasse extérieure en
pierre, avec foyer et plates-bandes opulentes, ne laisse
rien deviner de la luminosité de l'aménagement intérieur. Le spectacle est tout à fait inattendu : du plafond
cathédrale aux planchers de chêne du séjour, de l'équi-
pement dernier cri de la cuisine à la fenestration
largement ouverte sur le lac ou sur le court de tennis,
où qu'on pose les yeux, cette maison vous projette dans
un pur ravissement. Par la fenêtre de la salle à manger,
on aperçoit en contrebas la plage et le quai où sont
amarrés un yacht, une moto-marine et une chaloupe.
Le plus extraordinaire c'est que, du chemin, la maison
a l'air d'une cabane en rondins presque anodine et
aucun de ses magnifiques secrets n'est révélé aux
indésirables.

– Cet endroit est un rêve ! s'exclame Léa. Ils four-
nissent le prince charmant avec ça ?

Une fois tout le monde installé et effectué le tour du propriétaire, on allume le feu dans le foyer-gril de la terrasse et on débouche un Pouilly-Fuissé bien frais. Léa lève son verre.

– À nous la grande vie !

Vous prolongez longuement le repas sous la voûte étoilée dans le grésillement nocturne des insectes. Si ce n'était de Mathilde qui rentre à tout bout de champ pour téléphoner en ville, vous oublieriez tout à fait qu'il y a une vie, la vraie, en dehors de ce coin de paradis. Cette parenthèse est parfaite. Vous voudriez qu'elle dure l'éternité. De toasts en repérages de constellations, de confidences en fous rires, vous ne voyez pas la nuit passer. Si vous disparaissiez, là maintenant, vous pourriez vous féliciter de mourir heureuse.

Bien que vous vous soyez couchée tard, comme d'ordinaire l'aube vous éveille. Les yeux fermés, vous passez un moment à écouter le gazouillis des oiseaux et le murmure du vent, puis vous observez du lit la danse des branches dans la fenêtre. Ces mouvements suscitent en vous une irrépressible envie d'écrire. Vous, qui n'avez presque pas bu la veille, décidez de laisser les filles cuver leur vin tranquilles. Vous attrapez quelques fruits et un morceau de fromage au passage et sortez de la maison, un cahier et un stylo à la main. Sur la terrasse, des restes de la soirée vous font hésiter. Bouteilles vides, coupes, ustensiles que la fatigue et la nuit d'encre de la campagne vous auront empêchées de voir et de ranger avant de vous coucher. Finalement, vous décidez de régler les questions de rangement plus tard. Pour le moment, il y a mieux à faire.

Vous avez toujours aimé marcher dans l'aube. Chaque fois, vous vous rappelez votre grand-père, toujours couvert de bran de scie, qui sermonnait : «Le monde appartient à ceux qui se lèvent tôt!» Bien qu'il se fût levé aux aurores toute sa vie, il est mort pauvre, le cher homme, répondiez-vous, adolescente, à votre mère qui tentait de vous tirer du lit à midi. Le vieil homme avait raison, bien sûr. Ce matin, vous vous sentez riche. L'herbe humide vous chatouille les chevilles lorsque vous vous écartez des pas japonais qui tracent le chemin jusqu'à la plage, tels les cailloux blancs du Petit Poucet. Une brume légère monte au-dessus du lac. Si le monstre Memphré existe vraiment, songez-vous, ce devrait être l'heure de sa promenade matinale. Les rames sont dans la chaloupe. Quoi de plus exaltant pour une auteure de contes pour enfants que la perspective de surprendre un monstre à l'heure du petit-déjeuner?

Vous ne connaissez rien de plus vivifiant que le clapotis de l'eau contre les flancs d'une embarcation, de plus doux que le glissement d'une barque sur la surface lisse, de plus fascinant que le plongeon des rames fendant l'onde obscure et mystérieuse. Quand vous longez ainsi les rives d'un lac, épiant les sous-bois, laissant glisser votre regard sur les parterres endormis, la dentelle des nuages, les mouvements de brume, les frissons de l'eau; lorsque vous contemplez cela dans le silence relatif du jour qui s'éveille, le temps vous semble suspendu. Il y a des siècles que cette eau frissonne dans le petit matin et si l'humanité ne perd pas tout à fait la tête, les chances sont bonnes pour que cela se produise encore dans cent, voire dans mille ans. En ce moment, songez-vous avec un indicible frisson, votre regard fixe l'éternité. Il en capte une portion dont s'imprègne votre âme. Cela vous allège considérablement, comme si vos soucis n'étaient plus que duvet d'oie dans votre paume. Que pèsent les tracas en regard de l'éternité? Pour une seule minute d'absolue perfection comme celle-ci, la vie ne vaut-elle pas d'être vécue? Vous en éprouvez la certitude. Vous vous promettez d'y repenser la prochaine fois que le désespoir viendra rôder autour de vous.

Vous enfoncez votre barque à l'ombre d'une crique et écrivez, le papier sur vos genoux, pendant deux heures.

– Allez, Anne, c'est ton tour.
– Pas question!
– Tu ne peux pas dire non, voyons!
– Tu paries?

Claude a décidé que vous alliez toutes profiter au maximum des ressources de l'endroit. Les filles font du ski nautique, mais ne sont pas encore parvenues à vous convaincre de les suivre.

– Je t'assure, insiste Léa. C'est vraiment super!
– Je n'ai plus l'âge.
– Voyons! On a croisé tout à l'heure un petit vieux de cent deux ans qui filait comme un jeune homme.

Vous souriez à l'évocation du vieillard.

– Il a dû commencer avant ses cinquante ans, lui.
– T'as pas cinquante ans.
– Y a des jours où je me sens comme si.
– C'est parce que tu ne fais pas de ski nautique!
– Fichez-lui donc la paix, intervient Mathilde. Vous savez bien qu'elle n'a jamais été sportive.

Le médecin surgit en Claude. Vous sentez le discours santé lui piétiner les lèvres. Elle a du mal à le contenir. Pour votre défense, vous protestez.

– Je n'ai pas eu l'occasion d'apprendre jeune. Ça me paraît risqué de commencer aujourd'hui.

Léa fait une moue de dépit.

– Je conduis le yacht si tu veux, lui offrez-vous.

– Na! Laisse tomber. Continue à lire, rat de bibliothèque. On va se débrouiller sans toi.

– Au fait, demandez-vous, il n'y a pas un monstre dans ce lac? Tu n'as pas peur de te faire bouffer les orteils?

Léa vous lance une œillade chargée de sous-entendus lubriques.

– J'en rêve, tu veux dire!

Vous observez Léa s'installer au bout du quai, chausser les skis et attraper le filin que lui lance Claude. Mathilde s'écroule dans l'herbe à côté de vous en essorant ses cheveux à l'aide d'une serviette éponge.

– Tu as bu la tasse?

– Plutôt deux fois qu'une, oui!

– Et tu fais du ski depuis l'enfance… C'est bien ce que je disais : ce sport, ce n'est pas pour moi!

– Tu devrais dire «le» sport.

– Je marche, je rame… et je fais de la bicyclette!

– Remarque, ça fait bien mon affaire qu'on ait dix minutes de tranquillité.

Mathilde étend sa serviette humide par terre et s'installe dessus. La tête penchée sur le côté, elle essaie de lire la quatrième de couverture du livre que vous avez entre les mains. Vous craignez ce tête-à-tête. Aussi invraisemblable que cela puisse paraître, vous n'avez pas reparlé sérieusement avec Mathilde depuis sa confidence à propos de son aventure. En fait, vous avez évité de vous retrouver seule avec elle. Vous ne savez pas quoi penser de cette histoire. Chaque fois que vous y songez, cela remue en vous des sentiments si insupportables que vous chassez l'idée bien vite. Vous savez que c'est idiot de votre part. Vous n'avez pourtant pas l'habitude de vous défiler. Il faudra faire face tôt ou tard. Vous le sentez, Mathilde semble sur le point de vous demander si vous allez lui faire la tête longtemps. Vous prenez donc les devants. Résignée, vous lui tendez votre livre.

– Je te le prête, si ça t'intéresse.

– Non, merci. J'étais simplement curieuse…

– Tu voulais me dire quelque chose ?

– Pas spécialement…

– J'avais cru comprendre… Ça se passe comment avec Roger ? Tu lui as parlé ?

Mathilde vous lance ce regard en coin qui lui donne l'air d'une enfant prise en flagrant délit.

– Pas vraiment.

– Ah bon ! dites-vous simplement, feignant de retourner à votre livre.

– C'est tout ce que ça te fait ?

– Je suis triste pour vous deux, pour tout te dire.

– Tu pourrais m'encourager !

– Tu as besoin de mes encouragements pour parler à Roger ?

– Je suis hypermalheureuse, Anne, si tu savais !

– Pas encore assez, si tu veux mon avis.

Elle se redresse et fiche devant vous sa tête ébouriffée.

– T'as un drôle de sens de l'amitié, toi, je te jure.

– Tu serais juste un petit peu plus malheureuse, Mathilde, que tu ne pourrais pas le supporter. Tu trouverais alors toi-même le courage de parler à Roger. Je souhaite que cela t'arrive très vite, pour que tu redeviennes aussi sereine qu'avant cette fâcheuse histoire.

Mathilde se lève, froissée, ramasse sa serviette et ses sandales.

– Tu vas encore téléphoner?

– Qu'est-ce que ça peut te faire?

– Tu es fâchée.

– Qu'est-ce que tu crois?

– Je ne sais plus que croire, Mathilde! Je veux bien te livrer le fond de mon cœur, mais je ne suis pas sûre que ce soit la bonne chose à faire. Il est probable que ça te blesse.

– Essaie toujours.

Mathilde vous regarde d'un air provocateur, les poings sur les hanches.

– Eh bien, finissez-vous par déclarer, pour ce qui est de Roger, tu t'es monté une histoire de toutes pièces, j'en mettrais ma main au feu. Quant à ce que tu as fait, ça t'avance à quoi que je te dise maintenant que je ne suis pas d'accord? Vraiment, tu crois que je suis placée pour donner des conseils?

Contrairement à ce que vous croyiez, Mathilde ne se fâche pas.

– Je devrais lui dire à Roger, tu crois?

– Que veux-tu que je te dise? Tu sais que je ne supporte pas le mensonge. Demande donc à Léa ou à Claude. Elles s'y connaissent tellement mieux que moi en affaires de cœur.

– Elles vont me répondre que toute vérité n'est pas bonne à dire.

– C'est à toi de voir.

– Mais c'était rien, cette aventure.

– Ne me le dis pas à moi. C'est à Roger que tu dois parler. Et s'il y a des choses que tu désires lui taire, franchement, je préférerais que tu ne me mettes pas dans la confidence. J'ai horreur d'avoir à garder des secrets.

Vous la fixez comme vous l'avez vu faire avec Étienne l'autre jour. Elle n'a aucun espoir d'échapper à ce regard et elle le sait.

Après le ski nautique, Léa et Claude ont proposé le tennis. Mathilde et vous avez échangé quelques balles avec elles, mais au bout d'une demi-heure vous aviez votre compte, alors qu'elles paraissaient sortir tout juste de leur période de réchauffement. Quand elle vous a entendu déclarer forfait, trop heureuse de trouver un prétexte pour rentrer, Mathilde n'a pas insisté pour continuer. Elle est retournée à ses angoisses, tandis que vous avez pris une douche, puis avez lu sur la terrasse en attendant l'heure du souper.

– Alors, il a dit… Passe-moi le vin, s'il te plaît.

– Vous étiez en pleine crise et il a dit : «Passe-moi le vin»?

Claude vous examine, perplexe.

– Non, toi, passe-moi le vin.

Les carcasses décortiquées des homards gisent au milieu de la table. Claude est en train de raconter sa dernière échauffourée avec son cher Gérard et vous riez comme des bossus de sa mauvaise foi évidente en ce qui concerne les hommes.

– Après avoir croisé le fer avec des femmes comme vous, dites-vous en passant à Claude la bouteille de blanc, pas étonnant que les hommes se méfient quand ils me voient approcher !

– Penses-tu ! assure Léa. Ça se voit tout de suite que t'es une bonne fille.

Décrite ainsi, vous avez l'impression d'être une cloche. Les hommes vous perçoivent-ils de cette façon ? Aussi excitante que la perspective d'un dimanche après-midi à l'hospice avec grand-mère ? Quelque chose dans la remarque de Léa vous égratigne plus que vous ne voulez l'admettre. Le reste de la soirée, vous demeurez sur vos gardes, prête à griffer au moindre commentaire. Vous avez du mal à vous concentrer sur les conversations. Vous faites des allers-retours de la table à quelque repli secret de vous-même où vous vous réfugiez pour parer les coups éventuels.

– Ça va être dur pour ta réputation, ma vieille !

– Je ne suis pas vieille ! proteste Léa. La preuve : je sors avec un gars de trente ans. Y a rien comme ça pour vous garder jeune. Franchement, je comprends les mecs qui plaquent leur bonne femme pour une plus jeune, moi.

Sa boutade vous frappe droit au cœur. Vous avez beau vous croire guérie de Simon et être persuadée que Léa ne cherche pas à vous blesser, son élan réveille toutes vos meurtrissures. Vous seriez probablement encore occupée à endiguer le flot ranimé de vos souffrances, si Mathilde ne s'était levée brusquement. C'est la troisième fois au moins depuis le début du repas qu'elle quitte la table pour rentrer téléphoner. Léa la suit du regard, surprise de sa réaction. Une illumination semble toucher tout à coup les tréfonds de sa conscience. Elle vous regarde, gênée.

– Je m'excuse, Anne. Je ne pensais pas ce que je disais.

Vous lui arracheriez les yeux, si ce n'était votre amie, mais, vous ignorez absolument comment, vous parvenez à garder votre sang-froid. Avec un calme dont vous ne vous saviez pas capable, vous répondez :

– Je suppose qu'on peut voir aussi les choses comme ça.

– Je suis une idiote. Vraiment, pardonne-moi…

– C'est Mathilde qui m'inquiète…, dites-vous pour détourner son attention de vous.

Vous avez des nœuds dans la gorge et il vous est pénible de parler sans vous effondrer. Léa saisit aussitôt la perche que vous lui tendez.

– Qu'est-ce qui se passe avec elle ? Quelque chose cloche à la maison ? Les enfants sont malades ?

– Elle est convaincue que Roger la trompe. Ta remarque vient d'apporter de l'eau à son moulin.

Claude prend la bouteille et la vide dans vos coupes.

– Pourquoi est-ce qu'on s'obstine à mettre des hommes dans notre vie ? Ça finit toujours mal !

– Tu peux bien parler, toi, la jeune mariée.

Vous étiez heureuse à la perspective de passer cette fin de semaine entre femmes. Dans votre vision idéalisée des choses, les femmes ont cette apaisante compréhension du monde à laquelle quiconque peut s'abreuver quand la guerre fait rage au dehors. Du moins était-ce ce que vous croyiez. Vos amies ont le don de vous faire douter de tout, ce soir. Il y a tant d'agressivité dans l'air, vous n'en revenez pas. Même le feu dans l'âtre ne parvient pas à vous amadouer.

— Toi, ma fille, si tu tentes de résoudre le mystère des relations hommes-femmes avant de faire signe au mec que t'as envie de baiser, tu vas sécher sur pied !

La vulgarité de Léa vous épuise tout à coup. Tant qu'à être à moitié là et à ne grappiller dans la conversation que les petits bouts qui vous écorchent, aussi bien aller vous coucher. Vous ramassez votre chandail et vous levez.

— Je suis crevée. Vous m'excusez ?

— Tu fuis !

— Peut-être, explosez-vous enfin. Mais j'aime les hommes. C'est peut-être idiot de ma part, mais je ne supporte pas qu'on les traite comme tu le fais.

Le lendemain, vous vous levez en douce dans le but de rallier comme la veille cette petite crique où vous avez écrit sous la menace du monstre Memphré. Cette fois, vous n'emportez pas votre carnet. Vous voulez goûter sans distraction la splendeur des lieux. Lorsque vous rentrez, une heure plus tard, Léa est assise au bord du quai, les pieds remuant l'eau. Instinctivement, vous montez votre garde.

Ce qu'il y a d'insupportable avec la solitude, c'est le silence dans lequel on doit tenir la souffrance qu'elle génère. Il faut constamment ménager ses proches, jouer le jeu, rire de sa condition, faire comme si de rien n'était, car ceux qui vous aiment ne tolèrent pas de vous savoir souffrante. Au fond, pourquoi vouloir tant parler de ces choses? Quel bien cela fait-il de clamer le manque de l'homme? Cela ne rapproche pas l'homme. Cela ne comble pas le manque. Vous ne devrez plus aborder ce sujet avec vos amies pour le moment. Vous devez apprendre à vous taire. Vous seule savez que ce que vous endurez s'avère pour vous utile et nécessaire. Lorsque vous accueillez la tristesse ou la difficulté, ne le faites-vous pas comme de la joie? Comment expliquer cela à une femme comme Léa qui écarte de son chemin toute allusion à l'inconfort? Ce manque dont vous souffrez n'est pas que manque, cette souffrance n'est pas que souffrance. Il y a des moments aigus, comme hier soir, et encore cela peut s'expliquer par le fait que vous aurez vos règles dans quelques jours. La plupart du temps, vous vous sentez plutôt une femme heureuse. En quête d'amour, certes, mais sereine!

Au cours de la soirée, la veille, Léa a parlé d'une collègue célibataire que la nature n'a pas choyée. Elle se trouve seule, et heureuse de l'être, affirme Léa. Elle se montre enjouée, remplie de projets, vive, stimulante. On ne l'entend jamais se plaindre de sa situation. Vous devriez la prendre pour modèle, a suggéré Léa. Elle a aussi parlé d'un ami qui souffre de sclérose en plaques et dont l'état s'aggrave rapidement. Devant la maladie, cet homme ferait preuve d'un courage exceptionnel, à l'en croire. Elle a précisé, avec un petit sourire blessant, qu'il voit beaucoup de monde, lui. Ces relations le soutiennent. Il demeure aussi actif que son corps le lui permet.

Tandis qu'elle vous faisait la leçon, tandis qu'elle se déchargeait du poids qu'elle s'est mis sur les épaules en imaginant que vous demandiez son aide, vous deviniez le drame silencieux de la femme laide et de l'homme malade. L'une garde pour elle sa tristesse et compose un personnage pour ne pas être lourde pour ses amies. Ou peut-être est-ce une solitaire, une vraie. Ou encore une femme qui a peur des hommes et que sa laideur met à l'abri. Mais vous ne jureriez pas de cela. Le besoin d'aimer est si fortement ancré dans l'âme. Quant à l'homme malade, il a dû se résoudre à laisser partir celle qu'il aime, car elle ne peut supporter la maladie. Puis, il lui a fallu quitter sa maison du Bas-du-Fleuve, ne pouvant plus s'y rendre seul. Il avance désormais dans la vie de renonciation en renonciation. Vous ne doutez pas de son courage. Vous ne remettez pas en question la richesse de son expérience, une fois la colère vaincue. Cet homme intelligent et sensible continue à se créer, malgré sa condition. Il a toujours milité. Il continue à le faire à sa manière. C'est un homme d'action.

Devant la souffrance, il y a deux façons d'agir : celle des amis de Léa et la vôtre. La manière des gens d'action fait sortir de soi, s'ouvrir au monde, épuiser sa souffrance, la grandir dans des préoccupations extérieures à soi, élargies au collectif, qui, étant bénéfiques pour autrui, le deviennent par un juste retour des choses également pour soi. Il y a aussi la manière de l'être d'intériorité, la vôtre. Celui-là explore les profondeurs de l'abîme pour son propre compte. Cela prend aussi du courage, un courage d'une autre sorte, car il faut affronter à cœur découvert l'angoisse originelle. Ce périple n'est pas sans risques. On y côtoie sans cesse le désespoir. Il n'y a pas de remède à cette souffrance. Même vous, qui aimez pourtant la vie plus que tout, il vous arrive parfois de trouver cette douleur si intolérable que vous vous plaisez à imaginer le soulagement que ce serait d'y mettre fin. En dépit des risques, vous explorez la solitude. Parce que c'est plus dans votre manière. Vous vous épuiseriez inutilement dans l'action et le combat social. Vous n'aimez pas vous trouver à l'extérieur de vous-même. Vous préférez le murmure de la confidence aux cris de ralliement. Votre manière est angoissante pour certains, pour Léa en tout cas, semble-t-il. Soit vous lui avez littéralement porté sur les nerfs avec des propos qui lui auront paru très narcissiques, très je-me-moi et mon mal d'aimer; soit vous l'aurez angoissée avec une souffrance qu'elle devine, qu'elle craint, qu'elle connaît peut-être aussi et qu'elle veut étouffer. Quoi qu'il en soit, cela rend la situation explosive entre vous.

Vous rentrez les rames et accostez. Léa vous offre son aide, que vous refusez froidement. Elle regarde ses pieds s'agiter dans l'eau, puis vous observe tandis que vous amarrez la chaloupe au quai.

— Excuse-moi pour hier soir. Trop de vin, sans doute.

— Ne m'oblige pas à faire ça.

Léa lève sur vous un visage surpris.

— À faire quoi?

— Je n'ai aucune envie de t'excuser. C'est trop facile de faire n'importe quoi, puis de demander qu'on nous excuse.

— Tu ne le croiras pas, mais j'ai beaucoup de mal à m'excuser. Je ne suis pas très courageuse.

— Ah! ça, non! C'est bien vrai!

Comme si vous l'aviez fouettée, Léa se lève d'un coup.

– Qu'est-ce que tu veux dire ?

– Laisse tomber.

– Sans vouloir te parodier, il me semble que c'est un peu facile de sous-entendre des choses et de ne pas aller au bout de son idée…

Tant pis, vous dites-vous. Elle l'aura voulu. Tout à coup, vous explosez. On dirait une digue qui vient de lâcher, quand les mots déferlent enfin.

– Je veux dire, Léa, que j'en ai assez de tes finesses. Assez de te voir faire la belle comme un caniche pour un biscuit. Assez de te voir mépriser tous ceux qui ne sont pas aussi supposément libérés que toi. Assez de t'entendre t'excuser, comme si tu n'avais jamais à rendre compte de tes erreurs. Assez de te voir promener ta névrose comme une irresponsable et d'en faire souffrir tous ceux que tu approches. Assez de te voir recevoir tous les dons du ciel, beauté, intelligence, argent, amour, honneurs, et de les gaspiller sans les apprécier, sans même te rendre compte de la chance que tu as. J'en ai assez, assez, assez !

Vous êtes rouge de colère. Léa vous regarde, ébahie, sans mot dire. Il y a un silence durant lequel vous n'osez pas lever les yeux. Puis, d'une voix ferme, pas le moindrement ébranlée, elle demande :

– C'est tout ?

– Non ! éclatez-vous, surprise de vous-même. Je détestais aussi que tu portes un uniforme taillé sur mesure au collège, alors que nous devions toutes nous contenter du prêt-à-porter.

Vous levez les yeux sur elle, incrédule devant l'énormité que vous venez de proférer. Une lueur amusée brille dans les yeux de Léa. Vous vous accrochez à cela, ce petit point brillant, une bouée de sauvetage dans l'océan rageur qui cherche à vous engloutir. Léa tire la bouée jusqu'à sa barque et vous ramène à bon port. Vous éclatez bientôt de rire toutes les deux.

– Eh bien! Eh bien! dit Léa. Je vais m'excuser plus souvent. Ça va te faire du bien!

Au bout de vingt minutes, c'est quasiment bras dessus, bras dessous que vous remontez au chalet.

Vous acceptez enfin le fait que c'est seul qu'on affronte la vie, seul qu'on en fait l'expérience intime. Les questions essentielles, c'est seul qu'on doit y répondre. L'accompagnement des proches ne peut jamais être plus que cela finalement : un accompagnement. Un cortège dont il faut souvent faire taire le vacarme pour entendre les battements de son propre cœur.

Vous songez à cela, enfoncée dans votre divan, un cappuccino à la main, un livre abandonné sur vos genoux. Il y a un instant, vous regardiez roussir le paysage à la fenêtre quand vous avez dit à voix haute : «Regarde comme c'est beau.» Les mots vous ont échappé. Votre voix a surgi dans l'appartement vide et a rebondi contre les murs comme une balle de squash. Vous avez souri avec indulgence à votre démence légère et avez ajouté, à voix haute toujours, par pure provocation : «Ça y est. Je parle toute seule maintenant.» C'est cela qui vous manque le plus à vrai dire. La possibilité de partager vos émois. Pouvoir toucher le bras de l'être aimé et dire : «Vois-tu, entends-tu, ressens-tu les choses comme je les vois, les entends et les sens?» Y a-t-il rien de plus précieux au monde que de partager avec l'être aimé l'expérience de vivre?

Vous vous demandez à qui vous parliez comme cela sans le savoir. L'image de Charles s'impose d'abord à vous, mais vous ne lui permettez pas d'occuper cet espace. Vous savez que cette fixation n'a rien à voir avec les mérites personnels de Charles. C'est le dépit de n'avoir pas été vous-même ce soir-là qui vous étouffe, qui vous fait bouillonner de rage et vous retient prisonnière d'un fantasme. Il vous vient parfois l'envie de récrire l'histoire, mais vous vous savez condamnée d'avance. Charles vous prendrait de haut, comme il l'a fait la première fois, comme probablement il traite tous ceux qui ne trouvent pas grâce à ses yeux dans les quatre premières minutes, et vous seriez aux prises avec le même engourdissement. Vous demeureriez sans voix comme une gourde. Vous n'auriez en rien amélioré l'image que vous vouliez laisser à cet homme. Pourquoi, d'ailleurs? Pourquoi tenez-vous tant à ce que Charles conserve une image positive de vous? Pour régler un combat inachevé avec votre père? Pour chasser Charles, vous pensez un moment à l'homme au sucre, jusqu'à ce que vous réalisiez que votre vie est au bout du compte peuplée de substituts fantasmatiques de votre père. Il est tellement plus facile de commercer avec les fantômes, n'est-ce pas? Il faudra donc vous passer l'habitude de sortir ces chimères du placard à tout propos.

Votre père. Celui-là, il occupe de plus en plus souvent vos pensées. Ce n'est pas sans vous irriter. Vous voudriez passer à autre chose, mais il reste là, obsédant, comme un chat dans la gorge dont on n'arrive pas à se débarrasser. N'aviez-vous pas fait la

176

paix avec lui? Tout n'avait-il donc pas été dit? Est-il possible que, même mort, cet ogre trouve encore le moyen de vous terrifier? Quel mauvais coup vous réserve donc encore cet homme?

Vous écrivez depuis le matin. Écrire, c'est beaucoup dire. Vous êtes postée devant votre ordinateur, mais il ne sort rien de votre clavier. Des mots esseulés qui, combinés, ne parviennent même pas à s'élancer en phrases. Cette histoire vous résiste décidément. Lorsque la sonnerie du téléphone crève soudain le silence, vous êtes trop contente de sortir du labyrinthe où vous vous embourbiez.

Josh est une connaissance de Roger, qui lui a parlé de vous et s'est permis de lui transmettre votre numéro de téléphone. Selon Roger, vous auriez de nombreux points communs, lui et vous. Il aimerait vous rencontrer. Accepteriez-vous de prendre un café?

L'étage des *Deux Marie* est bondé et enfumé. Vous prenez la dernière table libre dans la section non-fumeurs, face à l'escalier d'où émergent des visages inconnus qui pourraient être le sien, mais ne correspondent pas à la voix entendue au téléphone. Vous savez que la voix est trompeuse; pourtant vous écartez d'emblée cet homme et cet autre, sûre de vous. Tout à coup, il apparaît. Vous avez la certitude que c'est lui. Une belle tête grise, à la fois sérieuse et jeune, un corps élégant, mince, vêtu dans le style bon chic bon genre, avec un air décontracté qui trahit un côté éternel adolescent de bonne famille. Son regard balaie la salle en

177

quête de vous qu'il ne connaît pas. Un voile d'inquiétude dans l'allure. Lorsque ses yeux arrivent à votre hauteur, vous levez la main et murmurez son prénom dans un sourire. S'il sait lire sur les lèvres, il n'aura plus d'inquiétude dans les yeux et vous, plus de doute.

Il sait lire sur les lèvres. Tandis qu'il approche, vous le regardez sans le voir. Parce que vous redoutez le jugement qu'il posera sur vous. Parce que, aussi bien, vous êtes tout entière à décoder ce que votre instinct capte d'informations sur lui, détails significatifs qui font lentement leur chemin jusqu'à votre conscience. Vous vous détendez lorsque vous comprenez que le premier jugement lui est favorable et que, jusqu'à présent, cet homme vaut le déplacement; mais vous redoutez maintenant le moment où il va ouvrir la bouche.

– Anne?

Il prononce votre nom avec douceur, et son accent anglais donne à ce prénom, que vous supportez d'ordinaire avec lassitude, une certaine noblesse tout à coup. Dans sa bouche, il sonne comme la promesse d'un voilier se détachant de l'horizon pour aborder l'île de Robinson.

C'est tout de suite facile entre vous. Vous notez cela avec une certaine réserve, vous engageant à ne pas vous fier aux apparences, à demeurer sensible aux signes annonciateurs d'écueils. Essayez de voir ce qui est, simplement, sans rien inventer pour agrémenter la réalité. Voilà ce que vous vous efforcez de faire, tandis que vous remarquez la détente de votre corps, la chaleur qui irradie du cœur de vous, la douceur qui monte en même temps que le désir de générosité. Au bout de quinze minutes, il dit : «Vous êtes une belle personne, vous, madame», plongeant son regard droit dans le vôtre. Du coup, il fait tomber votre anxiété d'un cran, mais cette déclaration vous rend un peu plus méfiante encore : cet homme est-il honnête ou simplement habile à séduire?

Deux heures durant, vous traquez le détail, la faille, la fuite du regard par lesquels il se trahirait, le geste retenu qui dirait le manque de cohérence ou d'intégrité. Rien. Lorsque vous vous séparez en fin d'après-midi, l'image que vous renvoie cet homme apparaît lisse comme une mer étale, hormis une seule crête d'écume annonciatrice de tempête à l'horizon. Sur cette crête se dresse une femme. Vous ne savez pas grand-chose d'elle, sinon que la vie commune n'a duré que quelques mois, que la rupture voulue par lui semble récente et difficile pour elle. Vous vous méfiez des relations qui se chevauchent. On traîne toujours dans l'une la crainte des écueils où l'on s'est blessé dans l'autre. Quoi qu'il en soit de ce nuage, vous savez déjà que vous reverrez Josh.

Moins d'une semaine plus tard, il vous invite au concert. Il s'approche délicatement durant la soirée, franchissant une à une les barrières jusqu'à vous. Il vous aborde par le regard d'abord, un regard à la fois inquisiteur et inquiet, qui écarte les branches et se fraie un chemin.

– *By Jove!* Que j'aime ça!

– Tu aimes quoi?

– Tu es là quand on te regarde.

– Où donc?

– Dans tes yeux.

Votre voix est éteinte par l'émotion. Depuis combien de temps un homme ne vous a-t-il pas parlé ainsi? Vous vous conjurez de rester prudente.

– Je serais stupide de me tenir ailleurs quand on me regarde comme tu le fais!

Par la parole aussi il vient vous chercher, baissant le ton au fur et à mesure que l'émotion gagne, vous obligeant à vous pencher sensiblement vers lui pour cueillir ce qu'il murmure. Il y a également ce parfum qui s'empare de vos sens. Le parfum naturel, légèrement poivré de sa peau quand il vous frôle. Puis viennent vous ravir ses doigts sur votre paume, sa paume contre votre joue, sa joue sur vos lèvres, ses lèvres sur votre bouche. Avant qu'il ne vous conduise plus loin, vous murmurez : «Je suis une course à obstacles.» Il vous tient là, dans le désir du regard, dans le souffle retenu, dans le geste assagi, attentif à ne rien brusquer. Y a-t-il rien de plus sensuel que cette nuit passée seule, finalement, dans le désir de lui?

Le lendemain, il vous téléphone de la montagne où il est allé, comme il en a l'habitude le dimanche, marcher longuement. Il doit prendre la route d'Ottawa en fin d'après-midi. Peut-il arrêter quinze minutes vous saluer en passant? Les quinze minutes dureront quatre heures et il fera finalement de nuit la route qu'il envisageait de faire à la clarté. En le laissant partir, vous vous inquiétez du surcroît de pression que met sur la fin de son dimanche ce changement à ses plans : il lui reste encore tant de route à faire et des dossiers à préparer.

– Mes priorités ont changé. Sois pas inquiète, je suis un bon conducteur, tu sais.

Il vous rappelle en rentrant à Montréal le lundi soir et vous cherchez tous les deux un moment où vous pourriez vous revoir. De votre côté, la voie est pratiquement libre. Du sien, il y a sa fille, qui doit venir passer le prochain week-end chez lui, et beaucoup de déplacements en perspective : Rouyn, Sherbrooke, Sainte-Marie de Beauce. Mais jeudi, oui, il sera à Montréal et libre. Pouvez-vous dîner ensemble? Vous proposez de préparer quelque chose chez vous. Il viendra donc vous rejoindre après le travail. Tout à coup, sans réfléchir, vous vous entendez demander :

– Pour ton avion, vendredi matin, tu comptes rallier Dorval à partir de l'île des Sœurs ou de l'île Paton?

Vous n'en revenez pas de votre audace.

– *Well!* Les deux, c'est possible.

Vous travaillez dans une grande fébrilité les jours suivants, en proie à des élans contradictoires de hâte et d'effroi. Qu'êtes-vous en train de faire? Ne vous jetez-vous pas un peu vite à sa tête? Vers quatre heures, le jeudi, il téléphone pour annoncer qu'il sera retardé. Cela pose-t-il un problème? Non, bien sûr, vous l'attendrez. Quel problème cela devrait-il créer qu'il arrive à sept heures plutôt qu'à six? Toutefois, après avoir raccroché, un doute s'installe en vous. Ce retard est-il une manière de repousser la rencontre? Cette manie de tout analyser! Vous vous tombez sur les nerfs. Qu'il prenne la peine de prévenir est normal en les circonstances. Simplement, on ne vous a pas habituée à ces délicatesses. Cela vous semble par comparaison d'une prévenance inouïe.

Vous préparez le riz et les légumes que vous ferez sauter au wok avec des fruits de mer à la dernière minute. À sept heures pile, Josh rappelle pour confirmer qu'il quitte le bureau et se met en route. Ce retard le met terriblement mal à l'aise. Vous le rassurez, ce contretemps vous donne le temps d'écrire. Vous corrigez peut-être trois phrases en l'attendant. Vous êtes trop nerveuse pour ne pas mettre en doute la qualité de votre travail durant ces trente minutes. Il sera sage de tout relire demain.

C'est son *look* homme de ville que vous accueillez quand il sonne enfin. Vous n'en revenez pas de son élégance générale, de la qualité de ses vêtements. Au soir, sa chemise semble aussi fraîche qu'au matin. C'est un homme raffiné, au goût sûr. Votre allure doit constituer un choc culturel pour lui. Il a eu la délicatesse de ne rien dire jusqu'à présent, mais vous sentez bien que vous ne pouvez pas soutenir la comparaison. Vous vous habillez n'importe comment.

Il ôte sa veste, défait la cravate, roule ses manches. Vous réalisez à quel point ces petits gestes de l'homme qui rentre du travail vous manquent! Quand il a retiré de son sac et mis sur un cintre la chemise du lendemain, il se tourne vers vous et vous tient à bout de bras. Il vous explore par petites touches, un coup d'œil pour la tempe gauche, un autre pour le sourcil droit, d'autres encore pour les cheveux, le sourire, l'arête du nez; finalement son regard vous englobe tout entière avant de plonger dans le vôtre jusqu'à votre âme. Josh vous attire à lui, vous serre dans ses bras.

– Toujours aussi ravissante.

Il est autour de la cuisinière avec vous. Cela vous fascine de constater son intelligence de la cuisine. Il sait d'instinct où sont les choses et vous n'avez rien à demander, il sait aussi bien que vous quoi faire, dans quel ordre et à quel rythme. Votre manière à tous deux d'habiter un si petit espace sans vous nuire vous séduit aussi. Vos corps dansent l'un près de l'autre, se frôlent, s'éloignent, s'attirent encore.

Le repas est un prélude. Vous continuez à vous approcher l'un de l'autre. Vous aimez qu'il parle de sa journée, de sa profession, des personnes et des choses qu'il aime, tant pour en apprendre sur lui que pour le plaisir d'entendre sa voix et de voir s'animer son corps. Les mêmes raisons, probablement, le poussent à vous faire parler de vous. Le consultant en gestion aime votre manière d'aborder les problèmes et d'envisager les solutions. L'ancien médecin de famille ou le père en lui se trouve séduit par la façon dont vous racontez vos enfants. Le gars du cours classique s'amuse de votre manière de jouer avec les mots et les idées. D'ailleurs vous faites beaucoup cela ensemble, jouer avec les mots, chevauchant constamment les deux langues, l'anglais et le français. Vous vous disputez sur des définitions et n'hésitez pas à sortir les dictionnaires pour étayer vos argumentations. Vous prenez plaisir aux mêmes choses.

Quand enfin vous vous trouvez nus dans les bras l'un de l'autre, son corps vous semble avoir été dessiné exprès pour le vôtre. Ses creux épousent vos courbes, ses bras vous enveloppent aussi bien que les vôtres l'enserrent. Oui, cet homme se laisse prendre dans les bras. Il ne se rétracte pas, il s'abandonne à vous. Les poils abondants de sa poitrine ne vous râpent pas la peau ; d'une incroyable douceur, ils se présentent en une toison soyeuse dans laquelle vous ne vous lassez pas d'enfoncer vos doigts. C'est bien vous qu'il regarde tandis que son sexe brandi comme un éloge vous pénètre et vient répandre en vous sa lumière. Tout en lui vous plaît. Il a des gestes d'une tendresse infinie.

L'un comme l'autre, vous dormez peu cette nuit, car vous n'avez de cesse de vous regarder. Dans les premières lueurs de l'aube vous vous rapprochez encore, vous que la somnolence n'avait pas séparés. Lorsqu'il doit finalement se lever pour attraper son avion, vous jouez un moment à le retenir prisonnier de vos jambes. La force des jambes d'une femme dans le désir! Vous n'en revenez pas vous-même. Il vous trouve gamine et a l'air d'apprécier ce trait de votre caractère. Vous êtes tout entière dans le plaisir du jeu. Vous aviez oublié quels bienfaits procurent le rire et l'abandon.

Les gestes du petit matin sont faciles encore et vos corps valsent dans la salle de bains aussi bien qu'ils dansaient la veille au soir dans la cuisine. Vous avez préparé le café, il a mis la table. Puis l'ampoule du plafonnier a grillé d'un coup, et vous vous retrouvez pratiquement dans le noir. Tandis qu'il grimpe sur l'escabeau, vous lui tendez une ampoule neuve.

– Comme disait ma mère, c'est donc pratique d'avoir un homme dans la maison!

Vous blaguez à moitié. D'ordinaire, vous mettez des jours à changer une ampoule et ne vous y décidez que lorsque vous n'en pouvez plus de tâtonner dans le noir.

Il y a des mois que vous n'avez pas pris le temps de déjeuner assise, les matins de semaine. Aujourd'hui, non seulement vous trouvez-vous à table, mais il a mis en sourdine la musique de Radio-Canada FM. L'un comme l'autre vous ignorez les titres du *Devoir* étalé sur la nappe parce que vous avez trop à regarder en face. Vous ne profiterez pas de lui longtemps, il est très juste pour son avion. Quand il a remis le beurre au frigo, il jette un coup d'œil narquois à la vaisselle empilée dans le lavabo.

– Comme disait mon père, c'est donc pratique d'avoir une femme dans la maison !

Sur ce clin d'œil, il file en catastrophe.

La semaine suivante, comme il se trouve enfin à Montréal, vous vous envolez pour Toronto où vous êtes invitée à présenter vos livres à des écoliers des programmes d'immersion française. À votre retour, il vous attend à l'aéroport, et vous dérobez deux heures au travail avant qu'il ne reparte de son côté.

Le prochain week-end, Josh et vous le passerez ensemble. Au téléphone, il demande :

– Ça te plairait de venir chez moi ?

– J'ai très hâte de pouvoir t'imaginer dans tes choses.

– *Well*, je dois te dire quelque chose avant… Les affaires de Donna sont encore chez moi. Si ça t'ennuie…

– Habite-t-elle toujours là ? Parce que si oui, c'est une autre paire de manches…

– Non ! Non ! Bien sûr que non ! Seulement, elle a laissé un peu de ses affaires ici le temps de s'organiser…

– À nos âges, nous n'arrivons pas l'un à l'autre sans bagages. Donna fait partie des tiens.

Il passe vous prendre en rentrant de la Beauce, le vendredi soir. Chez lui, c'est un édifice prestigieux, un condo décoré par un designer : couleur, raffinement, confort, vue sur le fleuve. De quoi rêver. Tandis qu'il prend les messages sur son répondeur, il vous tend un de ces jeux d'adresse où il faut détacher les pièces les unes des autres. A-t-il remarqué qu'il en traîne partout chez vous, de ces jeux ? Vous tentez de séparer les fers à cheval qui semblent inextricablement entrelacés. Vous prenez votre temps, observant longuement la manière dont les pièces sont jointes, leur forme, leur agencement. Il y a un truc. Vous l'avez même déjà su, ce truc. Avec un peu de temps, vous le retrouverez. Vous avez beaucoup de patience pour ces choses-là… Lui, non. Il brûle de vous donner la solution. Il vous tourne autour, après avoir pris ses messages et avoir enfilé un pantalon d'intérieur. Vous résistez le plus longtemps possible, mais vous voyez bien que c'est plus difficile pour lui que pour vous. Il ne peut s'empêcher de proposer au moins une piste. Vous acceptez la piste, mais déjà votre plaisir est moins grand.

Le dimanche, vous allez à la montagne. Tandis que vous vous préparez, le téléphone sonne. C'est Donna. Pour la quatrième fois au moins depuis vendredi. Non, il n'a pu la rappeler. Elle propose sans doute quelque chose, à quoi Josh répond d'une voix ferme : «*I don't think it'll be possible.*» Vous enregistrez cette phrase. Malgré la douceur de la voix, elle tombe comme un couperet. C'est le ton du médecin porteur de mauvaise nouvelle. Sa manière d'annoncer que c'est sans espoir. Vous fixez cela dans votre mémoire pour ne pas passer tout droit s'il vous disait un jour : «Je crains que ça ne soit pas possible.» Que vous sachiez bien reconnaître que cela signifie : «C'est fini.» Pourquoi notez-vous ce détail?

Vous arpentez les sentiers flamboyants du mont Royal. La journée est splendide. Cela sent bon les feuilles mortes. Il y a foule entre le lac des Castors et le chalet de la montagne et vous vous surprenez à aimer cela, vous, d'ordinaire si sauvage. Aujourd'hui, vous vous sentez solidaire du monde. Entre Josh et vous, les longs silences complices entrecoupent le partage des impressions qui surgissent au gré des visages croisés, du paysage traversé, du fil en aiguille des pensées. Vous parlez des jardins Goldoni (Comment? Il est allé à Florence et n'a pas arpenté le domaine du palais Pitti?); de la difficulté de se trouver à brûle-pourpoint devant une assemblée de huit cent personnes à qui il faut expliquer pourquoi l'on doit restructurer le centre hospitalier et abolir des postes; des balançoires qui n'ont pas été rentrées à l'automne. Musique, écriture, famille, vous mêlez cela aux branches des arbres qui auront bientôt à supporter le poids de l'hiver; aux petits qui courent en criant après le ballon qui dévale la pente sans eux; aux jeunes qui suivent leur papa du week-end en pestant contre cette randonnée que celui-ci croyait être une bonne idée, mais qui s'érige maintenant comme un mur de plus là où il rêvait d'un rapprochement.

Après deux heures de marche, vous prenez la direction de la rue Greene. Vous flânez dans une galerie d'art où aucun coup de foudre ne vous attend. Vous êtes moins attentive aux tableaux, d'ailleurs, qu'à ce qui se passe entre Josh et vous, entre les visiteurs et les tableaux, entre le galeriste et ses clients. Vous notez les impressions dans le désordre. Les mêmes tableaux vous attirent, Josh et vous, les mêmes vous font reculer ou vous laissent indifférents. Des visiteurs esseulés passent d'une salle à l'autre dans un silence quasi religieux. D'autres font grand état de leurs commentaires, qu'ils dispensent à voix haute comme si l'on avait besoin de connaître leur opinion pour s'en faire une soi-même. Le galeriste est partout à la fois. Il parle à l'un, supputant les chances de lui refiler quelque chose, sans perdre les autres du regard, des fois qu'il repérerait un client plus prometteur. Il tient des propos contradictoires selon la tête de l'acheteur éventuel ; cela vous choque d'entrée de jeu. Il vend un jardin fleuri à une *lady* de Westmount en arguant qu'elle économise ainsi sur le coût d'une serre et opine avec elle sur le populisme racoleur d'une scène de ville appuyée au mur au fond de la salle. Dans quelques minutes, il vantera à quelqu'un d'autre le charme un peu suranné de cette même toile.

– Elle devrait figurer dans un de ces merveilleux albums pour enfants, affirme-t-il sans broncher.

Parce que Josh et vous venez de vous arrêter devant une série de tableaux reproduisant des gros plans de rutilantes voitures des années cinquante, il vient appâter le poisson.

– Sublime, n'est-ce pas ?

Vous êtes en train de vous demander quel est l'intérêt d'une telle extravagance et avez bien envie de provoquer le galeriste, mais vous voilà inquiète tout à coup de la manière dont Josh va réagir à cela. C'est inattendu, songez-vous, mais voilà un de ces moments où l'on se révèle.

– Intéressant, répond Josh.

Le client ne se mouille pas, et le galeriste ne sait pas encore sur quel pied danser. Il attaque donc de côté.

– Évidemment, il faut en posséder quelques-uns pour que l'œuvre garde son sens et produise son effet.

Il prend un ton mielleux et parle assez haut pour intimider.

– Vous êtes collectionneur?

Josh refuse de se laisser prendre au jeu. Son non est clair.

– J'achète parfois, quand j'ai un coup de foudre, mais je ne collectionne pas.

L'intérêt du galeriste vient de baisser d'un cran; cependant, il n'a pas encore dit son dernier mot.

– Il n'est jamais trop tard pour commencer… Vous voyez, ce qu'il y a de sublime chez cet artiste, c'est la manière dont il témoigne des années cinquante. Ces voitures sont un puissant symbole de la modernité, de l'automatisation, de la vitesse. Regardez-moi ces couleurs et ce coup de pinceau! Cela vous plaît?

Vous cessez de respirer. Vous détestez ces tableaux et savez d'instinct que Josh ne les aime pas. Va-t-il louvoyer? Il vous semble qu'une éternité passe entre la question et la réponse, pourtant Josh ne tergiverse pas. Il lance un «pas du tout» non équivoque, et vous soulage d'avoir à décider sur place que rien ne sera jamais possible entre vous.

Maintenant, ce que vous désirez, c'est sortir au plus vite de ce haut lieu du mensonge et de la tricherie. Tout sonne faux ici. Personne ne se préoccupe vraiment de l'art. On ne veut voir en vous qu'un acheteur. On n'en veut qu'à votre chéquier. Vous êtes un peu triste pour les artistes. Vous voudriez leur dire qu'ils sont trahis. Pourtant, il est probable que ce galeriste fait bien son travail. Ce que veulent les peintres, c'est vendre, n'est-ce pas, car c'est le seul moyen pour eux d'assurer la production de l'œuvre à venir. Vous-même, opposeriez-vous un non de principe aux efforts de votre éditeur pour vendre davantage d'exemplaires de vos titres?

Plus vous approchez de la sortie, plus l'étau du commerce se resserre sur vous. Les commis vous barrent le chemin avec leurs phrases toutes faites : «Avez-vous aimé? Est-ce la première fois que vous visitez la galerie? Désirez-vous que l'on vous inscrive sur la liste des clients privilégiés? (C'est-à-dire tout le monde, pensez-vous.) Voulez-vous qu'on vous prévienne des prochaines expositions? Vous a-t-on informés qu'on est en plein accrochage de la prochaine dont le vernissage aura lieu mercredi? Vous a-t-on offert un carton d'invitation?» Tout cela se veut gentil, mais c'est trop obséquieux pour vous. Pourquoi avez-vous le sentiment de vous trouver en danger de vous perdre dès qu'on manque d'authenticité autour? Craignez-vous vraiment d'être emportée par le courant? Seriez-vous si fragile que ces courbettes auraient facilement raison de vous? Chaque pas vers la sortie vous semble arraché de haute lutte.

Sur le trottoir, cela va un peu mieux. Vous vous tournez vers Josh et lui offrez un sourire allégé, mais vous sentez une déception chez lui. Vous réalisez qu'il escomptait beaucoup de cette visite. Les termes dans lesquels il vous avait parlé du galeriste, un médecin amateur d'art, et la narration de sa première incursion dans cette galerie il y a un mois vous reviennent.

L'enthousiasme avec lequel il avait parlé de cette rencontre contraste avec le désappointement qu'il semble manifester présentement. Ou il attendait une chose qui ne s'est pas produite; ou votre présence a altéré la chimie du lieu, le vidant de son pouvoir fantasmatique; ou il est dérangé lui aussi par l'hypocrisie du galeriste. Vous ignorez de quoi il s'agit, mais quelque chose se passe. Comme vous-même venez de connaître un moment de fragilité devant cette tartuferie, vous mettez le silence de Josh sur le compte des circonstances.

Sur le chemin du retour, vous arrêtez au marché Atwater avaler une soupe et un café. Vous prenez un certain plaisir à regarder Josh rôder autour des étalages, composant le menu du souper. Il soupèse le pamplemousse, hésite entre les poires et l'ananas, inspecte les asperges, tâte le pain, renifle le fromage, scrute d'un œil avisé la chair des truites. À côté de cette circonspection, sa manière un peu je-m'en-foutiste de choisir le vin vous surprend. Il attrape un vin blanc de l'Ontario à moins de dix dollars la bouteille et vous affirme qu'il en a entendu dire le plus grand bien. Vous êtes sceptique, mais comme vous n'y connaissez pas grand-chose et que de toute manière vous ne consommerez pas plus d'une coupe de vin, vous ne protestez pas. Pour quelle raison refuseriez-vous de faire l'expérience d'un vin abordable? Pourtant, l'incident tire une sonnette d'alarme en vous : il y a là, dans ce petit détail, un indice révélateur que vous ne savez pas encore interpréter; quelque chose qui jouera éventuellement sur vos nerfs et sur quoi il vous faudra revenir.

Vous n'êtes pas de retour au condo depuis cinq minutes que le téléphone sonne. C'est Donna. Encore.

Vous en êtes sûre au timbre douloureux de la voix de Josh et au regard de chien battu qu'il jette sur le fleuve. Il a pris l'appel au salon, vous vous retirez donc dans son bureau pour lui laisser le champ libre. Vous notez avec quelle facilité vous faites cela, sans inquiétude ni ressentiment. Dans la bibliothèque, vous trouvez un livre sur l'Italie que vous feuilletez distraitement. Ce qui vous frappe, c'est votre paix intérieure. Ce calme que pas grand-chose n'ébranle. Avant, vous auriez éprouvé un sentiment brouillé devant un incident comme celui-là, quelque chose entre agacement et inquiétude. Vous jouissez de découvrir cette tranquillité en vous. Quand Josh raccroche au bout de quelques minutes et vient vous rejoindre, vous lui tendez le livre ouvert sur le chapitre qui présente le palais Pitti et les jardins Goldoni.

– Voilà les beautés que tu as manquées.

Il vous serre dans ses bras, penaud, comme pour s'excuser. Tout ce qu'il trouve à dire, tout bas, c'est :

– On prend une bière ?

Vous le tenez à bout de bras et mettez toute la douceur que vous pouvez dans votre regard.

– Elle a quel âge ?

– Trente-neuf ans.

– Elle a du mal à se détacher. Ça viendra.

Vous pointez le doigt vers le livre.

– Si tu retournes à Florence un jour, vraiment, ne rate pas cela.

Donna rappellera. Vous êtes sûre de cela. Saura-t-il couper franchement avec elle ?

À l'occasion d'un week-end passé à sa maison de campagne, vous marchez longuement à flanc de montagne, le chien du voisin courant devant vous et explorant la forêt pour son propre compte. Au retour, vous prenez une bière sur le balcon, face au lac, dans le soleil de fin d'après-midi. Une bière qu'il fabrique lui-même.

– Où prends-tu le temps de faire ça?

– Ça relaxe. Et c'est plutôt bon, non?

Vous dégustez sa brune maison installés dans des fauteuils de polyuréthanne, renversés sur les pattes arrière comme vous disiez aux enfants de ne pas faire, vos pieds appuyés sur le garde-fou. Puis, comme il doit rentrer pour mettre la dernière touche à un rapport, vous le suivez pour écrire aussi dans la chaleur du poêle où le feu crépite. Vous soupirez en regardant votre texte.

– C'est mauvais. Je ne sais pas parler de l'automne.

– Tu t'y prends mal. Il faut pas écrire de gauche à droite. Pour parler de l'automne, tu dois laisser tomber les mots sur la page, comme des feuilles dans le vent.

Il a ouvert une fenêtre. Votre imagination fait le reste. Vous regardez la montagne en face, et vous voyez les mots se détacher des arbres, flotter un moment dans les vapeurs de fin d'après-midi, se poser délicatement sur le ventre en feu de leurs semblables, refuser tout à coup de se rendre, se soulever encore, énergiquement, dans un tourbillon puissant et battre à nouveau la campagne. La vie n'est jamais terne pour qui prend le temps de regarder une à une les feuilles se détacher des arbres. Vous êtes reconnaissante pour cette journée où vous avez senti la vie vibrer dans la tiédeur du soleil sur la peau, dans les odeurs d'humus, de feuilles sèches et de terre humide, dans le sifflement de la hache fendant la bûche, dans le badinage du bran de scie sur le torse de l'homme, dans le fumet du sanglier qui grésille sur le feu, dans le journal qui claque sous les doigts. Dans la voix de l'homme, elle vibre encore. Sa voix qui chevauche deux cultures. Sa voix qui vous emporte ailleurs. Ailleurs que là où serait retenue prisonnière votre tête si elle devait goûter seule cet après-midi d'automne.

Josh prend le journal et, le tenant à bout de bras, l'ouvre grand devant lui. Vous frémissez. Votre expérience de l'homme et du journal est difficile. De tout temps, l'homme a tenu le journal entre vous et lui comme on dresse un bouclier. Dans l'expérience du journal, il y a le bruit de papier froissé et le soupir d'impatience du père qui ne souffre pas de se voir dérangé alors que vous, misérable enfant, désiriez tant souhaiter bonne nuit sans même oser rêver d'un câlin. Il y a le colocataire de votre appartement d'étudiants qui propose de vous lire un article, tandis que vous faites la vaisselle, pour que vous ne restiez pas tout à fait inculte, et qui ne semble pas comprendre que vous liriez cet article vous-même – et pas seulement celui-là, que son goût vous impose, mais d'autres aussi plus proches de vos intérêts – si seulement il songeait à assumer sa part de l'entretien du logement. Il y a le compagnon de vie, qui n'a de compagnon que le nom puisque, quand vous réclamez son attention pour quelque affaire sérieuse, il ne vous l'accorde jamais qu'à moitié, le journal étalé devant lui qui tourne fiévreusement les pages pour signifier : «Achèves-tu?» et qui en sait davantage sur les cotes de la Bourse, les tensions au Moyen-Orient, la guerre froide ou les subtilités échangées dans le vestiaire des joueurs de hockey que sur ce qui se passe dans sa propre maison avec ses propres enfants.

Josh ne le sait pas, mais voilà un moment crucial. Vous êtes aux aguets, consciente que, dans des instants comme celui-ci, se joue la vie d'un couple. Si l'homme ne fait pas le geste attendu, un jour ou l'autre la femme le lui reprochera; même muet, ce reproche, il ne pourra pas le supporter, car il ne peut souffrir qu'on l'accable du poids des blessures que d'autres ont causées. La femme demande réparation et ne peut faire autrement, croit-elle. L'homme ne comprend pas pourquoi ce serait à lui de réparer, puisqu'il n'est responsable de rien. Refusant ce geste, il ajoute à l'injure, et le malentendu envenimera dorénavant l'essentiel de leurs rapports. Vous observez Josh avec acuité, prête à recevoir la blessure qu'il ne peut manquer de vous infliger.

Josh semble avoir trouvé ce qu'il cherche. Il plie le journal en deux et en quatre, puis il lève sur vous le regard narquois de qui s'apprête à jouer un bon tour. Il indique du menton l'espace vide dans l'arrondi du bras, entre le journal et lui, et vous invite à vous y glisser. Vous voilà blottie contre lui. Il montre un article et commande : «Lis», suggérant comme de raison que vous lisiez à voix haute. Vous rouspétez un peu pour la forme, protestant que vous lisez mal, surtout en anglais, mais vous savez déjà que vous ne refuserez rien à l'homme qui, sans le savoir, vient de déposer sur vos blessures un baume si apaisant. Vous lisez donc, convaincue que vous lui écorchez les oreilles. Lorsque vous avez terminé, il dit : «C'est à mon tour. Choisis l'article. Je vais lire pour toi.» Vous feuilletez le journal et pointez le doigt vers l'article de votre choix. Il ajuste ses verres sur son nez et il lit, d'une voix chaude, avec beaucoup d'intonation, et des regards fréquents par-dessus ses lunettes de lecture pour s'assurer que vous suivez bien et que votre esprit n'est pas retenu ailleurs par quelque préoccupation étrangère à ce qui se passe ici et maintenant. Une hésitation apparaît-elle sur votre visage, il arrête un moment, vous interroge sur l'ombre qui vient d'embrumer votre regard. Aussitôt le nuage passé, il se remet à lire, et vous vous laissez bercer avec délectation dans la musique de sa voix et des mots que vous entendez comme pour la première fois. Vous souhaiteriez pouvoir arrêter le temps. Ce moment vous semble à mourir de sensualité. Dans sa bouche, les mots sont ronds et chauds. Sa voix et son regard les portent jusqu'à vous et ils vous parcourent le corps en ondes douces et lisses. Pour un peu, vous imploreriez : «Oui, oui, encore…» Il le comprend et murmure : «C'est comme ça que je me sentais hier soir quand tu lisais ton conte.»

Vous lisez ainsi dans la voix l'un de l'autre durant deux bonnes heures. Quand il se lève finalement pour préparer le souper, il ne veut pas que vous vous extirpiez du divan où vous paraissez si confortablement installée. Il menace de vous faire couper les oignons si vous vous entêtez à le suivre. Il espère sans doute que vous vous défilerez, seulement trancher l'oignon ne vous effraie pas, et vous n'avez qu'un seul désir au fond : continuer à faire les choses avec lui. Vous lui prenez donc le couteau qu'il n'a pas envie de tendre. Après les oignons, il ne propose plus rien, sinon que vous mettiez un disque.

Vous prenez un certain temps à trouver ce qui conviendrait. Sa discothèque vous semble aussi exotique que son accent. Vous reconnaissez certains noms, mais pas les pièces. À part un disque des Beatles, vous croyez bien que rien de ce qui est offert ici ne se retrouve chez vous. Vous n'avez pas envie de choisir à l'aveuglette. Vous appelez au secours. Qu'il suggère au moins un nom. Il en propose un que vous ne parvenez pas à trouver. Il s'approche donc. À croupetons devant l'étagère basse, vous fouillez parmi les disques pour retracer le son que vous auriez envie d'entendre. La contrebasse vibre enfin en ondes régulières dans le soir tombé. Il est retourné à ses chaudrons. Vous le regardez faire, mal à l'aise de vous trouver inactive, tandis qu'il brasse, retourne, touille, goûte, roule des yeux gourmands. Tout à coup, il cesse de s'activer, l'index suspendu au-dessus de l'eau qui bout, comme s'il venait d'avoir une révélation.

– J'ai quelque chose pour toi.

Vous vous attendez à une expérience culinaire. Il tire plutôt un livre de la bibliothèque qui se trouve derrière vous. Il retourne à la cuisinière en tournant les pages. Ayant trouvé ce qu'il cherche, il reprend la cuillère de bois et son grand œuvre sur le rond. Redressement du tronc, inspiration, attitude théâtrale du lecteur, sourire complice en coin, il commence : «*The Little Girl and the Wolf.*» Il s'agit d'une version humoristique du *Petit Chaperon rouge* dotée d'une morale contemporaine du genre : «De nos jours, les loups devraient apprendre à se méfier des petites filles.» L'histoire prend fin sur son éclat de rire qui explose comme un feu d'artifice et vient éclairer la nuit. Il entame un autre récit. Vous réalisez soudain que cet homme est en train de vous lire des histoires. Vous tremblez de partout, vous n'entendez plus les mots, vous ne reconnaissez que l'intensité de sa voix. Vous embrassez toute votre vie d'un coup, à la vitesse de la lumière, comme font ceux qui vont mourir. Vous tentez d'écouter, de vous accrocher à son histoire, mais vous n'entendez rien que votre gratitude qui monte en flots jaillissants vers cet homme qui, penché au-dessus de la cuisinière, pense également à nourrir votre âme. Lorsqu'il vient enfin poser le livre entre vos mains, s'il remarque vos larmes, il n'en laisse rien paraître.

Il a de longues mains fines, sans être trop délicates, faites pour le labeur autant que pour la tendresse. D'ailleurs, la gauche frotte souvent la droite qui garde des marques de brûlure, restes d'une allergie à un produit dont à main nue il enduisait le bois. Vous aimez les traces du labeur sur le corps de l'homme. Ses ongles sont coupés court. À l'annuaire de la main droite, il porte un jonc. Trois anneaux d'or qui s'entrecroisent. Votre regard ne cesse de s'accrocher là-dessus. Vous pensez à elle, l'autre, la mère de son enfant. Quelle fut leur histoire? Quelles joies, quelles déceptions? De quelles nostalgies vous investira-t-il? De quelles blessures faites par elle demandera-t-il réparation? Y aura-t-il de la place pour vous là-dedans?

– C'est ton jonc de mariage?

– Oui.

Un simple oui, le regard droit dans vos yeux. Vous n'en saurez pas davantage si vous ne poussez pas plus avant, mais ce n'est pas le moment. Vous notez cependant que Josh reste fidèle à quelque chose qui sans doute fut grand. Le temps dira bientôt si c'est une fidélité, un geste destiné à rassurer son enfant ou une blessure incurable.

De chez lui, vous êtes partie exténuée, saturée, les sens épuisés par ses sollicitations. Il ne faisait rien que c'était trop encore. Votre corps n'en pouvait supporter davantage. Votre âme exigeait du recul pour seulement respirer. Vous cherchiez du renfort : il fallait vite vous rapprocher de vos enfants, du travail, de la réalité. Cependant, plus vous mettez de distance entre vous, plus cet homme prend de place, si bien qu'au lieu de clarté, c'est confusion que vous trouvez chez vous. Vous papillonnez, fébrile, passant de la chaise au fauteuil, de la table au lit, vous relevant pour écrire, incapable d'aligner trois mots, repoussant votre chaise, inquiète, cherchant comme d'habitude quelque secours dans le ploiement des arbres et le couac des canards, n'y trouvant au lieu d'apaisement qu'une cause de plus à votre agitation, vous agrippant au rebord de la fenêtre pour ne pas sombrer tout à fait, morigénant la nature parée toute de passion, laissant monter enfin les larmes et le rire, l'abdication, la méfiance, la fureur, l'abandon et son bouquet de questions.

Vous appelez Mathilde, qui vole à votre secours.

— Je ne parviens pas à décider si c'est lui qui me plaît ou simplement le désir de plaire.

— Tu serais autant attirée par un autre homme ?

— Je me demande si c'est à Josh que je suis sensible ou si c'est à l'intérêt qu'il me porte.

— Tu faisais bien la différence avec les autres.

— Les autres ne sont pas demeurés longtemps dans le paysage, je n'ai pas eu à me poser ces questions. Je me méfie de moi.

— T'as peur de tomber amoureuse ?

– Je manque de recul. Josh est un bel homme. Il est raffiné, brillant, sensible et délicat. Il connaît tout l'alphabet de la tendresse. Je suis sensible à la rigueur avec laquelle il répond aux questions... Je me sens au bord du précipice. Comment avoir la certitude que c'est lui qui me plaît?

– Avec ce que tu viens de dire, qui d'autre, sinon?

– Un fantôme, quelqu'un que j'imagine et qui n'est pas lui.

– C'est toi-même qui parlais de l'importance du temps. Donne-toi le temps! Tu veux les réponses avant d'avoir posé les questions.

– Nous n'y arriverons pas. Je le sens. Il y a trop d'obstacles entre Josh et moi.

– Ça m'a plutôt l'air de bien aller, non?

– Entre nous il y a plus que les barrières habituelles.

– On a toujours l'impression d'être exceptionnel...

– Tu as peut-être raison... Tout de même, nous sommes terriblement exigeants, Josh et moi. Nous ne nous contentons pas de faux-semblants.

– L'amour a besoin de ça, non? Se frotter à l'impossible?

– Tu veux savoir ce que je crois vraiment?

– Dis-moi ce que tu crois vraiment.

– Je crois que c'est trop pour Josh. Il a envie de ça, une relation comme celle-là, exigeante et tout, mais il n'a pas la force de s'impliquer dans quelque chose qui ressemblerait à cela.

– Jusqu'à présent, il y est, non, dans la relation?

– Du bout des dents.

– Tu n'arrêtes pas de me parler de sa tendresse, «une tendresse infinie», à t'entendre! Tu appelles ça «du bout des dents»?

– Il n'ira pas plus loin que la tendresse. Je refuse de me raconter des histoires.

Vous sentez le danger imminent. Vous vous mettez en campagne. L'ennemie à abattre, c'est cette femme en vous qui a tellement soif d'aimer qu'elle n'hésiterait pas à troquer l'amour pour la tendresse. Vous ne voulez pas d'un tel compromis. Vous vous imposez d'inventorier toutes les méprises possibles, de faire le décompte des malentendus, le relevé des lapsus, la liste des égarements, de repérer les abus, les erreurs et les fautes, les moments où, sur les ailes du désir, vous avez permis que déferlent étourderie, bêtise, omission. Quand vous verrez clair dans cette histoire, de combien d'abus de confiance devrez-vous vous blâmer? De quelles déviations à la rigueur vous serez-vous rendue coupable? Quels écarts, quelles aberrations vous seront alors reprochés par celle que vous êtes quand vous avez la tête froide? Impitoyable, vous vous clouez du regard dans le miroir pour mieux lire en votre âme. Pourquoi s'intéresse-t-il à vous? Pourquoi vient-il troubler la paix de votre âme? Pour quelle raison lui feriez-vous confiance? N'en abusera-t-il pas, ne vous blessera-t-il pas? Quelles déceptions vous attendent? Quelles trahisons? D'où devez-vous attendre les coups?

La nuit n'a été d'aucun repos. Vous voilà épuisée dès l'aube au milieu des draps défaits, cible d'un feu nourri de pourquoi. Pourquoi est-ce si difficile de vous habituer à cette idée que vous puissiez plaire à l'homme? Question douloureuse qui pourfend le silence. On met des jours et des ans à tenter seulement de sentir à quoi pourrait ressembler la réponse.

Vous êtes allée à l'extérieur de la ville rencontrer un groupe d'étudiants inscrits aux cours du soir d'un certificat en littérature pour la jeunesse. Vous aviez promis à Josh de téléphoner dès votre retour. Son rire vous accueille au bout du fil enroulé à votre doigt. En vrac, le travail de la journée, le remue-ménage du quotidien, toutes ces petites choses qui, lorsqu'elles sont bien faites, révèlent la grandeur de l'homme. Pour un peu, celui-là promettrait d'être grand. Il ne cherche pas à impressionner avec des coups d'éclat. Il demeure tout entier dans la tendresse du familier, du si proche de soi qu'on frôle l'universel. Quand il se trouve à portée de voix, votre angoisse s'apaise.

Vous réalisez à quel point cette histoire vous sollicite. Vous avez envie de vous laisser aller à l'amour naissant, mais vous reculez en même temps. Vous craignez d'avoir mal, de ne pas être accueillie, de vous trouver en porte-à-faux par rapport à lui, de vous tromper aussi sur la nature de vos sentiments. Finalement, n'en pouvant plus de vos tergiversations, vous décidez d'ouvrir votre jeu.

– Je crois que je commence à m'attacher. Je pourrais devenir amoureuse. S'il n'y a pas de place chez toi pour de tels sentiments, dis-le maintenant que je corrige le tir avant que ça ne fasse trop de dégâts.

– *Well!* J'ai pensé beaucoup, moi aussi. Il y a la place, je crois. Je fais pas des promesses, *but… Well*, je suis curieux.

C'est dimanche. Vous vous sentez la légèreté d'un pommier en fleurs.

Le mercredi après-midi, vous passez trois heures ensemble. Deux, dans les bras l'un de l'autre ; une demi-heure à préparer et à grignoter un croque-monsieur ; une demi-heure à vous détacher l'un de l'autre. Vous devez repartir vite, car sa fille doit venir après ses cours. Elle ne sait pas encore la place que vous prenez petit à petit dans la vie de son père. Vous sortez de là inassouvie, inquiète. Pourquoi ne parle-t-il pas de vous à sa fille? À treize ans, ce n'est plus tout à fait une enfant. Est-ce là le genre de relation que vous désirez? Une vie éclatée, faite de pièces éparses qu'il n'est pas question de mettre ensemble? Une fragilité pointe en vous et demande de l'attention. Vous qui craigniez que l'amour vous aveugle, vous vous trouvez effrayante de lucidité.

Il a des silences. Vous notez cela. Des silences qui durent à peine quelques minutes le plus souvent, mais parfois aussi des jours. Des silences comme des points de suspension au bout desquels vous retenez votre souffle pour ne rien brusquer. Vous sentez l'édifice fragile. Ces silences vous toisent. En leur sein germe votre inquiétude. Si vous vous étiez trompée? Si tout cela n'était qu'un horrible malentendu?

Il ne dit rien de lui-même. S'il n'est pas mandé de le faire, il ne livre rien de lui sinon que les miettes du quotidien, au bout desquelles, le silence. Pour en apprendre davantage, il faut ouvrir l'œil, tendre l'oreille, aiguiser la mémoire des sens. Il faut le saisir dans l'action, dans la constance de ses faits et gestes. Il ne se livre qu'au compte-gouttes. Il faut savoir l'art de la distillation et connaître la patience. Contrairement à vous qui, sitôt que vous en avez eu l'occasion, avez parlé de lui à Chloé et à Martin, il n'a pas dit à sa fille qu'il vous a rencontrée. Il vous fait plutôt si lentement apparaître dans sa vie que lorsqu'elle remarquera votre présence, si jamais cela arrive, ce sera presque comme si vous aviez toujours été là. Ainsi a-t-il laissé dans sa maison des traces de votre passage. Lorsqu'elle est tombée dessus, la question a surgi, à laquelle il a fait une réponse simple. Une amie est venue. Il n'en a pas dit davantage. Sa fille a dormi dessus. D'autres questions surgiront. Voilà sa manière de parler de lui. Il ne donne pas plus que ce que l'on demande. Par prudence ? Par délicatesse ? Par pudeur ? Par timidité ? Ou par un désir malsain d'entretenir son mystère ? Le connaître implique qu'il faille un peu forcer la porte. Cela exige un minimum d'intérêt, du tact et du temps. C'est un homme à rassembler. Il se trouve devant vous, tel un casse-tête éparpillé sur la table. Toutes les pièces sont là, sous vos yeux, couleurs et formes mêlées. Vous n'avez qu'à les prendre ; qu'à tourner entre vos doigts ces petits morceaux de lui qu'il vous livre à la pièce ; qu'à les imbriquer les uns dans les autres dans un ordre qui demeure pour l'instant un secret à découvrir. Il est là, déjà, tout entier sur la table, en pièces éparpillées sous vos doigts qui ne savent pas encore le lire.

Vous-même, êtes-vous un casse-tête pour lui ? Il ne pose pas de questions. Est-il curieux de vous comme vous l'êtes de lui ? Comment apprend-il de vous ce qu'il veut savoir ? Observe-t-il aussi vos gestes et vos paroles ? Vous trouve-t-il tout entière dans les questions que vous posez, dans les mots que vous enfilez telles des fleurs dont vous faites des colliers que vous passez à son cou ? Est-ce vous le mystère qui préoccupe son jour et hante sa nuit ?

— Je me prépare au choc, avouez-vous à Mathilde.

— Iceberg en vue ?

— Josh part en vacances au Mexique.

– Tu pars avec lui?

– Certainement pas. J'ai du travail.

– Avec les semaines que tu te tapes, tu as les moyens de prendre du repos. Où est le vrai problème?

Comme vous aimeriez pouvoir répondre à Mathilde que Josh vous a offert de l'accompagner, mais que, vraiment, vous en êtes empêchée.

– Je ne fais pas partie de ses plans.

– Oh! fait Mathilde d'un ton hésitant. Je suis sûre qu'il n'a pas encore osé demander.

– Josh part seul. Il va faire le point.

– Bon! Monsieur prend quelques jours de vacances seul. Ce n'est pas un drame!

– Je n'ai pas dit que c'en était un. Je prends acte, voilà tout. Il ne se trouve pas dans quelque chose qui s'appellerait «nous deux». Il reste seul dans sa tête, avec moi à côté quand il en a marre d'être seul.

– Tu ne le sens pas…

– Pas là où je le voudrais en tout cas.

– Tu le voudrais où exactement?

L'homme que vous désirez aurait besoin de vous. Il pourrait fort bien vivre de longs épisodes sans vous, mais il vous souhaiterait à ses côtés le plus souvent possible. Chaque heure passée sans vous lui semblerait fade. Votre absence provoquerait en lui un vide désagréable qui l'obligerait à créer l'occasion de vous voir à ses côtés.

– C'est un rêve de femme, ça. Un homme ne va jamais désirer une chose pareille! Il craindrait de se voir étouffé par l'amour.

L'homme trouve mille prétextes pour éviter d'avoir à s'impliquer dans l'amour. Tout réclame son attention :

205

le journal à lire, le feu à attiser, le repas à cuire, le courriel à vérifier, le rapport à préparer, le bois à fendre, les meubles de jardin à rentrer pour l'hiver, la voiture à laver. L'homme ne manque jamais de distractions quand il s'agit de s'éviter lui-même. Lorsqu'il a finalement fait le tour de son jardin et de celui des voisins, la nuit est déjà avancée. Il s'assoit, épuisé, avec un verre de bière ou de scotch pour engourdir l'inquiétude qui sourd en lui, il met un disque sur lequel il affecte de concentrer son attention, mais il guette, tendu comme une corde de contrebasse, la question qui va surgir, inévitable, malgré le combat qu'il a mené tout le jour pour l'éviter. Elle le trouve au milieu de la nuit tel qu'il était au matin, avec un cœur à sortir de sa poitrine, à mettre, sanglant et palpitant, dans les mains chaudes d'une femme.

– Pourquoi, vous exclamez-vous, est-ce si difficile pour un homme de faire ça?

– Parce que c'est son cœur, pardi! Il y tient! Toi-même, tu réagirais comment si Josh déposait dans tes mains son cœur palpitant et sanguinolent?

Vous hésitez un moment, mais pas vraiment longtemps. Ce que vous feriez vous semble limpide.

– Je dirais : «J'ai envie de déposer les armes et de recevoir le cadeau que tu m'offres; je ne sais pas comment, mais je vais y arriver; aide-moi à y parvenir.»

– Évidemment, tu as toujours réponse à tout.

– Tu crois que j'ai toutes les réponses?

– Je crois que tu ne vis pas dans la réalité.

– Pas dans la réalité, moi?

– Quand tu parles d'amour, en tout cas.

– Alors, dis-moi ce que c'est, la réalité. Parle-moi de Georges et de Georgette qui s'éveillent dans leur lit froid et déjeunent en silence. Jure-moi qu'ils ne respirent pas mieux enfin éloignés l'un de l'autre tout le jour. Ne vois-tu pas qu'ils vivent dans la crainte de se retrouver? Le soir, ils mettent la télé entre eux, les enfants et le chien, le Nautilus, les dîners d'affaires… Ils voient avec terreur approcher la nuit, la cruelle vérité de la nuit quand leurs corps se tournent le dos et se murent dans un «bonne nuit» plus sec qu'une porte qui claque. Ah! bien sûr, ils font l'amour parfois, mais ce n'est jamais que du bout des doigts, les yeux éteints, l'âme à des années-lumière du corps. C'est à ça que ça ressemble, Roger et toi, peut-être?

– Mais nous deux, c'est exceptionnel! glousse Mathilde.

– Crois-tu donc qu'un tel bonheur ne soit pas possible pour d'autres?

– Non bien sûr, mais avoue que c'est rare!

– Parce que c'est rare, objectez-vous, il faudrait ne pas le chercher? Ne pas se battre pour le trouver? Cesser d'y croire? Accepter des succédanés? Tu me demandes d'éteindre ce désir-là en moi? Tu crois avoir trouvé et pouvoir garder pour toi le seul homme aimable du siècle? Non contente de l'avoir trouvé, tu le mets à l'épreuve? Tu sors voir s'il n'y aurait pas encore mieux ailleurs? Et c'est moi qui ne suis pas réaliste?

– Il y a des jours où je te déteste.

– Le fait brut, tu vois, c'est que l'homme et la femme se cherchent. Depuis la nuit des temps. Ils se cherchent pour trouver ensemble les réponses qu'ils ne parviennent pas à trouver chacun de son côté. Dans la proximité l'un de l'autre, ils grandissent et se dépassent. Ils se cherchent pour ça. Pour se dépasser.

– Alors, c'est ça ? demande Mathilde. Avec Josh, tu as fini de grandir ?

– …

– …

– Je crois que tu viens de mettre le doigt sur le bobo.

Le rythme de Josh vous contraint à ralentir. Vous roulez vitesse grand V sur la nationale, qu'il quitte sans cesse pour les petits chemins. Vous avez hâte d'être apaisée, d'entendre dire «je t'aime, *I love you*». Vous foncez, tête baissée, pour lui arracher cet aveu ; dans un même mouvement, vous freinez de toutes vos forces. Vous vous bâillonnez, car vous ne voulez rien arracher justement. Rien obtenir qui ne soit l'expression spontanée de son propre désir. Seulement, ce désir ne monte pas.

De nouveau le silence. Vous ne vous êtes pas revus depuis trois semaines. Ses appels laissent comprendre qu'il souhaite votre présence, mais il y a toujours un empêchement. Peut-être est-il comme Philippe. Sans doute n'a-t-il au fond besoin que d'une oreille pour l'écouter. Pourtant, quand vous vous frôlez, son regard s'illumine. Pendant l'amour, son visage s'épanouit tout à fait – un vrai soleil rempli de douceur et de plaisir. Vous sentez cependant que quelque chose manque. Est-ce chez lui ou chez vous ?

Il est à la campagne avec sa fille. Il a envoyé un courriel très «préoccupations professionnelles» en réponse à une précision que vous lui aviez demandée sur un terme technique. Pas un mot, pas une allusion à l'autre dimension de votre relation. Rien, par exemple, sur la lettre amusante que vous lui avez fait parvenir quelques jours plus tôt. Rien non plus à propos de ce que vous pourriez éprouver ce week-end : bien que vous-même soyez libre, vous êtes empêchés de vous voir. Son tour de garde a changé de manière impromptue et il refuse de mêler sa fille à ce qu'il appelle vos «histoires». Il ne vous offre rien que ce silence douloureux. Un silence que vous ne romprez pas. Vous avez ouvert votre jeu. Il sait de quoi sont faits vos sentiments. À lui d'ouvrir son cœur ou de le fermer. Vous ne forcerez la porte de personne.

Ce voyage au Mexique vous laboure le cœur. Vous auriez aimé passer ce Noël dans la tendresse. Il y a si longtemps… Ce n'est pas son absence qui vous blesse, mais cette petite phrase assassine : «*Well*, rien me retient en ville durant les fêtes.» Vous pensez intérieurement : «Pas même moi?» Tout haut, vous vous étonnez qu'un père aussi attentionné ne s'organise pas pour passer au moins Noël ou le Jour de l'An avec sa fille. Cela ne lui fait donc rien, à elle?

– Elle va dans Charlevoix avec sa mère.

Vous avez passé la journée dans l'inquiétude. Votre tête a pris une décision, mais votre cœur ne l'a pas encore avalisée. Cela vous tiraille. Rendez-vous à l'évidence. Vous avez été le personnage de ce qui aurait pu être une belle histoire, mais il est temps de crever ce ballon. Plus personne ne croit aujourd'hui aux contes de fées.

Tout le jour, vous vous repliez sur l'ordinaire, car il n'y a rien comme l'odeur, le mouvement, les bruits de l'ordinaire pour panser les plaies. Vous avez réussi à faire la lessive, à cuire des pains à la citrouille que vous donnerez à Chloé et à Martin. Vous êtes même parvenue à lire tout un chapitre d'un livre! Soulagée d'atteindre enfin la nuit, vous éteignez la lampe sur la table de chevet. «Voilà, vous dites-vous, c'est fini. Au moins, je n'aurai pas trop souffert.»

Josh voulait passer avec vous, à la campagne, le week-end d'avant son départ pour le Mexique. Vous proposez de souper d'abord en ville. Au dessert, vous mettez sur la table votre malaise et les raisons qui vous amènent à vous retirer de cette relation. Il ne cherche aucunement à vous retenir. Vous demandez ce qu'il aurait fait si vous n'aviez pas pris les devants. Il prétend qu'il aurait abordé la question durant la fin de semaine. Pourquoi est-ce que vous en doutez? Vous le percevez tout à coup tel qu'il est probablement : une girouette. Le vent décide pour lui du côté où il va tourner la tête. Du moins cela vous semble-t-il se passer ainsi, mais vous n'êtes plus du tout sûre de votre jugement.

Finalement, ce Noël, que vous craigniez tant de passer seule, vous l'avez traversé entourée de vos enfants. L'un des plus beaux cadeaux qui vous ait été offerts cette année fut de tenir votre petite-fille dans vos bras, de lui rendre ses sourires, d'enfoncer votre nez dans son cou, de la voir se tenir assise toute seule, fermer les bras sur le ballon que vous avez fait rouler jusqu'à elle. Vous constatez aussi la force qui gagne vos enfants. La tendresse imprègne désormais leurs rapports, qui, autrefois, étaient si tendus. Cela prendra sans doute encore du temps, mais Chloé et Martin se remettront des blessures causées par leur mère écorchée.

Vous avez fait de ce congé un cocon d'intimité. C'est un exploit en cette saison de retrouvailles et de célébrations. Alors qu'on festoie dehors, vous jouissez de la chaleur de votre havre : musique, éclairage tamisé, silence, avec juste le mouvement des mots sur la page, des mots écrits par d'autres, proches de vous par les préoccupations de l'âme. Rilke, Gary, Lessing, Bobin. Vous vous êtes offert un tout petit livre de ce dernier. Il tient dans la paume comme un oisillon blessé sur le bord de ressusciter. Un livre comme vous les aimez, fabriqué à l'ancienne, avec du fil, des pages à couper, des phrases à savourer sur le ton de la confidence, dans l'alchimie de la main hésitant sur le feuillet, du grattement de la plume sur le papier, du souffle retenu de l'écrivain tout entier dans l'éclosion du comment dire sans trahir.

L'impossibilité de savourer Bobin sans être aussitôt saisie par l'urgence d'écrire. Au bout de quelques paragraphes à peine, il vous faut délaisser la page à lire pour affronter la blanche à dire, devant laquelle vous vous sentez toute petite, fragile, insignifiante. Votre vie vous paraît ainsi constituée de lignes vierges sur lesquelles vous enfilez les mots, inlassablement. Des perles, sur un fil interminable.

Vous êtes née pour vous trouver vous-même. C'est à quoi vous vous appliquez la plupart du temps. Vous occupez tout le temps disponible pour reconnaître en vous les manifestations de la vie. Votre corps est un instrument qui vibre sous la caresse comme sous les coups de la vie. Votre âme, un sismographe qui enregistre l'expérience. Voilà, croyez-vous, comment on peut, simplement, résumer la vie. Vu ainsi, réussir sa vie, c'est s'attacher à devenir le meilleur instrument possible. Un instrument réceptif, sensible, frémissant. Un instrument capable de rendre témoignage. Un témoignage unique, précieux dans son unicité. Vous êtes une voix dans un chœur. Une voix qui pourrait s'éteindre sans que le chœur en souffre. Une voix responsable pourtant, qui n'ignore pas que si elle choisissait de se taire, le chœur serait un peu moins riche. Une voix qui choisit de se joindre aux autres pour que le cœur du monde continue à vibrer.

Voilà votre place finalement. Pourquoi chercheriez-vous autre chose ? Qu'y a-t-il dans cette quête de l'homme ? Vous cherchez à l'extérieur de vous-même ce qui se trouve déjà dedans. Que faites-vous à gaspiller votre temps précieux en quêtes illusoires ? Il est temps désormais de vous concentrer sur l'essentiel.

On aura probablement l'impression que vous agissez sur un coup de tête, mais vous en rêviez depuis longtemps. Au lendemain des Rois, vous vendez la voiture et décidez de limiter vos besoins au strict minimum. Cet hiver, vous n'accepterez qu'une seule charge de cours, limiterez rigoureusement vos contrats de traduction, refuserez toutes les distractions. Vous vous cloîtrerez pour écrire. Pour vous désormais, hormis vos enfants et votre petite-fille, rien ne comptera davantage que ce livre.

L'hiver de ce projet s'est au bout du compte longuement étiré. Une parenthèse durant laquelle vous avez, la plupart du temps, vécu recluse dans le silence de votre appartement. Un silence que vous ne cherchiez pas à troubler. Vous vouliez faire de ces mois de recueillement votre traversée du désert. Une expérience de purification. Que reste-t-il de soi quand on renonce à toutes les distractions autour? Voilà le genre de question que vous vous posiez. Mais que saviez-vous vraiment du désert, lorsque vous avez arrêté cette décision? Que connaissiez-vous alors de la brûlure de son jour, de la rudesse glacée de sa nuit? Ne vous avait-on pas prévenue que ses mirages sont criants de vérité?

Au début, vous avez beaucoup écrit. Tous les jours. Plusieurs heures par jour. Parfois, le fruit d'une journée de travail tenait au bout d'un seul doigt. Une unique phrase, ciselée. Le plus souvent, vous en aviez des pages. Vingt, trente, d'une histoire décousue, partant dans tous les sens, une histoire sauvage que vous n'arriviez pas à dompter. Cela vous a pris des mois rien que pour apprivoiser l'anecdotique. Aussitôt que vous tentiez de cerner les motivations d'un personnage, celui-ci vous échappait. Ainsi, l'un après l'autre, vos héros ont-ils fui, empruntant des dédales inattendus menant presque systématiquement à des impasses. Rien, rien de tout cela ne parvenait jamais à raconter une histoire. Incrédule, sans cesser d'écrire, vous avez regardé les pages inutiles s'amonceler sur votre table de travail. Mue par la foi, incapable de décider de faire autre chose, vous avez persévéré. Des mois de travail stérile. Tant de mots pour ne rien dire.

Au bout d'un an, un jour où vous relisiez votre travail, un personnage obscur vous a fait signe. Vous avez suivi le fil qu'il déroulait devant vous, surprise de découvrir une histoire au bout. Vous l'avez écrite dans un état second, comme si quelqu'un d'autre frappait pour vous les touches sur le clavier. Vous avez détesté ne pas vous sentir maître du récit. Six mois plus tard, vous teniez un manuscrit au goût un peu amer. Vous l'avez tout de même montré à l'éditeur, espérant presque qu'il le refuse et confirme votre incompétence, pour que vous puissiez en finir une fois pour toutes avec cette lubie d'écrire. Allez savoir pourquoi, c'est celui-là qu'il a publié.

Votre livre accepté, une détente s'est opérée en vous. Un regard rétrospectif sur l'année écoulée vous a permis de conclure que, au bout du compte, vous n'aviez pas tout à fait perdu votre temps. Vous avez donc décidé de vous octroyer quelques semaines de vacances pour renouer un peu avec le monde des vivants. Vous avez multiplié les moments passés avec vos enfants et votre petite Ariane. Avec vos amies aussi vous resserrez les liens.

– On te croyait morte ! vous a taquinée Léa quand elle vous a rejointes dans le jardin où Mathilde vous recevait à un barbecue.

Comment expliquer à vos amies que vous ayez si peu besoin d'elles ? Comment leur faire admettre que vous n'ayez guère à offrir, quand il s'agit de bavardage, tout en les assurant de votre appui indéfectible si elles avaient besoin de vous ?

C'est l'anniversaire d'Ariane. Martin et Mélanie ont organisé une fête à laquelle ils ont invité quelques amis et leurs enfants. Chloé est là aussi avec Yann, un garçon qu'elle fréquente depuis quelque temps. Les enfants jouent au milieu du salon et la fête bat son plein. Vous croyiez tout le monde arrivé, quand on sonne à la porte. Martin crie par-dessus la musique : «Ça doit être Renaud. J'y vais!» Vous quittez la petite fêtée des yeux et levez le regard vers l'entrée. Vous avez hâte de connaître ce jeune homme dont Martin vous a si souvent parlé. Il prétend que Renaud l'a sorti du trou. C'est donc en partie à cet inconnu que vous devez d'avoir retrouvé votre fils.

Ce garçon n'a pas aussitôt passé la porte que vous voudriez vous trouver dix pieds sous terre. Vos genoux ploient comme ceux d'une adolescente qui viendrait de buter contre son rocker préféré en courant les boutiques. Bien qu'il ait changé sa coupe de cheveux et rasé sa barbe, vous le reconnaissez tout de suite, ce garçon au regard moqueur, avec sa fine cicatrice sous l'arcade sourcilière et son rire à faire s'effondrer les murailles... C'est lui, il n'y a pas de doute. Vous essayez de vous éclipser, vous cachant derrière les convives, espérant candidement que l'homme au sucre ne vous reconnaîtra pas. Quand il vous sera présenté – ce moment est, hélas, inévitable –, va-t-il vous replacer aussi facilement que vous l'avez reconnu? Probablement pas. Cela fait tout de même plus de quatre ans... Il a dû depuis aborder tant de femmes qu'il vous aura complètement oubliée. Du moins le souhaitez-vous. Comme une fillette, vous rougissez rien qu'à l'évocation de ce souvenir. Tant de fois, en pensée, vous avez rejoué la scène de votre affrontement avec l'homme au sucre, tâchant de remplacer dans votre mémoire la créature gauche et inarticulée par une femme en pleine possession de ses moyens. L'idée même de l'importance qu'a pris cet incident à vos yeux vous stupéfie. Vous vous sentez embarrassée de vous savoir ainsi les joues en feu.

Aussitôt qu'elle aperçoit Renaud, Ariane lui saute au cou. Vous lui êtes infiniment reconnaissante pour le répit qu'ainsi elle vous accorde. En fait, songez-vous, il est assez étonnant que vous n'ayez pas revu Renaud plus tôt, s'il est aussi proche de votre fils que l'accueil d'Ariane le donne à croire. Il est vrai que vous vivez recluse depuis plus de deux ans. Les seules fois où vous avez vu Martin et sa petite famille, c'est quand ils forçaient votre blocus, tous les trois. Tandis que la grand-mère observe avec un mélange de curiosité et d'irritation les manifestations de complicité entre sa petite-fille et l'homme au sucre, la femme en vous jongle avec les hypothèses et prépare sa stratégie pour l'inéluctable confrontation. Comment agirez-vous si cet homme vous reconnaît et vous ridiculise en public, devant vos enfants de surcroît?

Renaud offre des fleurs à Ariane, comme à une vraie demoiselle, et il a aussi pensé au cadeau pour la petite fille qu'elle est.

— Tu as quel âge maintenant? demande-t-il, accroupi devant elle.

Toute fière, elle montre trois doigts de la main gauche, emprisonnant ceux qui sont de trop dans sa main droite. Sifflement admiratif de Renaud qui demande, l'air faussement ébahi :

— Mais comment t'as fait ça?

Ariane soulève les épaules dans un grand éclat de rire, et plante là Renaud avec ses questions impossibles pour aller rejoindre les enfants qui viennent de découvrir comment on crève les ballons.

Pratiquement tous les invités semblent connaître Renaud. Dès qu'il en a l'occasion, Martin vous présente l'un à l'autre. S'il vous a reconnue, comme son regard appuyé permet de le supposer, Renaud n'en a rien laissé voir. C'est un gentleman. Vous pouvez respirer. En même temps que vous éprouvez ce soulagement, vous vous efforcez de saisir pourquoi un incident comme celui-là a pris de telles proportions chez vous et ce qui vous pousse à le tenir secret plutôt que d'en rire ouvertement.

Un buffet a été dressé sur la table de la cuisine. On a rassemblé les enfants autour d'une table basse dans une chambre décorée pour la fête. Quant aux adultes, chacun se sert et s'installe où il peut pour manger sur ses genoux. Un joyeux brouhaha règne dans le logement exigu. Les conversations fusent et se déroulent comme des serpentins dans le flash des appareils photo. Les rires explosent au milieu des cocottes de papier et des guirlandes. Dans ce tintamarre, au milieu des ébats, vous vous débrouillez pour demeurer à une certaine distance de Renaud tout en le gardant constamment à l'œil. Vous ne voudriez pas qu'il vous surprenne avec une de ces remarques provocantes dont vous vous rappelez qu'il a le secret.

Votre assiette servie, vous vous dirigiez vers une chaise à l'entrée du salon, mais Renaud vous cède sa place. En échange, il demande la permission de s'installer sur le bras du fauteuil, sous prétexte qu'il veut entendre la suite du récit de Chloé. Vous auriez l'air ridicule de refuser de vous asseoir à côté de votre fille. D'autant que vous ne la voyez presque plus, celle-là, depuis que son travail l'oblige à voyager. Les yeux brillants, elle raconte ses aventures péruviennes. Renaud la relance par moments. Il a visité le Pérou autrefois. Il dit «autrefois» comme si cela pouvait faire des siècles.

Renaud fait plus jeune que dans votre souvenir de l'homme au sucre. C'est peut-être le fait qu'il ait rasé sa barbe, ou encore l'entourage de Martin et de ses amis qui crée cette distorsion. Vous vous demandez ce qu'il peut bien fabriquer avec eux. Martin a toujours été vague à ce propos. Bien qu'il vous semble avoir décroché du système lui aussi, Renaud ne présente pas du tout le même profil que Martin et ses amis. Contrairement à eux qui semblent facilement blasés, Renaud paraît curieux de tout, singulièrement actif sur divers plans et désireux de s'impliquer davantage. S'il montre de l'intérêt pour le projet communautaire alternatif auquel collabore désormais Martin, Renaud n'en fait pas partie. D'après ce que vous pouvez en juger, il a beaucoup lu et voyagé, s'intéresse à l'histoire, aux arts, à la philosophie. Il s'habille même avec une certaine recherche. Tout cela demande de l'argent. Pourtant, constatez-vous, perplexe, il ne paraît pas travailler et semble toujours libre de son temps. Il se montre un peu trop cultivé pour un revendeur de drogues, mais vous avez sans doute des préjugés, et vous ne l'imaginez pas non plus en travailleur de rue.

Renaud écoute Chloé avec plus d'attention que vous ne le faites. Cela vous saute aux yeux tout à coup et vous irrite. Vous tournez votre attention vers votre fille en observant le chassé-croisé des regards entre Yann et elle. C'est le premier amoureux qu'elle vous présente. Vous êtes heureuse de l'effet que l'amour produit

sur elle. Un air de Reggiani vous trotte dans la tête.
« Votre fille a vingt ans, que le temps passe vite… »
Jamais elle n'a été aussi belle. Comme vous aimeriez
vous sentir jolie aussi.

En soirée, Mélanie a proposé un jeu. Elle racontera
une histoire qu'il vous faudra jouer collectivement et
compléter au fur et à mesure. Elle campe d'abord le
décor, une jungle étrange où circule une faune inattendue et pittoresque : des crabes, des singes, un
perroquet, une girafe, un alligator, un caméléon, une
poignée de touristes… C'est complètement aberrant
comme distribution, mais tout le monde s'en fout. Il
n'y a que vous dans l'assemblée pour vous soucier des
questions de vraisemblance. Mélanie distribue les rôles
au hasard. Vous obtenez celui du caméléon.

– Il était une fois, commence-t-elle, une jungle immense, touffue, mystérieuse. On prétend qu'elle recelait
une rivière dévalant sur un lit de cailloux d'or. Mais
on n'avait jamais pu le vérifier, car aucun des hommes
qui avaient pénétré dans ce territoire n'en était ressorti
vivant. Ce jour-là, les crabes… Allez, les crabes ! C'est
à vous.

Mélanie, chronomètre en main, minute l'intervention
de son amie Jasmine qui doit improviser la première
phase du récit. Tête rouge, anneaux aux oreilles, aux
sourcils et sur l'aile du nez, son nourrisson dans les
bras, alors qu'elle a l'air d'une gamine elle-même,
Jasmine imagine une famille de crabes avançant péni-
blement parmi les obstacles innombrables dans une
course effrénée contre la montre. Ils doivent atteindre
la rivière avant que leur plus terrifiant prédateur, un
anaconda cyclope, ne se jette sur eux.

– Top!

Au signal, Jasmine interrompt son récit. Tout le monde se tourne vers Mélanie pour connaître la suite.

– Juste comme les crabes arrivent enfin près de la rivière, les singes… Qui fait les singes?

– C'est moi, dit Yann. Bon, les singes… Je le sais-tu, moi, ce qu'ils font, les singes? Ils mangent des bananes, tiens.

– Allez, c'est parti! fait Mélanie, montrant le chrono.

Ainsi l'histoire se construit-elle lentement, prenant des tours inattendus de l'un à l'autre, adultes et enfants mêlés. Cependant, dans le parfum de l'homme au sucre, vous ratez la majeure partie des détails, n'émergeant du bouillonnement de vos sens que lorsqu'une péripétie fait s'exclamer tout le monde. Alors, vous vous mettez un moment au diapason du groupe, rattrapant par bouts l'histoire qui se déroule en dépit de vos absences. Dans ces parenthèses de lucidité, vous découvrez une Mélanie que vous ne soupçonniez pas. Vous ne l'aviez jamais vue se mettre ainsi sur la sellette. Le résultat est heureux. Martin, qui s'est vu attribuer en cours de route le rôle de l'anaconda cyclope, la regarde avec amusement et fierté. Vous êtes perdue dans ces pensées quand Mélanie demande qui est le caméléon. Chloé vous rappelle à l'ordre en vous touchant le bras. Vous voyant dans la lune et croyant en avoir deviné la raison, Martin plastronne.

– Si jamais tu fais de cette histoire un livre, maman, rappelle-toi que nous avons tous des droits d'auteur dessus!

– Promis! jurez-vous en levant la main droite.

– Alors, insiste Mélanie. Ce caméléon?

Vous créez un caméléon frileux, à la veille de prendre sa retraite, qui recherche pour cela une pierre bien chaude au soleil.

Jusqu'à présent, les personnages n'interagissaient pas. Leurs histoires évoluaient en lignes parallèles. Mais les choses changent quand Mélanie donne le départ au touriste numéro trois. Renaud se tourne tout de suite vers vous.

– «Ah! ah! dit le touriste numéro trois. Le joli caméléon que voilà!» Et le touriste de s'approcher du caméléon…

– Qui fait quoi? coupe Mélanie.

Vous êtes prise de court. Vous ne vous attendiez pas à ce que le rythme respecté jusque-là soit brisé.

– Qui fait… Qui fait… Qui ne fait rien, tiens! Il prend la couleur du rocher et se convainc que le touriste ne l'a pas vu.

– À toi, touriste numéro trois.

– «Oh! Ne me mésestime pas, caméléon. Si tu crois que je ne t'ai pas vu, tu te trompes… Tu peux bien faire semblant de ne pas savoir qui je suis, mais, moi, je sais qu'on se connaît depuis longtemps.» Le touriste avance si près du caméléon que son ombre surplombe le rocher…

Un courant impétueux vous parcourt les veines et vous donne un léger vertige. À quoi Renaud joue-t-il?

– À toi, caméléon.

– «Qu'est-ce qu'il me veut, celui-là?» se demande le caméléon qui s'interdit toujours de bouger. Il reste convaincu que c'est encore sa meilleure défense. Mais de son œil immobile, il repère le feuillus où il va courir se cacher pour préparer sa riposte, si ce blanc-bec de touriste numéro trois fait un pas de plus dans sa direction.

– Touriste numéro trois.

– «Cette fois, joli caméléon, vas-tu encore te sauver de moi, si je te prends dans mes bras?»

Renaud approche dangereusement de vous qui, en apparence, restez imperturbable. En réalité, une tempête d'émotions contradictoires s'abat sur vous. Vous tremblez que Renaud ne vous touche. S'il le faisait, vous ne répondriez pas de vous. Depuis la seconde où son parfum s'est infiltré entre les pages du livre au café, cet homme vous hante. Vous êtes toute tendue vers ce regard narquois qui vous aspire. Le désir qui vous submerge est si vif que vous renonceriez sur l'heure à toute décence. Mais un reste de dignité vous rappelle qu'il s'agit d'un jeu, que vous n'êtes pas une femme en manque d'affection, mais un caméléon qu'un crétin de touriste met en danger. Vous devez paraître troublée, car Mélanie s'interpose.

– Bas les pattes, Renaud. Tu abuses de la situation.

La voix de Mélanie vous aide à retrouver vos esprits. Vous lui jetez un regard reconnaissant et l'assurez que ça ira. Quant à Renaud, vous dardez sur lui un regard que vous souhaitez dissuasif tout en poursuivant le récit.

– Juste comme le touriste numéro trois va poser la main sur lui, le caméléon se transforme en dragon. Il projette dans sa direction un jet de flammes si puissant qu'il met le touriste numéro trois hors d'état de nuire pour longtemps. Sur quoi le caméléon s'enfouit sous les buissons. C'est une précaution inutile. Aucun des autres touristes n'a maintenant envie de l'approcher. Ainsi, débarrassé des importuns et enfin heureux, le caméléon pourra-t-il désormais couler des jours tranquilles sur son rocher ensoleillé.

Votre riposte recueille éclats de rires et applaudissements. Martin, en particulier, semble mis en joie par la tournure des événements. Il tapote l'épaule de Renaud.

– Mec, t'as trouvé ton homme !

L'homme au sucre finasse.

– Ma femme, tu veux dire.

Du reste de la soirée, Renaud ne se départira pas du sourire ambigu qu'il a sur les lèvres.

Ainsi l'été a-t-il passé, léger, sans contraintes ni inquiétudes. C'est à l'automne seulement qu'a tout à coup surgi l'ombre menaçante du lion.

On n'a pas envie, à quarante-six ans, de voir apparaître inopinément des fantômes à chacun de ses pas. On a normalement chassé depuis longtemps les craintes puériles et les cauchemars. À cet âge, la raison règne, du moins devrait-elle le faire le plus souvent. Quand les cauchemars de l'enfance ont resurgi, vous les avez pris en compte. Vous n'avez pas refusé le langage de l'inconscient. Vous avez scrupuleusement fouillé votre âme pour débusquer le mauvais génie que vous auriez pu, par inadvertance, avoir oublié, prisonnier d'une fiole dans un recoin sombre de vous-même. Puis, comme rien ne venait, vous avez chassé l'idée même de ce génie.

Alors, le lion s'est incrusté. Il a d'abord traversé subtilement vos rêves. Puisque, au matin, vous sembliez avoir tout oublié et ne faisiez pas attention à lui, le lion a insisté, s'asseyant au pied du lit pour vous attendre au réveil. Vous ignoriez ce qu'était ce malaise sourd, cette peur qui s'emparait soudain de vous, vous rendant nerveuse, fébrile, inquiète. En pleine chaleur, vous frissonniez de froid, vous sachant la proie muette de quelque invisible prédateur. Vous jetiez une couverture sur vos épaules pour ne pas sentir le tremblement qui ne vous quittait plus. Déterminée à ne pas vous laisser abattre, vous attaquiez de nouvelles pages, sûre, à force de travail, de parvenir à vaincre vos résistances et vos peurs.

Comme vous vous montriez toujours insensible à sa présence, le lion a mis davantage de pression. C'est vers cette époque que vous avez commencé à sentir son souffle dans votre cou, son rire éclater dans le silence de l'appartement. Vous étiez envahie de visions horribles : mains ensanglantées s'accrochant aux chambranles ; pendus surgissant de derrière les portes ; ombres menaçantes glissant sur vos murs… Quand un rien, une sonnerie de téléphone, le jappement d'un chien dans la rue, se mit à vous faire hurler de peur, vous avez compris que si vous refusiez de recevoir ce lion, celui-ci aurait raison de vous.

C'est à ce moment que vous avez renoncé à l'ultime barrière qui se dressait encore entre le lion et vous : vous avez cessé d'écrire et fait totalement le silence en vous. Vous vous êtes assise devant l'ordinateur aveugle, les mains sur vos genoux, enroulée dans la couverture comme une grande malade. Et vous vous êtes mise à pleurer. Du matin au soir, durant des mois, vous n'avez fait que cela : pleurer.

Puis une nuit, tandis que les grognements du lion agitaient votre sommeil, la crinière rousse de votre père a remplacé celle de la bête. Un père comme vous ne vous souveniez pas d'avoir eu. Le genre de père auquel aucune petite fille ne survit.

3

Quand on a eu la malchance de se trouver sur la route d'un prédateur, le plus difficile c'est d'accepter d'arrêter de faire comme si cela ne s'était pas produit. C'est arrivé. Voilà tout. Vous auriez beau vous entêter à le nier, vous ne réussiriez qu'à tourner autour du piquet auquel, comme un chien, vous êtes depuis l'enfance attachée. Par contre, du moment que vous ouvrez les yeux, l'horreur vous saisit. Comment ne pas constater l'empreinte du prédateur sur tout ce qui vous touche? Il est là, le misérable, ombre malfaisante influant sur chacun de vos gestes, chacune de vos décisions, la moindre de vos pensées. Il pollue tout autour de vous, rendant l'air vicié jusque dans votre façon d'aimer. Si son méfait n'avait compromis que votre relation avec les hommes, cela aurait été un moindre mal, songez-vous. Seulement, comment pourriez-vous rester aveugle aux blessures d'amour qu'à cause de lui portent vos enfants, et ne pas lui en vouloir? Pourrez-vous jamais pardonner les choix de vie qui n'en furent pas, tant vous étiez dans la crainte d'entendre rugir le lion? Vous jureriez que, bien que mort, il est partout encore, ce père prédateur. Il a tout investi autour de vous et en vous. Il a si bien embrigadé votre âme que celle que vous êtes n'est pas celle que vous connaissez. Vous vous regardez comme une étrangère dans la glace. Vous ne pouvez plus vous fier à vous-même. C'est cela le plus terrible. Douter de vous ; de tout ce que, jusque-là, vous croyiez pouvoir tenir pour acquis à votre sujet. Des choses toutes simples : un penchant pour le vert, un attachement aux courbes d'un Cézanne, une inclination pour la musique de Satie… Mais ces préférences, élues dans l'ombre du père, ont-elles jamais été réellement les vôtres ?

Comment, dans ce contexte, écrire des histoires qui soient autre chose que des appels au secours ? Non seulement ne savez-vous plus rien du monde ; même vos bouées de sauvetage, le lion les a perverties de sa griffe funeste. C'est pourquoi, depuis deux ans, vous n'écrivez plus. Il vous faut encore une fois refaire l'inventaire de vos goûts, de vos croyances, de vos valeurs. Finirez-vous jamais par saisir de vous une image un peu fiable ? Vous êtes comme ces paysages désertiques qui changent totalement d'aspect au gré du vent. On ne construit rien sur du sable mouvant.

Il y a beaucoup de gens à la terrasse du café, rue Saint-Denis, mais vous êtes parvenue par bonheur à dénicher une table dans un triangle de soleil. Ariane ne vous aurait pas pardonné de l'entraîner à l'intérieur après lui avoir promis une terrasse. Elle croit que vous êtes une fée et que vous pouvez tout faire. Vous commandez un chocolat chaud et un café au lait, puis vous tirez un livre de votre sac à dos pour lui raconter une histoire. Seulement, elle se braque.

– Pas le livre.

– Ah bon! Pourquoi?

Elle chuchote.

– Les images, c'est pour les bébés.

Depuis qu'elle a compris que la différence entre les enfants et les adultes tient à ce que ces derniers savent lire, Ariane a relégué à sa chambre les albums qu'elle aime tant.

– On garde ça pour la maison alors?

– Oui, fait-elle tout bas, les yeux brillants.

– Alors, je raconte sans le livre.

– Pas trop fort.

Vous baissez le ton. De toute manière, vous avez toujours préféré raconter les histoires sur le ton de la confidence.

– Voilà : «Il était une fois un meunier et une meunière qui étaient bien tristes, car ils n'avaient pas d'enfants.»

– Ils ne s'aimaient pas assez?

– Au contraire, ils s'aimaient très fort!

– Ben alors, pourquoi ils avaient pas d'enfants?

– Ils n'en avaient pas eu jusque-là. Mais, justement ce jour-là, ils trouvèrent un bébé au bord de la rivière.

– Ça se peut pas.

– Comme toi, la meunière ne croyait pas qu'une telle chose fût possible. Pourtant, ce bébé pleurait avec tant de force qu'elle fut bien obligée d'y croire. Il était couché dans un panier d'osier entre les joncs. C'était un tout petit bébé. Il n'avait pas plus de quelques jours. Dans le panier, il y avait aussi un mot.

– Un mot?

– Une lettre, si tu préfères.

– Tout un mot ou une seule lettre ?

Vous adorez cette enfant quand elle se mêle, du haut de ses cinq ans, de vous faire mettre ainsi les points sur les *i*.

– C'est une façon de parler. Dans le panier, il y avait un bout de papier sur lequel on avait écrit un message.

– Ah bon !

Les yeux un peu dans le vague, Ariane digère l'information. Votre voisin de table vous fait un clin d'œil de connivence. Vous lui adressez un sourire poli. Votre petite-fille, qui a capté cet échange, se déplace un peu de côté sur sa chaise pour s'interposer entre l'homme et vous, vous obligeant ainsi à lui accorder toute votre attention.

– Qui a mis le message dans le panier ?

– La maman du bébé sans aucun doute.

– Qu'est-ce que ça dit, ce message ?

– « S'il vous plaît, recueillez mon fils. Il est né coiffé, il vous portera bonheur. Je suis très malade et n'en ai plus pour bien longtemps. Je ne peux prendre soin de lui. Surtout, dites-lui bien que je l'aime. »

Tandis que vous racontez à voix basse *Les Trois Cheveux d'or du diable*, votre voisin de table se cale dans le fauteuil d'osier. Caché derrière son journal, il fait semblant de lire. En réalité, son attention vous est acquise, et vous remarquez dans l'abandon caractéristique du corps que cette histoire lui plaît. Ariane a maintenant oublié qu'elle est assise à une terrasse et qu'on lui raconte une histoire en public. Dans les temps morts, quand le héros reprend son souffle et que vous portez vous-même votre bol de café à vos lèvres, elle boit son chocolat chaud à petites gorgées. Son regard est ailleurs. Il suit Petit Jean du village où les meuniers l'ont adopté jusqu'à la grotte du Diable d'où il ramènera les trois cheveux d'or qui lui permettront de conquérir la princesse et le royaume. Vous-même adorez cette histoire et ne vous lassez guère de la raconter. Lorsque vous murmurez enfin : «Ils vécurent heureux et eurent de nombreux enfants», votre café a refroidi et n'est plus buvable. Le triangle de lumière dans lequel vous étiez installées s'est déplacé du côté de votre voisin qui, depuis un moment déjà, ne fait même plus semblant de lire. Vous vous inquiétez de ce que votre petite-fille n'ait froid, mais vous ne lui posez pas encore la question. Elle émerge tranquillement du récit et vous ne voulez pas brusquer son retour à la réalité. Quand son regard vous rejoint enfin, c'est pour demander :

— Ce roi, il est bête… Ça se peut, ça, un roi qui est bête ?

— Des idiots, il y en a partout. Même chez les rois, j'en ai bien peur !

— Heureusement que Petit Jean était là. Il a sauvé le village !

— Oui ! Ce Petit Jean, c'était vraiment un brave garçon !

— Moi, quand je serai grande, je serai comme lui.

Vous êtes soulagée qu'Ariane se soit identifiée au héros plutôt qu'à la princesse. Vous notez qu'il faudra lui raconter davantage d'histoires où les filles prennent en main le sort du monde.

— Dis donc, tu as vu l'heure ? Tes parents vont s'inquiéter si nous ne rentrons pas tout de suite.

Votre voisin s'apprête lui aussi à quitter la terrasse. Il ramasse ses affaires à gestes lents et déréglés, comme quelqu'un qui hésite. Passant devant vous, il vous adresse un sourire que vous lui rendez machinalement. Cela semble lui donner le courage qui lui manquait. C'est alors que vous apercevez la carte qu'il vous tend.

– Je vous en prie, dit-il, sentez-vous libre de donner suite ou pas.

C'est la carte du restaurant. Vous jetez rapidement un coup d'œil au verso. Il a griffonné : «Merci pour ce beau moment. À charge de revanche?» Il a ajouté son numéro de téléphone et un prénom : Louis. Lorsque vous relevez la tête, il a déjà quitté la terrasse.

– C'est un mot? demande doctement Ariane en désignant le carton.

– Oui, c'est un mot.

– Tu vas t'occuper de son bébé?

– Seigneur, non!

– Il a l'air drôle…

Vous regardez l'homme s'éloigner. Vous essayez de le voir avec les yeux d'une petite fille de cinq ans, mais votre propre regard discrimine autrement. Ce qui doit lui paraître vieux et inquiétant vous semble plutôt séduisant. Cet homme a quelque chose de jeune dans l'allure, bien qu'il ait depuis un moment certainement dépassé la cinquantaine. Vous jetez encore un coup d'œil au carton et le glissez dans votre portefeuille. Ariane vous regarde faire, l'œil dubitatif. Avec le naturel et la spontanéité de son âge, elle déclare :

– Moi, j'ai pas envie de le voir, son bébé!

Vous souriez et tendez la main à votre petite.

– Ce n'est pas ce que tu penses, ma puce. Cet homme a simplement envie que je lui raconte une histoire à lui aussi.

Toutefois, vous n'avez pas l'intention de donner suite. Depuis l'épisode de Josh, vous êtes devenue terriblement méfiante à l'égard de tous ceux qui pourraient vous distraire de votre ordinaire. Les histoires d'amour sont agréables, vous ne niez pas cela, mais ce sont des distractions. Vous savez trop ce qu'il en coûte pour retrouver le calme de la rade, une fois que le chat en a fini de la souris.

Depuis que vous avez renoncé à l'écriture, vous avez mis les bouchées doubles pour la traduction. Après un bref recyclage, vous avez préféré la traduction technique à la littéraire. Du coup, votre clientèle a augmenté et vos revenus ont suivi la courbe. Comme, en plus, vous n'avez plus besoin de tout ce temps pour écrire, vous acceptez deux charges de cours par session à l'université. Avec la traduction, cela suffit pour vivre. Par ailleurs, vous avez totalement décroché de l'édition, comme si de contribuer à mener à maturité d'autres manuscrits que les vôtres s'avérait une tâche impossible, dès lors que vous n'étiez plus capable d'écrire pour vous-même. Vous savez bien que cela n'a aucun rapport. Peu importe. Ce congé de l'édition vous fait grand bien.

Vous possédez désormais un chalet à la campagne. C'est une maison modeste, un tout petit carré blanc entouré d'une galerie, un peu en retrait du village sans être tout à fait isolée. À une extrémité de votre parcelle de terrain, un quai flottant avance sur le lac, au bout duquel une chaloupe gondole dans le clapotis des vagues. Une véritable Verchères, large et lourde à tirer quand il faut la mettre à terre à l'automne, mais si solide sur l'eau que vous n'imaginez pas explorer autrement les méandres boisés du lac. Quand vous êtes ici, quelle que soit l'heure, peu importe la saison, que vous soyez seule ou avec vos enfants, vous savez ce que le mot bonheur signifie.

Ce bonheur, aujourd'hui, vous le partagez avec Mathilde et les siens. Roger a emmené les jumeaux à la pêche. Étienne et Florence, qui maintenant travaillent les fins de semaine, sont restés en ville. Calées dans vos chaises de bois au milieu de la pelouse, vous pelez des pommes de terre du jardin, tandis que Mathilde casse des haricots. À intervalles réguliers, elle vide le contenu de son tablier dans une casserole.

– Tu vas le revoir? demande-t-elle, tout enthousiaste. Un homme qui t'aborde sur une terrasse. C'est si romantique!

– Je vais le rappeler par politesse et lui dire pourquoi je ne le rencontrerai pas.

– C'est peut-être l'homme de ta vie!

– Il n'y a pas d'homme de ma vie.

– J'arrive pas à croire que tu aies renoncé à l'amour.

– Je me suis habituée à vivre seule. Je ne sais plus ce que je ferais d'un homme maintenant. Surtout à mon âge! Je crois que je suis devenue une vieille fille égoïste, et c'est bien parfait comme ça!

Mathilde semble douter de l'authenticité de vos sentiments. Elle jette une poignée de haricots dans la casserole.

– Mais tu vas lui téléphoner, promis?

– Oui, je t'ai dit.

En jetant vos épluchures de pommes de terre sur un papier journal étendu par terre, vous réfléchissez à la constance avec laquelle Mathilde vous pousse à rencontrer des hommes. Comme si elle redoutait d'être seule dans sa galère. Elle n'a pas l'air si malheureuse avec son mari après tout. Elle n'a finalement jamais raconté son aventure à Roger. Il faut dire qu'elle n'y a pas donné suite. Elle prétend que c'est mieux ainsi. Pourtant son secret doit lui peser. Elle affirme que non. Vous refusez de croire que ce silence ne mine pas leur vie de couple. Vous n'imaginez pas une relation intime dans laquelle il vous serait interdit de mettre sur la table tout ce que vous êtes et de recevoir tout ce qu'est l'autre. Voilà la véritable raison de votre célibat. Quel homme pourrait avoir envie d'une relation si exigeante ? Alors, plutôt que de vous encombrer de demi-mesures…

Ariane met toute son énergie à toucher le ciel des pieds. Quand elle parvient enfin à imprimer la trace de ses semelles dans les nuages, après vous avoir prise à témoin de son exploit, elle passe à une autre conquête. Vous vous éloignez de la balançoire et vous asseyez sur un banc de parc pendant qu'elle joue dans le sable. Vous sentez bien que sa construction n'est qu'une diversion. Son attention est ailleurs. Elle fixe un bateau téléguidé qu'un vieux monsieur, à quelques pas de l'étang, dirige entre les canards et la fontaine. Sa stratégie arrêtée, Ariane se redresse. De son petit pas décidé, elle se dirige droit sur le bonhomme. Elle l'observe de près un bon moment. Il lui sourit, s'assure qu'elle est sous surveillance... et lui parle des canards. Il pourrait aussi bien lui parler du droit des peuples à l'autodétermination, Ariane n'a d'yeux que pour l'appareil de commande à distance dont elle observe le maniement. Quand elle se sent prête, elle regarde le vieil homme droit dans les yeux avec assurance.

– Je suis capable, moi aussi. Tu veux que je te montre?

C'est moins une proposition qu'une injonction. Le vieil homme se fait un peu prier pour la forme : il faut bien procurer aux enfants le plaisir de se dépasser. Enfin convaincu de son mérite, il tend à la petite l'objet de son désir. Lorsqu'elle revient vers vous, un quart d'heure plus tard, elle a encore embelli, chose que vous ne pensiez pas possible.

Depuis quelques jours, vous avez beaucoup réfléchi à la scène du bateau. Vous ne pouvez vous empêcher de penser qu'Ariane vous a servi là, sans le savoir, une extraordinaire leçon de vie à propos des vertus épanouissantes du désir. Voilà ce qui ne va pas avec vous : il n'y a pas assez de folie dans votre vie. La distance entre vos désirs et leur réalisation est trop grande.

Mélanie vient de compléter son secondaire en cours du soir. Elle ne voulait pas qu'on en fasse de cas, mais Martin refuse de passer cette victoire sous silence. Il organise donc une fête à laquelle vous avez promis de participer.

Les groupes se sont plusieurs fois défaits puis reformés. Vous allez de l'un à l'autre, mollement, prenant le pouls de cette génération qui vous paraît à des années-lumière des préoccupations que vous aviez à vingt-cinq ans. La discussion vient à glisser sur les avantages du troc. Quelqu'un a raconté comment il avait fait repeindre son appartement en échange d'un travail de plomberie. Un soupir vous échappe.

– Je ne connais personne qui accepterait de repeindre mon appartement en échange d'une traduction… Je n'ai pas grand-chose à troquer, j'en ai bien peur ! Des cours de grammaire, peut-être…

– Moi, je le ferais.

Renaud, qui d'autre, propose de vous rendre ce service. Vous l'observez, tandis qu'il verse du vin dans votre coupe.

– Quelle expérience avez-vous comme peintre, jeune homme, pour proposer de vous approcher de mes murs ?

Avec un sourire moqueur, très homme au sucre, il vous invite à visiter son appartement.

– Je n'ai pas de meilleure référence à offrir.

Vous déclinez son invitation et affirmez lui faire confiance sur parole. Le sourire goguenard ne quitte pas ses lèvres. Vous demandez combien il réclamerait pour son travail. Il répond qu'il n'a pas besoin d'argent. Vous revenez à la charge dans ce que vous croyez être son langage, c'est-à-dire celui de votre fils et de ses amis.

– Alors combien, selon toi, ce travail représenterait-il de pains à la citrouille ou de gallons de sauce à spaghetti ?

– Je prendrais grand plaisir à casser la croûte avec toi si tu m'offrais un sandwich à l'heure du lunch.

Martin, qui a saisi les derniers mots de votre échange, vous taquine.

– Méfie-toi de Renaud, maman. C'est un sacré tombeur.

– Aucun risque! assurez-vous. Je ne m'intéresse plus aux gamins depuis belle lurette.

Vous alliez choisir pour vos murs un traitement traditionnel, un peu terne il est vrai. Renaud a suggéré quelque chose qui mettrait en valeur ce divan que vous adorez et la vieille lampe de votre bureau. En somme, il a proposé de mettre de la chaleur sous votre toit. Il a déployé devant vous toute une gamme d'échantillons de couleurs. Quand il a voulu que vous arrêtiez votre choix, ç'a été comme s'il vous avait demandé de remonter le moteur de votre voiture. Au bout du compte, vous lui avez fait confiance.

Il est maintenant juché sur un escabeau dans un coin du salon. À sa demande, vous avez laissé ouverte la porte de votre bureau. Il dit que vous serez sa muse. C'est lui, au contraire, qui vous inspire. La traduction qui vous donnait du fil à retordre la veille se fait pratiquement toute seule aujourd'hui.

Au cours de l'après-midi, une voix de femme vous attire dans la pièce d'à côté. Celle de Coline Serreau lisant un texte de Virginia Woolf. Vous avez autorisé Renaud à se servir dans votre discothèque et, à tous vos disques, il a préféré cette cassette : le texte de *Trois Guinées*. Il y a une quinzaine d'années, justement, vous écoutiez cet enregistrement en repeignant la chambre des maîtres de votre maison. Ce texte avait soulevé beaucoup d'émotion en vous à l'époque, et vous l'aviez fait passer à plusieurs reprises. Vous aviez même acheté le livre et l'aviez lu si souvent que vous étiez capable d'en réciter des extraits par cœur.

Tout en accordant une oreille nostalgique au texte, appuyée contre le chambranle, vous regardez le jeune homme travailler. Renaud porte une vieille chemise tachée de peinture, une salopette d'ouvrier et il est pieds nus dans ses espadrilles. Sur sa tête il a fiché, la visière tournée vers l'arrière, une casquette d'où ses cheveux débordent. Il travaille bien, à gestes amples, sûrs, sans bavure. Les découpages sont nets, l'harmonie des couleurs, apaisante. Il sent votre présence dans son dos. Sans se détourner de son ouvrage, il demande :

– Le son te dérange ?

– Non. Ça remue des souvenirs.

Il se tourne, trempe le rouleau dans le bac de peinture et vous jette un coup d'œil. Il montre du menton le lecteur de cassettes.

– Sacrée bonne femme !

– Woolf ? vous exclamez-vous en souriant. On peut dire ça, en effet !

La voix de Coline Serreau souffle dans la pièce : «… car si le modèle nous manque de ce que nous souhaiterions être, nous avons, et c'est peut-être tout aussi précieux, l'exemple de ce que nous désirons ne pas être[1].» Les paroles de la «sacrée bonne femme» se répercutent sur les murs nus et frais peints de la

---

1. Virginia Woolf, *Trois Guinées*, Paris, Éditions des Femmes, 1980, p. 204, coll. «Pour chacune».

pièce où les mots trouvent tout l'espace nécessaire pour éclore.

– Par contre, on se demande pourquoi une cassette. Je t'imagine mieux avec un livre.

– J'ai aussi le livre, bien sûr. La cassette, c'était pour l'auto.

– Tu fais une fixation sur Woolf?

Il vous adresse ce sourire arrogant qui lui colle au visage comme une seconde peau.

– Si tu écoutais au lieu de jaspiner, tu apprendrais un tas de choses particulièrement intéressantes pour un jeune homme.

À la fin de la journée, il accepte finalement la bière qu'il vous avait refusée dans l'après-midi. Vous en décapsulez une pour vous également, et vous vous installez avec Renaud sur la terrasse. Sur un quai, des enfants lancent des morceaux de pain aux canards. Renaud les regarde faire en souriant.

– Ce sont les canards d'Ariane. Elle ne serait pas contente de savoir que d'autres les nourrissent.

– Tu serais surpris. Elle a des élans de générosité étonnants pour son âge.

– J'avoue qu'elle est éblouissante. La grand-maman ne doit pas être peu fière.

– Elle pavane, tu veux dire!

En riant, vous lui jetez un petit coup d'œil de côté, dans lequel il y a de la complicité, mais un peu de méfiance aussi. Pourquoi est-ce qu'il ramène tout à coup la grand-mère entre vous? Sans se soucier le moins du monde de vos états d'âme, il embrasse du regard le paysage.

– C'est superbe, ici. On comprend que tu ne traînes pas longtemps dans les cafés.

C'est une manie chez lui : chaque fois que vous le croisez, Renaud trouve un moyen de faire surgir le spectre de votre premier face-à-face.

– On y fait moins de rencontres importunes, le taquinez-vous.

Il sourit, sans même chercher à se défendre. Ce garçon se trouve souvent là où vous ne l'attendez pas.

– C'était bien, ce livre, finalement.

Vous le regardez, l'air de ne pas comprendre, alors que vous savez très bien qu'il parle du récit que vous lisiez ce jour-là. Ça, c'est nouveau. Il n'avait jamais laissé entendre qu'il avait lu ce livre.

– Je me le suis procuré en quittant le café. Un peu lyrique pour mon goût, mais intéressant.

Il a donc acheté le livre. Vous élaborez diverses hypothèses pour comprendre ce geste, mais elles vous semblent si farfelues que vous les chassez aussitôt de votre esprit. Vous contemplez du vide. Tandis que vous tentez de vous dépêtrer du trouble qu'il vient de semer en vous, avec ce petit sourire pernicieux qui lui barre les joues, Renaud boit tranquillement sa bière. Brusquement, il se lève.

– C'est pas tout, ça ! Faut que j'y aille, moi, si je ne veux pas être en retard.

Comme une gourde qui saura demain seulement ce qu'il convient de répondre aujourd'hui, vous le regardez ramasser ses affaires et filer sans rien ajouter.

Vous finissez de rebrancher votre ordinateur dans le séjour, car Renaud doit repeindre votre bureau aujourd'hui. Avant que vous ayez eu le temps de l'en empêcher, il se penche par-dessus vous, prend un extrait du texte à traduire, y jette un coup d'œil, le repose sur la table. Dans son regard, un reproche muet qui ne quittera pas votre esprit de tout l'avant-midi. Au déjeuner, la bouche pleine, il dit :

– Martin pense que tu n'écris plus. Dis-moi qu'il a tort.

– Il a raison.

Tout l'après-midi, il travaille en silence. Vous n'échangerez pas trois mots. Ce jour-là, il n'a pas le temps pour la bière de fin de journée.

Vous avez développé avec Renaud une relation composée d'attirance et de méfiance. La complicité vous vient apparemment toute seule. Vous vous faites mutuellement la leçon à tout propos et vos rires éclatent dans l'appartement, donnant à votre foyer une chaleur qu'il n'avait jamais connue. Vous avez tendance à oublier la différence d'âge et devez régulièrement vous rappeler à l'ordre pour ne pas le toucher. Soudain, sans que vous sachiez pourquoi, l'atmosphère devient à couper au couteau. Il lance une phrase toute bête, pose une innocente question, et vous voilà plongée dans des abîmes d'indécision. Dans ces moments-là, vous aimeriez le détester.

– Tu fais une fixation ? demandez-vous, renvoyant ainsi à Renaud sa boutade de l'autre jour.

Renaud a remis la cassette des *Trois Guinées* qu'il avait écoutée le premier jour. Dès l'entrée, à votre retour de la bibliothèque, vous reconnaissez le phrasé si caractéristique de Woolf qui roule comme une dégringolade de cailloux dans la voix de Serreau. Vous vous étonnez que Renaud s'intéresse autant à Virginia Woolf. On s'attendrait plutôt à ce qu'il mette de la musique. Vous proposez de lui offrir la cassette.

– Je préfère acheter le livre.

Ayant terminé sa journée de travail, Renaud se met à ranger ses affaires. Dans deux minutes, vous le verrez devant la glace de l'entrée faire disparaître avec un peu de diluant à peinture la tache ocre qui lui barre le nez.

– Je peux te le prêter, si tu veux. À la condition que tu promettes de ne perdre aucun feuillet! Les pages se détachent toutes seules.

Il rejette l'offre des deux mains.

– C'est une trop grosse responsabilité. Puis j'aimerais autant posséder mon propre exemplaire, vu que c'est un livre important pour toi.

Comment interpréter sa réponse? Devez-vous comprendre qu'il refuse votre exemplaire par peur d'abîmer ce qui vous est cher ou qu'il désire posséder la copie d'un livre qui est important pour vous? N'y a-t-il pas dans sa boutade une manière de forcer votre univers? Vous écartez tout de suite ce flottement que vous mettez sur le compte des fantaisies créées par votre imaginaire en manque de désordre amoureux. Il vous observe, tandis que vous réfléchissez, souriant pour lui-même du trouble qu'il a encore une fois semé en vous. Il demande, fixant la radiocassette :

– J'éteins ou tu désires continuer à écouter?

– Éteins. Tu as raison : lire Virginia Woolf, c'est mieux.

Vous avez maintenant votre rituel. C'est curieux comme les habitudes se créent rapidement. Renaud a presque fini de repeindre l'appartement. Il n'en a guère plus que pour un jour ou deux. Sa présence va vous manquer. Vous aimez bien sa pétulance et ce mélange mystérieux de candeur et de sagesse qu'il y a chez lui. Même s'il n'est encore qu'un jeune homme à vos yeux, il parle comme un sage, et ce mélange vous trouble. Votre fascination vient peut-être de cette curieuse histoire qu'on vous a racontée à son sujet. Martin vous l'a rapportée un soir où il se répandait sur les abus des mères dans la vie des enfants. Il avait pris la mère de Renaud en exemple. Excédée par la mauvaise foi chronique des hommes et par leur incapacité à exprimer leurs émotions, cette femme s'était juré qu'il en irait autrement de son fils. Elle avait pris en charge son éducation sentimentale, se promettant d'en faire au moins un bon amant. «Tant qu'à briser des cœurs, aurait-elle dit, aussi bien laisser de beaux souvenirs.» L'année de ses seize ans, elle avait donc confié Renaud à des femmes sûres, aussi différentes les unes des autres qu'on puisse imaginer. Ces femmes avaient bien sûr initié Renaud aux plaisirs de la chair et à la manière de faire bientôt de ses amantes des femmes comblées. Mais pas seulement. Elles l'avaient également instruit des secrets de l'éternel féminin. Ainsi le jeune homme avait-il appris en un an plus de choses sur les femmes qu'un homme ordinaire dans toute une vie.

Cette histoire invraisemblable, véritable bombe incendiaire jetée dans votre imaginaire de romancière déchue – et de femme –, il vous brûle depuis des jours d'entendre Renaud la raconter lui-même. Vous êtes curieuse de connaître la part de vérité dans ces rumeurs. Seulement, c'est un sujet que vous n'osez pas aborder. Du moins n'avez-vous pas su le faire jusqu'à présent. Peut-être Virginia Woolf vous en fournira-t-elle le prétexte aujourd'hui. Comme il pleut, vous proposez de prendre la bière au salon. À votre grand désarroi, Renaud décline votre offre.

– En fait, j'invite une fille au restaurant ce soir et j'ai pas le temps de passer chez moi. Ça t'ennuierait si je prenais ma douche ici ?

– Non, bien sûr. Fais comme chez toi.

– J'ai ma serviette et tout. Je te promets de remettre ta salle de bains aussi nickel que je vais la trouver.

– Ne fais pas tant de manières, va ! C'est important, un rendez-vous avec une fille.

Les mots vous serrent la gorge. Vous êtes déçue. Vous n'avez pas envie de cela, être contrariée parce qu'un garçon se prépare à un rendez-vous avec une fille plutôt que de prendre l'apéro avec vous. Vous vous sentez ridicule. Vous retournez à votre ordinateur et vous obligez à travailler. Les mots sortent au compte-gouttes. Ce sera mauvais. Cependant, il n'est pas question de broyer du noir entre les murs vides de votre salon, devant des fenêtres sans rideaux qui s'ouvrent sur une rivière grise se noyant dans la pluie froide d'un ciel brouillé. Que non ! Ce genre de chagrin fond comme neige au soleil pour peu qu'on y mette un soupçon de bonne volonté. Alors, du cran ! Vous délaissez le texte à traduire. À l'écran, vous ouvrez un nouveau document, et vous vous mettez à écrire. Vos mots, pas ceux d'un autre que vous traduiriez, se précipitent comme des chevaux sauvages auxquels on viendrait d'ôter la bride. Cent débuts d'histoires se bousculent dans votre tête, des personnages surgissent avec leur urgence à naître : il y a tant de choses à dire. Comment avez-vous pu vous taire si longtemps ? Dans les bruits d'eau et les parfums de la salle de bains se trouve un homme qui, pour un peu, vous ferait regretter de ne plus avoir trente ans. N'y a-t-il pas là de quoi faire une scène hilarante ? Allez, forcez-vous que diable ! Qu'est-ce qu'il vous suggère, ce jeune homme à la savonnette, qui se douche dans une salle de bains qui n'est pas la sienne, alors qu'une grand-mère se morfond de désir dans la pièce d'à côté ? Des scènes torrides traversent votre esprit, mais vous les repoussez en rougissant presque. Qu'un de vos personnages se suicide si vous voulez, mais de grâce gardez sa dignité à cette pauvre femme. Voilà que votre cerveau répond à l'appel. Vos mains pianotent allègrement sur le clavier, vingt minutes plus tard, quand une odeur de lotion après rasage pénètre dans la pièce. Vous la recevez comme un coup de poignard. Renaud est là, dans le cadre de la porte, à vous regarder travailler, toujours ce sourire moqueur accroché aux lèvres.

– On se défoule ?

Comme s'il savait lire en vous. Il a un sacré culot ! Mais il est beau garçon. On pardonne beaucoup aux beaux garçons. Il a troqué ses vêtements de travail contre un jean noir et une chemise rouge au col ouvert. Il porte des tennis, rouges également, qui montent sur la cheville. La tache d'ocre a complètement disparu de son visage, et ses mains noueuses sont impeccables. Vous fuyez ses yeux d'émeraude qui fouillent votre âme. Mais comment résister à son parfum ? Il émane de lui une odeur légèrement épicée – de celles qui donnent envie d'enfouir son visage au creux des bras d'un homme. Vous répliquez d'un ton ferme.

– On travaille.

Il grimace, désapprouvant votre mensonge, et jette un coup d'œil à sa montre.

– Il est plus de sept heures.

– Dans mon métier, il n'y a pas d'heure.

– Tu es prête?

Vous n'êtes pas certaine de comprendre ce qu'il veut dire. Il ajoute :

– On va souper.

– Et cette fille?

– T'es pas une fille?

Vous avez une hésitation. Il plisse les yeux, moqueur.

– Nous n'avions pas rendez-vous, que je sache.

– T'es prise pour la soirée?

– Ça te semble si improbable?

– Tu m'aurais mis à la porte pour te préparer.

Vous montrez l'ordinateur.

– J'ai du travail…

– Je suis sûr que même Virginia Woolf s'accordait des congés. Tu as l'intention de finir ce texte ce soir?

Vous regardez le texte à traduire que vous avez abandonné sur le coin du bureau. Il y a les plantes à arroser, les comptes à payer…

– C'est plus compliqué que ça…

– Sûr! fait-il. C'est l'histoire d'un gars de trente-six ans qui invite une dame de quasiment cinquante ans à souper. La dame a très envie d'accepter, seulement elle se dit : «Qu'est-ce qui me prend d'avoir envie de souper avec un gars de trente-six ans? Qu'est-ce qu'il me veut, ce gigolo? Et moi, espèce de vieille folle, qu'est-ce que j'espère de cette aventure? Où est-ce que ça va nous mener tout ça? C'est un petit jeu dangereux. Non, non, non. Je suis bien mieux devant mon ordinateur, à imaginer des scènes où des jeunots courtisent des dames respectables, sans avoir à me mouiller vraiment. C'est beaucoup plus digne et convenable à mon âge.»

– Tu devrais écrire, toi. Tu as beaucoup d'imagination.

– Une belle sensibilité, il paraît.

Il n'y a pas si longtemps, vous auriez vendu votre mère pour qu'un homme vous lance le sourire qu'il vous adresse en ce moment.

– Je n'ai pas encore cinquante ans, je te ferais remarquer.

– Je peux attendre… J'ai tout mon temps.

– Et le gars de ton histoire, lui, il se dit quoi?

– Oh! Tu en es restée au : «Qu'est-ce qu'il me veut, ce gigolo?»

– Au fond, t'es un salaud, c'est ça?

– Ça se peut, mais pour le savoir faut accepter l'invitation.

– C'est une expérience qui servirait peut-être pour un roman un jour.

– N'en doute pas un instant!

– Ça ne t'inquiète pas?

– De me voir empalé dans le roman d'une féministe? Tu vas tout déformer de toute manière, on ne me reconnaîtra pas… Et puis, tu serais bien incapable de dire des choses vraiment méchantes sur moi.

– Ne me tente pas!

– Tu as cinq minutes pour te préparer. J'ai réservé pour huit heures.

– Tu as réservé!… Tu aurais pu m'en parler plus tôt, tu ne crois pas?

– Pour que tu te morfondes en analyses avant de refuser? Un fou!

Il vous emmène au *Mikado*, rue Laurier, où l'on vous a gardé une place près de la fenêtre. Avec la soupe au miso, vous ne commandez que des entrées : tout un assortiment de légumes tempura, de pâtes farcies, de sushis, de sashimis que vous trempez dans la sauce soya et arrosez de saké tiède. Entre le potage et le sorbet au fruit de la passion, ce que vous apprenez sur cet homme bouscule vos certitudes.

Renaud n'est ni revendeur de drogues ni travailleur de rue. Son père est décédé, lui laissant un important héritage. Il ne roule pas sur l'or, mais, s'il évite les extravagances, il n'aura pas vraiment besoin de gagner sa vie. Il étudie à temps partiel : tour à tour la philosophie, l'histoire, les arts. Il fait aussi de la photo. En fait, c'est ce qui le passionne vraiment, la photo. Il donne aussi un peu de son temps à des organismes de charité – c'est dans une soupe populaire qu'il a rencontré Martin – et il rend régulièrement visite, à l'hôpital Saint-Luc, à un sidatique avec qui il s'est lié d'amitié. Enfin, comme tout le monde, il lit le journal, fait les courses, la lessive, la popote – et il lui arrive aussi, ajoute-t-il avec son inimitable sourire, de repeindre gracieusement des appartements.

Tandis que vous faites passer cet étrange portrait avec une gorgée de saké, il vous regarde curieusement. Il plisse les yeux, accentue son sourire caustique et, attaquant la phrase suivante, il fait rouler les mots au fond de la gorge comme une charge de batterie.

– La dame a un énorme point d'interrogation dans les yeux. Le doute, mesdames et messieurs, le doute.

– Avoue que c'est gros comme histoire.

– La réalité dépasse la fiction, pas vrai?

Vous souriez. Un petit sourire gêné, fragile, que vous ne pouvez pas voir, mais que vous sentez figer vos lèvres. Vous détestez cela. Pourquoi n'êtes-vous pas capable de vous détendre? Il soupire.

– Je suis un vrai personnage de roman! Il n'y a rien à faire avec moi... Mais vous, belle dame, faites voir un peu ce que raconte votre main.

Il prend votre main dans la sienne et parcourt votre paume de son index scrutateur en poussant des oh! et des ah! intrigants.

– Tu sais lire dans les lignes de la main, toi?

Votre voix vacille. Qu'est-ce qui vous perturbe le plus : qu'il lise dans votre paume le trouble dans lequel il vous jette ou le fait qu'il tienne votre main dans la sienne? Il fait un clin d'œil et chuchote comme s'il s'agissait d'un secret.

– C'est une sorcière qui m'a appris.

Vous pensez tout de suite à cette histoire abracadabrante de femmes qui auraient fait son éducation et vous brûlez de lui poser franchement la question, mais vous manquez de courage. Vous devez rougir, car il sourit. Vous parieriez qu'il sait que vous savez.

– Alors, demandez-vous en regardant votre paume pour vous donner contenance, qui suis-je?

Il décrit une femme généreuse et sensible. Une âme d'artiste. Il voit une ligne de cœur longue à faire peur et des fractures importantes dans votre vie. À huit ans, et aussi à quarante. Et le grand amour, à cinquante ans.

– C'est bientôt, ça, affirme-t-il, impertinent.

– J'ai encore quelques bons mois devant moi, tout de même.

– Tant mieux ! Nous avons le temps alors.

Vous retirez votre main et le regardez droit dans les yeux, espérant lui faire comprendre clairement que vous en avez assez de ces équivoques.

– Le temps de quoi au juste ?

Il ne paraît pas du tout décontenancé. Sûr de lui, il reprend votre main du bout des doigts, la paume dessous cette fois, et frôle vos doigts de ses lèvres. Il se dresse ensuite, plonge à son tour un regard engageant dans le vôtre et murmure, gardant votre main prisonnière des siennes :

– Le temps de mieux nous connaître.

Il a l'air assez fier de son coup. Vous reprenez votre main, mordez tranquillement dans un sushi pour vous donner le temps de regagner de l'aplomb, vous vous essuyez les lèvres avec un coin de la serviette de table, mastiquez lentement, déglutissez. Vous prenez encore deux secondes pour examiner votre paume, puis levez les yeux vers lui, en tendant votre main pour preuve.

– D'après ce que je lis ici, moi, j'ai tout mon temps : encore au moins cinquante ans. Toi, par exemple, le jeunot, je ne suis pas sûre que tu disposes d'autant d'années !

Il éclate de rire.

– Ça s'appelle reprendre ses esprits !

Vous l'observez, tandis qu'il pique gaiement une crevette tempura.

– Ça t'amuse ?

C'est à son tour de vous regarder avec une lueur d'inquiétude.

– Ça t'amuse de troubler les femmes ? C'est ton passe-temps préféré ? Tu as oublié de mentionner cela dans ta présentation tout à l'heure.

Il jette sur vous un regard étrange, consterné. Il pose la queue de sa crevette sur le bord de son assiette.

– Ce n'est pas ce que tu crois.

– Je ne crois rien, ripostez-vous rapidement. Je n'ai aucune idée de qui tu es, sinon des petits bouts grappillés comme ça entre deux portes chez Martin et ce que tu m'as dit sur toi ces derniers jours. J'ai encore moins d'idée sur ce que tu me veux. Je ne sais pas pourquoi un gars comme toi s'offre à repeindre l'appartement d'une femme comme moi. Quel bénéfice secondaire tu trouves à cela, je n'en sais rien. J'ai pris plaisir à ta présence cette semaine, c'est vrai. Ça m'a fait du bien de partager mes repas, d'échanger des points de vue avec toi, d'entendre résonner dans l'appartement une voix d'homme, de la musique, des bruits qui n'étaient pas de moi. Pour le reste, je suis curieuse, oui, de savoir qui tu es. Parce que tu me sembles sortir de l'ordinaire et que tout ce qui sort de l'ordinaire exerce de la fascination sur moi. Par contre, j'aime que les choses soient claires. Je veux savoir où je vais, quels risques je prends. Et toi, jeune homme, tu m'as l'air d'un peu trop aimer les situations ambiguës pour mon goût. Alors, quel est ton but ? Qu'est-ce que tu me veux au juste ?

Vous attendez. Il ne rit plus. Jamais il ne vous a paru si jeune. Pour un peu, vous auriez pitié de lui. Mais vous ne bronchez pas. Vous ne buvez ni ne mangez, vous le regardez simplement, sans bouger, et vous attendez. Il s'essuie la bouche et le bout des doigts avec sa serviette. Il pose ses deux mains sur la table, de chaque côté de son assiette, et vous adresse un sourire fragile. Vous savez que ce qui va sortir de là sonnera vrai. Il dit :

— Je t'aime.

Dès le lendemain, vous téléphonez à Mathilde. Au bout du fil, son enthousiasme est palpable.

— Oh! Il est à croquer! Comment as-tu réagi?

— De la seule manière possible. Je lui ai dit que c'était hors de question.

Pas aussi sèchement, tout de même. Vous avez d'abord cherché à vous assurer du sérieux de sa déclaration. Quand vous avez été convaincue qu'il ne se moquait pas, vous êtes passée de la méfiance à l'étonnement, puis de l'incrédulité à l'attendrissement. C'est charmant, cette déclaration, et flatteur étant donné votre âge. Toutefois, cet âge, justement, constitue une barrière infranchissable entre vous. Il a bien entendu passé le reste de la soirée à tenter de vous prouver le contraire. Vous êtes sensible à lui — ça se sent, ces choses-là —, et il ne vous permettra pas de laisser quelques années ou des tabous se mettre en travers de votre chemin.

— Quelques années, tu parles : quinze ans!

— Treize, corrige Mathilde. Moi, ce que je ne comprends pas, c'est ce qu'un gars de son âge peut trouver à une bonne femme de quasiment cinquante ans. Les mecs, d'ordinaire, c'est tout le contraire : ils cherchent les nymphettes, il me semble.

– À quarante ans, ils ont peur de mourir. Pas encore à trente-six, faut croire.

– À propos, tu es au courant ? Gérard, ça ne va pas du tout.

– Qu'est-ce qu'il a ?

– On lui a trouvé quelque chose aux intestins. On croit que c'est cancéreux. Ils font de nouveaux examens.

– Quand est-ce qu'il va savoir à quoi s'en tenir ?

– Question de jours, il paraît. Claude crâne, évidemment : «On se prend un avocat. Et vlan ! il vous épouse avant de vous claquer dans les pattes. J'aurais dû prendre une avocate.» Des trucs du genre.

– Sa façon de passer l'angoisse…

– Sans doute… Tu as demandé à Renaud pourquoi il n'est pas attiré par les filles de son âge ?

– Manque de maturité, tournées vers le plan de carrière, la maison en banlieue, les enfants. Des choses dont il n'a pas envie.

– Il n'a pas envie d'avoir des enfants ?

– Il a une fille de huit ans. Elle vit à Perpignan avec sa mère.

– *Wow!* La France…

– Tu sais, cette histoire de femmes dont je t'ai parlé ?

– Ne me dis pas que c'est vrai !

– Sa mère lui a vraiment fait ce coup-là.

– Remarque, il n'a pas dû résister très fort.

– Il avait seize ans ! protestez-vous. C'était difficile de dire non. Puis, ça doit être tentant pour un gars de se voir enseigner tout ça…

– Sans doute, mais on est romantique et timide à cet âge-là. Les leçons d'amour, ça doit enlever toute la poésie, le plaisir de la découverte.

– Oui… Je crois que ça l'a bousillé. Les femmes de son âge n'ont plus de secrets pour lui. Pas de mystère, pas d'attraction. Il en sait trop d'une certaine manière.

– Tu parles! Avec une science comme celle-là, n'importe quel gars profiterait de l'occasion de se farcir toutes les filles!

– Je suppose qu'après un certain temps on en perd l'envie. Il est très seul au fond.

– Toi, tu craquerais si tu te laissais aller.

– C'est un garçon très bien, je t'assure!

Mathilde se tait au bout du fil. Vous n'avez aucun mal à imaginer son regard par en dessous, celui de la fille qui ne lâchera pas tant que vous n'aurez pas craché le morceau. Vous regardez vos ongles cassants, vos mains qui commencent à se froisser, votre peau flasque depuis que vous avez perdu tout ce poids. Franchement, comment pouvez-vous penser un instant qu'un homme comme Renaud puisse s'intéresser sérieusement à vous?

– Admettons que je sois attirée par Renaud. Est-ce une raison pour céder à cette folie?

– T'as peur de quoi?

– Demande-moi plutôt de quoi je n'ai pas peur!

Depuis trois jours, vous avez tourné et retourné la question. Ce n'est pas tant la peur de livrer votre corps usé à un regard jeune. Vous éprouvez une gêne certaine à cette idée, mais ne doutez pas que votre sens de l'humour rende la chose pensable. Seulement vous ne pourriez pas supporter de le voir, une fois satisfait, se détourner de vous. Une telle fin vous paraît inévitable. Même une femme aussi sensationnelle que Léa n'a pu éviter de se voir jetée par un blanc-bec. Non, vous ne ferez pas les frais d'une fredaine de jeune homme. Pour être bien certaine de ne pas succomber à la tentation, vous ne cessez de vous répéter que ce garçon a droit à une vie bien à lui. Il n'est pas encore en âge de jouer les grands-pères. Il faut l'aider à trouver le chemin des femmes de son âge, de celles auprès desquelles il pourra connaître une vie de famille et éprouver la joie de voir grandir ses propres enfants.

– T'as l'intention de jouer à la mère avec lui?

Mathilde ne vous suit-elle pas? C'est précisément parce que vous ne voulez pas avoir à materner que vous écartez la perspective d'une aventure avec Renaud.

– Qui parle d'aventure? Il a dit : «Je t'aime.»

– Des mots galvaudés que les gars susurrent pour nous faire tomber dans leurs bras. De toute manière, tu me vois annoncer ça aux enfants? J'aurais le sentiment de les trahir. Martin surtout. Je vois ça d'ici…

– Tout ça, c'est la raison. Ton cœur, il dit quoi, lui?

– Ah! mon cœur… Il ne sait plus où donner de la tête, celui-là!

– Alors, la chimie décolle.

– Renaud, c'est un cocktail d'audace, de provocation, d'humour. Difficile de résister à ça.

– Tu te rends compte que ce n'est pas arrivé souvent?

– Malheureusement, il manque à Renaud l'expérience du gars de cinquante ans.

– Il manque toujours quelque chose. Franchement, c'est quoi ça, l'expérience du gars de cinquante ans?

– Quand tu dis à quelqu'un que tu l'aimes, à notre âge, tu ne le dis pas comme à trente ans. Tu as déjà vécu des amours, l'usure du temps, les deuils, tout ce qui vient avec. Tu sais si tu seras ou non capable de revivre ça. À trente ans, tu embellis les choses, tu imagines encore que tu pourras changer ce qui ne fait pas ton affaire. À cinquante, tu n'as plus d'illusions là-dessus, c'est clair.

– À mon avis, tu surestimes beaucoup la lucidité des quinquagénaires. D'ailleurs, je te ferai remarquer qu'il n'y a pas si longtemps tu avais un quinquagénaire plein d'expérience en face de toi, et tu l'as laissé filer.

– Qui ça?

– Louis, le gars de la terrasse. Ton histoire d'expérience, c'est encore un écran de fumée.

Renaud force pratiquement votre porte avec son malheur mur à mur. C'est assez inattendu de la part de ce garçon que vous avez toujours vu maître de la situation. Vous avez un peu pitié de lui et le laissez entrer. Vous vous sentez la responsabilité de faire quelque chose pour lui.

– Déjà, tu vois, c'est une chose que je ne veux pas dans ma relation avec un homme, avoir le sentiment que c'est moi qui dois être la plus raisonnable. J'ai envie de me laisser aller, moi aussi.

– Mais laisse-toi aller justement.

Il est assis à côté de vous sur le divan de votre séjour qui sent la peinture fraîche. Il tient votre main dans la sienne.

– Je ne peux pas. Ce ne serait pas responsable de ma part.

– Qui te demande d'être responsable?

– Je suis faite comme cela.

– Je suis majeur et vacciné tout de même. Je te rappelle que j'aurai trente-sept ans dans trois mois. Ce n'est pas tout à fait un détournement de mineur.

Vous souriez et lui passez la main dans les cheveux.

– Ne fais pas ça. Ne me traite pas en enfant.

– J'aime comme je peux.

– Tu m'aimes donc un peu?

– Je t'aime beaucoup, Renaud. Cependant, je ne crois pas possible de refaire ma vie avec toi. Pour être honnête, je ne sais pas si je pourrai jamais la refaire avec qui que ce soit.

– Pourtant, c'est ce dont tu rêves.

– Non. Je rêve de sérénité, ce n'est pas tout à fait la même chose.

– Il n'y a pas de sérénité sans amour.

– Tu ne peux pas me donner l'amour que je cherche.

– Tu paries? Qu'est-ce que tu cherches au fait?

– Je n'ai pas envie de t'entendre dire que tu étais aux couches pendant que j'étais à l'université. Je n'ai pas envie de passer pour ta mère partout où nous irons. Pas envie de me déshabiller devant toi. De vieillir devant toi. D'être malade devant toi. Pas envie d'avoir à revivre le démon du midi d'un autre homme et de te voir te détourner de moi, dans quelques mois ou quelques années, pour t'attacher à une jeune fille. Pas envie d'avoir constamment à faire face à tes copains, des gars et des filles de l'âge de mes enfants, qui ont toutes sortes de préoccupations qui ne sont plus les miennes depuis vingt ans.

– Tu réponds à côté de la question. J'ai demandé : qu'est-ce que tu cherches ? C'est quoi, l'amour, pour toi ?

– C'est accompagner quelqu'un et partager avec lui de toutes petites choses. Des choses dont tu n'as pour l'instant qu'une connaissance théorique.

Il était chez Martin la dernière fois que vous êtes allée prendre la petite, et là encore quand, au retour de votre promenade, votre fils a insisté pour que vous restiez à souper. Durant le repas, la conversation a tourné sur les dernières photos de Renaud – des corps de personnes d'âge mûr – et sur la question du désir. Une vraie conspiration. Les gars parlaient de ce qui les attirait chez une femme : le regard, les seins, les hanches, les jambes.

– Et toi, Renaud ? a demandé tout à coup Mélanie. Qu'est-ce qui t'attire chez une femme ? C'est vrai, ça, on ne te voit jamais avec une fille.

– Il est peut-être homo ! a lancé quelqu'un. Fous-lui donc la paix.

– Je ne suis pas homosexuel.

Martin vous a lancé un sourire complice.

– Non, Renaud, lui, il craque pour les femmes mûres. Fais gaffe, maman, c'est un sacré baiseur, à ce qu'il paraît !

– Martin ! Un peu de délicatesse.

Vous avez l'impression d'avoir cent vingt ans quand vous faites comme cela la leçon à votre fils.

– Ne l'écoute pas, Anne. Il fait allusion à mon éducation… Pour répondre à ta question, Mélanie, ce n'est pas seulement le corps qui m'intéresse, mais une harmonie d'ensemble. C'est bien beau, un corps jeune, mais ça ne dit rien. C'est secret, fermé et dur comme la pierre. Je préfère les corps qui ont vécu. Les cicatrices, les rides, ça raconte une vie. Devant un corps jeune, je paralyse. J'ai peur de faire des marques, d'égratigner, de me mêler de ce qui ne me regarde pas. Je me sens mal à l'aise. Moi, ce qui me touche, ce sont les corps qui ont une histoire à raconter.

– Ça, pour raconter des histoires, on peut dire que ma mère sait y faire !

– Avec des mots, Martin. Avec des mots, précisez-vous.

– Avec de l'âme aussi, ajoute Renaud. Voilà ce qui m'intéresse, voyez. Une âme de vingt ans possède un charme incontestable. Ce dernier tient à ce que son avenir s'ouvre devant elle qui, debout sur le quai, tournée vers le train, s'apprête à partir. Tout paraît encore possible et c'est certainement très attirant. Je ne nie pas cela, mais j'ai soif d'autre chose. L'âme aînée, elle, tourne le dos au train et rentre chez elle. Elle a voyagé, a vu du pays, connu le monde. Elle a dû abandonner du bagage en chemin : des illusions, des espoirs, des rêves. Ce qui m'intéresse, c'est ça, justement, ce qui reste, le petit baluchon usé avec lequel elle rentre chez elle. J'imagine du concentré de vie, un véritable trésor, sous les apparences. J'ai envie de voir ce qu'il y a dans ce trésor.

– Pourquoi, Renaud ? demandez-vous un peu plus sèchement que vous l'auriez souhaité. Pourquoi cherches-tu le trésor des autres ? Est-ce que tu aurais peur de voyager pour ton propre compte ?

– Et vlan ! Elle a pas inventé la diplomatie, ma mère, mais au moins faut lui donner ça : elle pose de sacrées bonnes questions.

Vous vérifiez d'un regard que vous n'avez pas involontairement blessé Renaud. Il vous renvoie un sourire rassurant.

– Parce que j'ai trente-six ans, tu tiens pour acquis que je n'ai pas encore pris le train, Anne. C'est ce qui te trompe. Le hasard a voulu que je sois né dedans. Ça fait plus de trente ans que je voyage, et j'ai le goût de rentrer maintenant. Je n'ai pas envie de rentrer tout seul à la maison. Sur le quai de la gare, il y a des jeunes filles, valises à la main, prêtes pour le grand voyage, et des dames qui, comme moi, rentrent chez elles avec leur petit baluchon. De quoi j'ai envie, tu crois ?

Il y a un long moment de silence autour de la table. Tout le monde attend une réplique cinglante de votre part. Vous ne savez pas quoi répondre à Renaud. Sa solitude est palpable. Autour de vous, les jeunes s'agitent, incapables de supporter cette tension que Renaud et vous trouvez au contraire tellement chargée de sens. Pour détendre l'atmosphère, Martin lance une boutade.

– T'as pas envie de voir ce qu'il a dans son petit baluchon, maman ?

Après des semaines d'investigation et d'examens de routine, Gérard a finalement dû subir l'ablation d'une partie du côlon. Vous venez de lui rendre visite à l'hôpital. Vous attendez l'ascenseur lorsque Renaud surgit devant vous. Vous ne vous êtes pas revus depuis plusieurs semaines. Depuis l'été en fait. Il est tout étonné de vous trouver là. Il s'inquiète pour votre santé et vous le rassurez presque en lui expliquant ce qui arrive à Gérard. Il se dit désolé, puis ramène tout de suite la conversation sur vous.

– Ça va comme tu veux, l'écriture ?

– Renaud, tu sais bien que…

Du bout des doigts, il arrête sur vos lèvres le mensonge que vous alliez proférer.

– N'oublie pas que je sais lire dans tes yeux.

Il vous observe avec une gravité que vous ne lui connaissiez pas. Vous jureriez qu'il sait que vous vous êtes remise à écrire. Il y a seulement quelques jours encore, chaque phrase vous semblait un calvaire. L'univers vous paraît parfois si étriqué, entre vos quatre murs, à faire parler des fantômes ; mais d'autres fois, au détour d'une phrase, pour un simple mot, vous touchez presque à l'extase. Ce n'est pas encore tout à fait ce dont vous rêviez, cette histoire, mais vous croyez qu'elle tient la route cette fois. Renaud propose de repeindre votre appartement, si ça peut vous aider. Vous riez de sa proposition, et cette légèreté, tout à coup, vous rappelle combien c'était agréable de l'avoir autour de vous dans la maison. Vous faites un effort pour vous sortir de cette imprudente rêverie. Cela vous met sans doute de la tristesse dans les yeux. Renaud vous attire à lui et vous serre dans ses bras comme une enfant qu'on console. Il murmure dans votre cou :

– T'es sûre qu'il ne reste pas même un tout petit coin de garde-robe que j'aurais oublié ?

Vous êtes étonnée de vous sentir si petite dans ses bras. À cette distance, qui n'est plus une distance mais un rapprochement, vous ne sentez plus de différence entre Renaud et vous. Il n'y a que la douceur d'être ensemble. Un désir d'éternité qui monte aux lèvres et embue le regard.

Vous vous écartez de lui, mais il vous retient par les épaules.

– J'allais rendre visite à Olivier. Tu m'accompagnes?

– Qui est Olivier?

– Le copain dont je t'ai parlé. Celui qui a le sida.

– Je ne le connais même pas.

– Il y a toujours une première fois… Allez! Dis oui. Ça lui ferait tellement plaisir. Il a lu tous tes livres, tu sais!

Ça ne fait pas tellement de livres, un roman, protestez-vous en riant. Cependant, vous cédez au désir de faire plaisir à Renaud. Vous ne raffolez pas des chambres d'hôpital, mais au moins elles ne vous effraient pas. Puisque vous redoutez la perspective de passer un autre après-midi devant un ordinateur buté comme un âne, vous vous convainquez assez facilement que cette intrusion dans «le vrai monde» ne vous fera pas de tort. Si cette visite n'est pas la distraction que vous auriez spontanément privilégiée pour un après-midi d'écriture buissonnière, au moins vous offre-t-elle une occasion de vous montrer un peu généreuse. Et de voir Renaud sous un autre jour. Mais de cela, sur le coup, vous n'êtes pas tout à fait consciente.

Fier comme un paon, Renaud vous traîne à travers le dédale des corridors. Il a l'air chez lui ici. On le reconnaît. Des patients, des bénévoles, des infirmières, des préposés à l'entretien le saluent au passage. À l'approche d'un salon, il ralentit le pas.

– Tu m'attends une seconde ? Surtout, ne va pas t'évaporer !

Vous jurez de rester là. Renaud passe la tête par la porte. Il aperçoit ce qu'il a l'air de chercher : un adolescent en fauteuil roulant qui lit près d'une fenêtre ouverte au fond de la salle. Renaud tire un livre au format de poche de son blouson et le brandit bien haut quand le jeune homme lève la tête vers lui. Le visage du garçon s'illumine.

– Tu y as pensé !

– Une promesse est une promesse !

Renaud lui tend le livre, prend rapidement de ses nouvelles et lui explique qu'il ne peut pas rester. Il lui murmure quelque chose à l'oreille. Ça doit avoir un rapport avec vous, parce que le garçon vous regarde avec un curieux sourire. Vous lui rendez son sourire. Renaud se redresse et lui donne une tape amicale sur l'épaule.

– Tu me diras ce que tu en penses ! Du livre, je veux dire…

– Promis ! Je ne sais pas si je vais être capable de terminer celui-ci avant de commencer celui-là par exemple.

– Qui t'oblige à terminer un bouquin qui t'ennuie ?

– C'est vrai, ça ! s'exclame le gamin, comme si l'on venait de le libérer d'un poids énorme.

Renaud n'est pas encore sorti de la salle que son jeune ami a déjà le nez plongé dans son cadeau.

– C'est fait. On y va ?

Il vous prend le bras et vous fait bifurquer à droite pour éviter le tricycle du laboratoire d'analyses chargé de tubes.

– C'était quoi, le livre, que je ne passe pas à côté de quelque chose d'aussi passionnant?

– Tu connais : je l'ai piqué chez toi.

– Pardon?

– Je blague. Ton exemplaire se trouve encore sur ta table de chevet, j'imagine. C'est Rilke, *Lettres à un jeune poète*.

– Il a de bonnes lectures, ce jeune homme.

– Il a un bon guide.

– Hum!… Tu as fouillé sur ma table de chevet?

– Fouillé, c'est beaucoup dire. Ton Rilke traînait dessus. J'ai fouiné dans ta bibliothèque par contre… Attention! Ici à gauche. On y est presque.

– Tu lis beaucoup?

– Oui, mais ce n'est pas pour ça que j'ai exploré ta bibliothèque. Les livres qu'on conserve, ça nous révèle beaucoup, tu ne trouves pas?

– Je vois. Tu lis dans les bibliothèques comme dans les lignes de la main?

– On pourrait dire ça! Voilà, nous y sommes.

Il frappe un petit coup à la porte et avance la tête.

– On peut entrer?

L'infirmière, qui vérifie le goutte-à-goutte, interroge d'un ton enjoué.

– Vous avez de la visite, monsieur Desjardins. On les laisse entrer?

Olivier Desjardins est tout le contraire de ce que vous aviez imaginé. Ce n'est pas le jeune sidatique famélique auquel vous ont habituée les publicités et le cinéma. C'est un homme d'environ cinquante ans, qui a encore des traces d'embonpoint malgré les traits tirés et la peau tachetée et transparente caractéristique des grands malades. Il a les cheveux clairsemés, grisonnant largement sur les tempes. Il porte la barbe, probablement pour éviter d'avoir à se raser. Un thermomètre dans la bouche l'empêche de parler. Aussi est-ce d'un coup de tête accompagné d'un léger mouvement de son bras libre qu'il fait signe à Renaud d'entrer. Vous hésitez sur le seuil, ne sachant trop si vous devez suivre. Renaud vous tire par la main.

— Je t'ai amené une surprise.

Olivier vous examine, un peu pris de court, s'assurant que ses draps sont bien remontés. L'infirmière le libère de son thermomètre et le félicite pour sa température. Il ne semble pas le moindrement ému par son pseudo-exploit. Il toise Renaud d'un air faussement indigné.

— Si tu m'avais dit qu'il y avait une dame, j'aurais au moins mis une cravate.

— Elle déteste ça, les cravates. N'est-ce pas, Anne?

Vous acquiescez en prenant l'air le plus convaincant possible. Renaud fait les présentations tout en serrant la main du malade. Dans la vôtre, la main frêle de l'homme. Olivier vous fait signe de vous installer comme vous pouvez. Renaud approche une chaise pour vous et s'installe du bout des fesses au pied du lit. L'infirmière prend congé et tire les rideaux, créant une alcôve autour du lit, vous accordant ce faisant quelque intimité le temps qu'elle s'occupe du voisin.

Tout de suite, la conversation défile comme un feu roulant entre les deux hommes, ponctuée çà et là de vos acquiescements ou dénégations. En réalité, vous mettez un moment à atterrir dans la chambre entre ces hommes qui sont pratiquement des étrangers pour vous.

Ce n'est pas que vous soyez mal à l'aise dans cet environnement ni que vous ayez à vous y habituer. Ayant subi deux interventions chirurgicales en plus de vos accouchements, vous avez eu l'occasion déjà d'apprivoiser la routine des hôpitaux. Non. Votre engourdissement vient plutôt du fait que vous retrouvez avec une étonnante acuité la fracture du temps que vous avait fait découvrir l'hospitalisation. La maladie isole. Elle oblige à se replier sur soi-même pour trouver les forces de sortir de là. Ce temps d'arrêt modifie l'importance relative qu'on accorde aux choses. Il aiguise le regard, autorise l'économie des mondanités, facilite le passage à l'essentiel. C'est ce que vous ont appris la maladie et la souffrance : elles vous ont donné la faculté d'aller droit au but. Cette liberté, vous la retrouvez avec joie dans la conversation de ces hommes. Voilà ce qu'il y a de particulier, de précieux dans la conversation avec les grands malades, une fois qu'ils ont accepté leur maladie – et que l'on consent soi-même à abandonner avec eux les paramètres habituels qui règlent les relations entre humains. Voilà, entre tout, ce que vous préférez chez Renaud : le soin constant qu'il met à éviter l'accessoire.

Une fois cette constatation faite, vous vous sentez considérablement allégée. Vous êtes débarrassée du poids des conventions et, du coup, à pied d'égalité avec ces hommes qui discutent au-dessus des couvertures. Renaud, qui ne vous perd pas longtemps de vue, a enregistré votre imperceptible mutation. Le sourire discret qu'il vous adresse suffit à piquer la curiosité d'Olivier.

– Voici donc l'auteure de ce merveilleux *Marie la Frousse* !

Vous vous redressez, étonnée. Renaud s'amuse de votre surprise.

– Je t'ai dit qu'il avait tout lu !

– Tu n'avais pas dit que cela incluait aussi les livres pour enfants…

Marie la Frousse est loin d'être votre livre préféré. Olivier, lui, semble apprécier ce personnage entier qui se met constamment au pied du mur et s'oblige, jusqu'à l'absurde, à outrepasser sans fin ses limites. Vous devisez un moment des mérites respectifs de vos personnages puis, tout à coup, il vous lance cette question inattendue :

– Pourquoi écrivez-vous ?

Vous répondez un peu vite que vous ne savez pas vivre autrement. Il se montre insatisfait de votre réponse.

– Je vous en prie, ne vous débarrassez pas de moi. Je ne suis pas un journaliste, mais un homme qui va mourir.

La panique doit se lire dans votre regard. Renaud s'est redressé, prêt à intervenir si vous paraissez ne pas pouvoir supporter la question. Vous voyant soutenir le regard d'Olivier, il ne s'interpose pas entre son ami et vous. Vous lui serez reconnaissante, plus tard, de ne pas vous avoir privée de cette expérience.

– Je ne cherche pas à me débarrasser de vous, Olivier, mais c'est la réponse la plus plausible que je puisse faire. Je vous jure, j'ai vraiment essayé de vivre autrement. Chaque fois, j'en suis malheureuse. Maintenant, si vous voulez que je vous dise pourquoi…

Il vous regarde, un sourire encourageant esquissé sur ses lèvres minces. À peine troublé par le tapage et le va-et-vient des visiteurs dans la chambre, un long silence règne dans l'alcôve que ne se sentent obligés de remplir ni Olivier ni Renaud. Ils attendent, simplement, comme des gens qui ont tout leur temps pour les choses importantes, que vous trouviez réponse à la question posée. Vous avez les yeux pleins d'eau quand les mots, ténus, sortent de votre bouche.

– Pour abattre les murs de ma prison sans doute... Je gratte le papier comme d'autres, la pierre de leur cachot.

Dans les semaines qui ont suivi, vous êtes retournée visiter Olivier à quelques reprises, avec et sans Renaud. Il vous a beaucoup interrogée sur les tabous et les croyances limitatives dont vous jugez que vous avez à vous défaire. Aucune de ces rencontres n'a été aussi intense que la première, bien sûr. Chaque fois, pourtant, vous êtes ressortie de là enrichie d'une phrase, d'un sourire, d'un geste, avec le sentiment exaltant d'avoir été avec la bonne personne au bon endroit au bon moment. C'est avec une incroyable énergie que vous vous installez pour écrire en rentrant chez vous.

Cela vous a fait un choc quand Renaud vous a annoncé qu'Olivier venait de mourir.

Dans la chapelle, où une poignée de connaissances s'est rassemblée pour lui rendre un dernier hommage, un prêtre essaie de prononcer des paroles consolantes qui ne paraîtraient pas toutes faites. Il ne réussit qu'à moitié. Vous qui pourtant ne connaissez Olivier que depuis trois semaines, vous auriez tellement de choses à dire. Renaud à vos côtés souffre de cette trahison. Vous ne comprenez pas pourquoi les familles confient à des étrangers le soin de parler à leur place. N'ont-elles rien à dire de l'empreinte qu'a laissée sur elles celui qui les quitte? Tandis que les mots du prêtre se répercutent contre les murs de la nef sous le reproche muet des fougères ployant dans un rayon de lumière près d'une fenêtre, tandis qu'ils emplissent tout l'espace dans un bourdonnement confus, vous regardez les mains de Renaud posées à plat sur ses cuisses. Des mains d'homme, solides et vulnérables. Et vous qui, comme lui, êtes solide et vulnérable à la fois, vous glissez doucement votre main sur la sienne. Sans quitter du regard le cercueil de son ami, à qui il a promis de l'accompagner jusqu'au bout, Renaud tourne lentement sa paume vers la vôtre. Vos doigts se croisent et ne se quitteront plus de la cérémonie.

Pourtant, après les funérailles, vous prétextez un engagement et, vous ne savez trop pourquoi, vous fuyez. Vous roulez un moment avant de vous rendre compte que vous avez pris la direction du chalet. Quand vous constatez que vous accumulez les kilomètres entre Renaud et vous, vous commencez à vous détendre. Pourtant, même le craquement des aiguilles de pin sous vos pas dans l'allée, qui d'ordinaire vous libère de tous les accablements, ne suffit pas aujourd'hui à vous apaiser tout à fait. Vous craignez encore de voir surgir Renaud d'une chaise sur la galerie. Ce serait bien dans sa manière de vous avoir devinée et précédée. Il n'est pas là. Vous en êtes à la fois soulagée et déçue. Vous allumez un feu dans la cheminée et vous faites réchauffer une soupe-repas dont vous tenez toujours des provisions au congélateur. Le vent siffle entre les doubles fenêtres. Les arbres s'ébrouent comme des chiots sortant du lac. Les dernières feuilles s'arrachent et se répandent sur le sol. S'il ne pleut pas demain, ce sera une bonne chose à faire : les ramasser. L'odeur des feuilles mortes qui brûlent dans la vieille poubelle d'aluminium vous a toujours plu. Pour l'heure, le soleil se couche derrière la montagne. La nuit tombe tôt en ce temps de l'année, et vous lui en êtes reconnaissante. Vous avez besoin de l'ombre protectrice des ténèbres.

Vous n'êtes rentrée en ville qu'au bout d'une semaine. Le cœur vide. Vous avez tenté à plusieurs reprises de joindre Renaud pour vous excuser. Vos appels sont restés sans réponse. Vous vous êtes finalement résolue à laisser un message maladroit et confus sur son répondeur. Il n'a toujours pas rappelé. C'est ce que vous expliquez à Mathilde à mots comptés.

– Tu espères que je te dise quoi ?

– Que j'ai raison.

– Tu as raison.

– Je ne te crois pas.

– Faudrait savoir ce que tu veux.

– Je veux… Je veux qu'il ait cinquante ans !

– Fais comme si.

– Oh ! Mathilde…

Elle soupire.

– T'es amoureuse d'un mec de trente-six ans. Il y a pire…

– Je ne veux pas de cela.

– Fais-toi une idée. Ou tu plonges, ou tu coupes franchement. Tu ne peux pas le garder comme ça, entre deux eaux. Tu vas te rendre malade, et lui aussi.

Pendant des jours, vous usez des ronds de tapis dans votre salon, commencez des livres que vous abandonnez après trois pages, grignotez pour rien, rempotez des plantes qui ne demandent pas à l'être, téléphonez tour à tour à Mathilde, à Claude et à Léa, qui sont toutes au travail et n'ont pas le temps libre dont vous disposez. Vous vous imposez des kilomètres de marche rapide et rentrez à bout de souffle, bête à pleurer. Vous vous effondrez : sur le divan, dans votre lit, dans le bain, sur le plancher de la cuisine, partout où vous le pouvez. Les mains sur votre ventre vide, vous traînez votre mal-être jusqu'à ce que l'aube d'un nouveau récit se lève en vous. Mais la nuit s'éternise.

Si Renaud refaisait surface en ce moment, vous ne répondriez pas de vous. S'il frappait à votre porte à cette minute, vous ne pourriez résister à aucun de vos propres arguments contre une histoire d'amour avec lui. Il trouverait devant lui une femme méconnaissable, assoiffée d'émotions fortes, prête à tous les excès pour mettre un peu de passion dans sa vie. Si Renaud se trouvait là, devant vous, vous seriez contrainte de fournir un effort surhumain pour ne pas passer la main sur son visage, ne pas plonger votre nez dans son cou, ne pas lui ouvrir votre cœur et vos bras.

Seulement, Renaud n'est pas là…

Où que vous soyez dans cet appartement, tout vous parle de Renaud désormais. Voilà sans doute pourquoi, naturellement, chaque fois que vous vous attablez pour écrire, votre main s'écarte malgré vous du livre à faire pour glisser vers le papier à lettres dans le tiroir de votre bureau. Un jour, n'y tenant plus, vous cédez à la tentation.

Renaud,

Depuis que j'ai laissé nos doigts se dénouer au cimetière, je cherche à te joindre. J'ai su par Martin que tu es à Perpignan auprès de ta fille. N'en veux pas à Martin d'avoir rompu sa promesse. Je ne lui ai guère laissé le choix. Le silence dans lequel sont tombés les messages que j'ai laissés sur ton répondeur a fait de moi une véritable tortionnaire. Je le jure, Martin n'a parlé qu'à son corps défendant, épuisé, après des heures de torture.

N'y a-t-il que le silence pour permettre de reconnaître le besoin dans lequel on se trouve d'une voix ? Je sais que tu es blessé. Toi qui parais savoir lire en mon âme mieux que moi-même, devines-tu combien je souffre aussi ?

Ici, désormais, tout me parle de toi...

Vous détachez les yeux de la page pour les poser sur les traces que Renaud, tel un animal marquant son territoire, a laissées dans votre appartement : la tranche vide dans la bibliothèque causée par l'absence de ce *Trois Guinées* que vous ne vous décidez pas à ranger ; les outils sur le comptoir de la cuisine ; la douche dont les vapeurs éveillent son souvenir ; la lampe qu'il a déplacée et qui jette maintenant sur la table où vous écrivez un halo enveloppant ; jusqu'à Rilke que vous ne pouvez plus lire de la même manière...

[…] Quoi que je fasse, où que je pose les yeux, c'est ton visage qui apparaît, ta voix, ton rire que j'entends, ton odeur que je sens.

Constater cela, et te repousser malgré tout… Qui suis-je en train de trahir? À qui suis-je, sans le savoir, fidèle? Devant quel rigoureux code de l'honneur est-ce que je m'incline?

J'imagine souvent ce à quoi «nous deux» pourrait ressembler. C'est une fantaisie à laquelle je résiste difficilement. Je me vois, courageuse, vaincre mes peurs, user mes résistances, braver les tabous. Je sais pouvoir par toi connaître la félicité. Je ne doute pas que par moi tu puisses connaître aussi une certaine plénitude. Pour un temps du moins. Car, inévitablement, après quelques jours, quelques semaines, au mieux quelques mois, la réalité nous rattrapera. C'est pour cela que je nous refuse le bonheur. Parce que j'ai la certitude de voir tôt ou tard diminuer son éclat. Cela, tu vois, je ne pourrais le supporter…

Vous ne voulez plus permettre que l'amour vous inquiète. Vous ne pourriez demander à personne, pas même à Renaud, le plus merveilleux des hommes, nulle garantie vous protégeant de la trahison. Il vous la donnerait, cette certitude, que vous ne sauriez en échange lui offrir la vôtre. Qui vous préserverait de jamais sentir en vous vaciller la flamme que Renaud a allumée? Aussi sûrement que fanent les fleurs, que s'éteint le jour et passent les saisons, l'amour fléchit.

[…] Tu nous imagines dans la tiédeur des jours? Oui, je sais, mes raisons ne sont pas bonnes. On ne

dit pas : «Je t'aime, va-t'en!» C'est pourquoi je me
tais, malgré le désir que j'ai de parler. C'est pourquoi tu n'entendras pas de ma bouche les mots que
tu souhaites entendre.

Sache seulement que j'ai pour toi une infinie
tendresse.

Anne

Cette lettre, vous ne la confiez pas au facteur. Vous
la déposez vous-même dans la boîte aux lettres de
Renaud.

Vous venez de grimper le large escalier rouge qui
mène au hall d'exposition de la Place-Bonaventure.
Devant vous, le labyrinthe du Salon du livre. Vous vous
recueillez un moment à l'entrée, avant de vous engouffrer dans la cathédrale de l'imprimé. Les vendeurs
du temple sont à pied d'œuvre. Un véritable délire : des
ballons, des clowns, des mascottes, de la musique; des
spectacles sur scène, des entrevues d'auteurs, des tables
rondes, des séances de signature; des moniteurs vidéo,
des ordinateurs, des affiches, des signets, des cata-
logues; des livres, des piles et des piles de livres; des
egos qui pavanent, se gargarisent avec ou sans micro;
des éditeurs qui picolent et qui racolent, plus ou moins
discrètement, les auteurs-vedettes de leurs compé-
titeurs; des auteurs, plus que le Québec ne pourra
jamais en faire vivre; et enfin, monsieur et madame
Tout-le-monde qui se tirent par la manche et qui
gloussent : «T'as vu? C'est Michel Tremblay!»

Pour un peu, vous tourneriez les talons. Vous n'êtes pas snob, vous avez peur. Vous êtes dépassée par le gigantisme de tout cela. Vous qui ne fréquentez que les petites et de plus en plus rares librairies de quartier, vous ne savez pas quoi penser de ce monstre tentaculaire qui se déploie devant vous. Vous ne savez pas quoi dire aux étrangers qui vous abordent. Vous vous torturez pour trouver quelque chose d'un peu original à écrire quand on vous demande une dédicace. Dieu que le silence de votre coin de travail vous manque! Or, voilà que madame Tout-le-monde implore monsieur Tout-le-monde : «Si on allait saluer Tremblay?» Et voilà que, tout sourire, Michel Tremblay se tourne vers eux et leur tend la main. «Ah oui? Vous avez aimé? Ça me fait ben plaisir ce que vous dites là!» Monsieur et madame Tout-le-monde sont rayonnants. «Tu te rends compte? On a fait plaisir à Michel Tremblay!» Ils ne sont pas encore au bout de leurs joies, parce que : «... au stand d'à côté, vrai comme j'suis là, Janette Bertrand jase avec Lise Payette.» Monsieur et madame Tout-le-monde ne se consultent même pas : «Faut serrer la pince à Lise et à Janette.» Finalement, vous dites-vous, toujours figée à l'entrée, le Salon c'est comme les fêtes de fin d'année. Vous ronchonnez toujours avant d'y aller, mais c'est le cœur chaud que vous en revenez. Alors, tant pis si oncle Gustave et tante Adélaïde dépassent encore les bornes cette année, il y a tant de gens ici à qui vous n'avez pas souvent l'occasion de dire que vous les aimez.

Au stand de l'Éditeur, on vous accueille chaleureusement. Est-ce que la disposition de la table vous convient? Avez-vous tout ce qu'il faut? Désirez-vous à boire? Laurence va rester à vos côtés. S'il manque des livres ou si vous avez besoin de quoi que ce soit, vous n'avez qu'à lui faire signe.

Pour un peu, vous demanderiez qu'elle signe à votre place. L'angoisse d'être assise derrière cette table; d'attendre, derrière votre photo et une pile d'exemplaires de votre roman, qu'un lecteur se dégourdisse et vous demande un mot gentil pour sa femme. L'Éditeur le sait bien que vous tremblez d'inquiétude. Il a mis là Laurence pour s'assurer que vous ne prendrez pas vos jambes à votre cou, bien plus que pour ajouter sur la table des exemplaires de livres qui ne partiront probablement pas. Pourtant, ça commence, tranquillement. Une lectrice, puis une autre. «C'est curieux, je ne vous imaginais pas comme ça.» «Moi non plus, madame. Tous les matins, je fais le saut devant ma glace.» Vous riez toutes les deux. C'est plus facile que vous ne le pensiez. Ceux qui ont lu votre roman ont des mots gentils. C'est ça qui est fabuleux. Les gens sont simples et gentils. Vous vous détendez enfin, vous retrouvez le sourire, vous tendez spontanément la main. Les mots à offrir vous viennent naturellement. C'est aussi cela, le Salon : l'occasion de découvrir que vous êtes moins sauvage que vous le pensez.

– Je me suis trompé sur vous. C'est rare pourtant que je me trompe sur les gens.

Vous levez la tête et mettez quelques secondes à le replacer. Charles Gauthier se tient devant vous, de l'autre côté de la table. Il vous tend un exemplaire de votre roman.

– «Faute avouée est à moitié pardonnée», paraît-il, s'empresse-t-il d'ajouter pour vous ôter toute velléité de le rabrouer.

Vous lui tendez la main, étonnée de le voir là. Surprise aussi de ne pas sentir vos jambes mollir, contrairement à ce que vous aviez imaginé. Charles ne vous impressionne plus. C'est curieux. Cela vous déconcerte toujours de constater combien votre perception des gens se modifie facilement. Ne pourrez-vous donc jamais vous fier à vos sens ? Vous prenez l'exemplaire qu'il vous tend et demandez à quel nom il désire que vous fassiez la dédicace.

– C'est mon exemplaire. Charles, au cas où vous l'auriez oublié.

– Merci de m'éviter cet embarras, mais j'ai la mémoire des noms. Je me souviens parfaitement du vôtre.

Vous dites cela d'un ton ambigu, pour qu'il ne sache pas s'il doit prendre votre affirmation pour un compliment ou comme un reproche. Il esquisse un sourire retenu et referme le livre que vous venez à peine d'entrouvrir.

– Vous préféreriez peut-être prendre votre temps ?

Vous le regardez sans comprendre.

– Je suis ici pour cela, précisément : signer des dédicaces…

– Nous pourrions dîner. Vous me remettrez le livre à ce moment-là.

Cet homme serait-il en train de demander un traitement de faveur ? S'imagine-t-il que, parce que vous êtes emportée dans le mouvement du Salon, vous ne parviendrez à lui tourner qu'une de ces phrases toutes faites, sorties d'une usine à dédicaces ? Monsieur exige quelque chose de plus personnel ? Quelque chose de profond, de senti ? Cette arrogance du privilégié vous sidère. Vous vous en voulez de ne pas voir monter illico les mots qu'il faudrait pour remettre ce mâle triomphant à sa place.

Vous devez avoir l'air d'une pauvre d'esprit. Vous ne comprenez rien aux subtilités de ses raffinements. Il piétine, et cela commence visiblement à lui coûter. Le seigneur et maître n'a pas l'habitude de poireauter. Au bout d'un moment, tandis que son regard vous envoie des signaux indiquant qu'il est aux limites de l'indulgence, puisque aucune lumière ne semble jaillir de vos profondes ténèbres, il consent enfin à lâcher le morceau.

– Ce soir, par exemple?

Vous répondez du tac au tac.

– J'ai déjà un engagement, ce soir.

– Fixez le jour, alors.

Vos sentiments sont brouillés. Vous voudriez vous sentir plus détachée. Il ne vous en faudrait pas beaucoup pour vous convaincre de montrer un peu de froideur à cet homme et même, pourquoi pas, de le débouter sans autre forme de procès. Après tout, il n'a jamais téléphoné, après avoir annoncé qu'il le ferait. Seulement vous vous sentez incapable d'écarter tout à fait l'occasion qui vous est offerte. Vous avez tant rêvé de ce rapprochement. Quelque chose vous retient de lui fermer carrément la porte au nez. La curiosité de connaître la suite peut-être? Alors, vous lancez :

– Je vous rappelle.

Il hésite de l'autre côté de la table. Une lutte se fait en lui. Acceptera-t-il cette réponse qui n'est qu'une demi-victoire – peut-être même une défaite? Tout à coup, il vous adresse le sourire magnanime de celui qui n'a jamais perdu aux rapports de force. Il comprend que vous voulez lui rendre la monnaie de sa pièce et, bon joueur, il vous concède cette manche, tant il est sûr de remporter l'assaut final. De la poche intérieure de sa veste, il tire un étui en cuir souple. Il inscrit un numéro de téléphone personnel au verso de sa carte.

– Ne perdez pas de vue que vous avez mon livre en gage!

Il vous rend son exemplaire, puis s'esquive. Il y a toujours les messageries pour le livre, songez-vous dans un dernier sursaut de fierté, en le regardant s'éloigner. Mais vous savez très bien que vous ne recourrez pas à un service de livraison.

Vous avez laissé passer quelques jours. Le Salon du livre était un bon prétexte. D'ailleurs, tant que vous ne saviez pas quoi écrire comme dédicace, il vous semblait dangereux d'accepter l'invitation de Charles. Cependant vous n'avez toujours pas de trait de génie, et ne pouvez pas retarder davantage le moment de le rappeler sans commettre une impolitesse. Il est hors de question de le laisser définitivement sans nouvelles de vous. Ce ne serait pas dans votre manière de ne pas rappeler après avoir promis de le faire.

Calée dans un fauteuil, emmaillotée dans un jeté de lit, le livre posé sur vos cuisses, le stylo à la main, vous attendez l'inspiration qui ne vient pas. Qu'est-ce donc qui vous retient? Qu'est-ce qui vous empêche d'écrire un mot gentil à un homme que vous avez tant désiré revoir? La peur de rater votre seconde chance? La crainte qu'il ne soit pas celui que vous avez imaginé? Quelque chose vous souffle que ce rendez-vous constitue une perte de temps. Mais comment savoir si votre intuition est juste ou si cette pensée ne reflète que votre peur d'être déçue?

Vous laissez votre regard errer dans la pièce. Comment pouvez-vous décemment écrire un mot à Charles, quand tout ici vous ramène à Renaud? Renaud. S'il avait rappelé, au moins, quelque chose aurait peut-être été possible, malgré l'inconfort que cette idée vous procure encore.

Vous avez laissé Charles vous cueillir à votre porte. Il vous a ouvert la portière de la voiture et l'a refermée derrière vous. Au volant de sa voiture de luxe – vous ne reconnaissez pas la marque, mais au cuir des fauteuils, à la sobriété et au raffinement du tableau de bord, il vous est facile de convenir que vous ne roulez pas en Lada –, il se comporte comme un capitaine au long cours : seul maître à bord après Dieu. Tout de suite il s'est mis à vous tutoyer, comme si vous faisiez partie de son patrimoine. Vous avez pris l'autoroute des Laurentides et filé vers Saint-Hippolyte où il connaît une auberge sympathique, au bord du lac de l'Achigan. Vous étiez à peine engagés sur l'autoroute, quand il a indiqué du doigt le livre que vous teniez contre votre poitrine dans une enveloppe de papier kraft.

– C'était donc si difficile de dédicacer ce livre?

C'est sa façon de vous reprocher le temps que vous avez mis à le rappeler. Vous décidez de ne pas relever l'allusion.

– En réalité, je n'ai pas encore trouvé la formule.

– C'est de la fausse représentation, alors! Je t'échangeais ce dîner contre une dédicace!

– Je compte bien m'acquitter de cette tâche d'ici la fin de la soirée. Ça ira comme ça?

– Cette tâche? Ça ne doit pas être si compliqué pour toi! Quelques mots…

– Ne t'y trompe pas, plus c'est court, plus c'est difficile. Il faut à la fois viser juste, sonner vrai et surprendre. Puis, les écrits restent. C'est une énorme responsabilité.

– T'es du genre compliquée, toi! Tu ne faisais pas tant de chichis devant tes lectrices au Salon du livre.

C'est du mépris ou du dépit que vous entendez entre les mots?

– En m'offrant de prendre mon temps, tu ne désirais pas que je mette quelque chose de personnel comme dédicace?

Il hoche la tête.

– Eh bien, cela demande que je te connaisse un peu mieux, non? Je connais l'homme public, comme tout le monde, mais mon intuition me dit que ce n'est pas à celui-là que tu veux que je m'adresse. Je me trompe?

Il sourit sur son mystère, sans quitter la route des yeux tant que vous le regardez. Sitôt que vous tournez la tête, vous sentez cependant son regard glisser sur vous. Cet homme est un chasseur. Voilà l'impression que vous avez, tandis que la voiture quitte l'autoroute pour les chemins de campagne et que votre œil fouille la nuit laurentienne en quête d'un refuge.

Au bout d'un quart d'heure, la voiture s'engage sur un terrain de gravier. Vous avez toujours adoré le craquement des cailloux sous le passage des voitures. Vous fermez les yeux pour mieux entendre. Aussitôt le parfum des cèdres vous pénètre et vous comble de plaisir. Vous inspirez longuement pour emprisonner cette joie. Tandis que vous expirez avec économie, quelque chose de très sensuel doit percer dans votre sourire, car Charles arbore l'expression satisfaite du mâle qui sait combler les femmes. Cette prétention jette un froid sur vos jouissances.

Dans le sentier qui mène du stationnement à l'auberge, il vous prend le bras. Vous êtes incapable de décider s'il agit en gentleman ou en propriétaire. Son comportement vous met dans l'embarras. Vous ne savez plus quelle attitude adopter. L'avez-vous d'ailleurs jamais su ? Où auriez-vous appris ce code ? Quand ? On n'enseigne pas ces choses-là dans les milieux que vous fréquentiez. Vous êtes prise d'effroi à l'idée de commettre une bévue ou d'avoir des gestes affectés, calqués sur ceux des stars de cinéma. Vous inspirez discrètement pour retrouver votre calme. Du coup, vous vous trouvez bien bête de vous en faire pour si peu. Soyez donc détendue, naturelle. Si Charles se vexe de la manière dont vous tendez le bras, n'est-ce pas lui, l'imbécile ?

Le patron, qui vous a vus arriver, vous accueille sur le pas de la porte. Il vous prie d'excuser la patronne, qui est aux fourneaux, mais ne manquera pas de venir vous saluer plus tard en soirée. Il prend vos manteaux – vous avez délicatement laissé glisser le vôtre dans les mains de Charles – et il vous prie de vous installer au salon. Il y a un grand feu dans la cheminée. Il vous rejoint tout de suite pour vous offrir l'apéritif et vous expliquer le menu. Murs de pierre, meubles de bois ouvragé, éclairage tamisé, chandelles, musique discrète, tout y est. Cette atmosphère, cossue et feutrée, contraste avec le va-et-vient et la lumière crue qui régnaient au *Sarah-Bernhardt*. Ici, Charles se trouve dans son élément. Il vous a offert le fauteuil et s'est installé le plus près possible de vous sur le divan. Il raconte l'histoire de cette maison comme s'il y avait passé sa vie. C'est dommage qu'il fasse nuit. Vous ne pouvez admirer le pur enchantement du lac de l'Achigan vu de cette baie. Il vous ramènera l'été prochain, assure-t-il, et vous irez vous promener sur le quai.

Devant vous, l'homme de cinquante ans dans toute sa magnificence. Vous êtes sensible à la force et à la puissance qui se dégagent de lui; à l'assurance qu'il manifeste. Vous doutez de jamais parvenir vous-même à une telle aisance. Cet homme a rêvé gros et grand, et il a gagné son pari. Parti de rien, il s'est hissé jusqu'aux plus hauts sommets et a probablement réalisé ses ambitions les plus audacieuses. Femmes, argent, voyages, pouvoir... Tout ça, il l'a déjà ou l'a possédé avant d'y renoncer. Il éprouve une satisfaction certaine devant cette réussite et a probablement raison d'être ·fier. Pourtant, il semble encore lui manquer quelque chose. Votre regard glisse par la fenêtre jusqu'au bout du quai où, devant la tache noire du lac, une lumière vacille dans les froidures de l'hiver naissant. Se satisfait-on jamais de ce que l'on a?

– J'ai passé les deux plus beaux étés de ma vie au bord de ce lac.

Le regard de Charles a suivi le vôtre. Oubliant qu'il est issu d'une famille modeste, vous imaginez d'emblée la maison cossue, le yacht, le ski nautique, les filles. Vous ramenez le regard sur lui, attendant la suite du conte de fées.

– J'étais moniteur à Bruchési.

– Bruchési?

– Un camp d'été pour les jeunes de familles défavorisées. Les enfants passaient deux mois ici sans voir leurs parents. Huit semaines bien comptées! Eh bien, crois-le ou non, bon an, mal an, il s'en trouvait toujours au moins une douzaine qui pleuraient à l'idée de rentrer chez eux. Tu te rends compte de ce qu'ils devaient vivre à la maison? Le plus choquant, c'est que chaque fois des parents oubliaient de venir chercher leurs enfants à l'autobus au retour. Il y en a qu'on mettait des jours à retracer... Tu peux croire une chose pareille?

Vous observez Charles sans mot dire. Le trouble est palpable sur son visage. Vous ne connaissiez pas cet aspect de lui. Curieux que vous ne l'ayez jamais imaginé comme cela, le visage changé par l'émotion.

– Chaque fois que je vois ce lac, je pense à eux. Je me demande ce qu'ils sont devenus. Probablement des batteurs de femmes, des alcooliques, des prostitués, des revendeurs de drogue ou des braqueurs de banques...

– Quelques-uns peut-être, mais pas tous. Je suis sûre qu'il y a plein de gens bien parmi eux. Je parierais qu'il y a même des musiciens et des poètes dans le tas. Tu les as probablement croisés au Salon du livre.

Il sourit.

– Je ne les ai pas reconnus en tout cas.

– Ils doivent avoir beaucoup changé depuis.

Nous changeons tous tellement. À quoi Charles ressemblait-il à quinze ans? Quel genre d'homme était-il à vingt, à trente ans? Vous aurait-il séduite à l'époque où il n'avait pas encore connu le succès? Si vous l'aviez rencontré, jeune homme, l'auriez-vous aimé? Auriez-vous supporté de vivre avec lui? Auriez-vous pu élever ses enfants? Comment auriez-vous réagi à ses absences, à sa fatigue, à ses relations, à toutes les compromissions auxquelles il a forcément dû consentir pour parvenir là où il est? Auriez-vous pu le faire sans récriminations? Vous n'avez aucun mal à imaginer l'homme froid, distant, préoccupé, intransigeant qu'il a dû devenir par moments. Auriez-vous su vous montrer patiente et aimante avec cet aspect de lui? Hormis le luxe et l'apparat, que peut vous offrir un homme comme Charles désormais? De quelle sorte de tendresse est-il capable? A-t-il appris à donner de lui-même dans une relation amoureuse? En a-t-il seulement le désir? La capacité?

Absorbée par vos réflexions, vous ne réalisez pas qu'il vous observe. Son regard accroche tout à coup le vôtre et vous êtes vraiment surprise de le trouver là devant vous. Tant de fois vous avez imaginé cette rencontre. Tant de fois vous vous êtes éveillée de vos rêveries les bras vides et le cœur froid. Vous sentez vos joues s'empourprer.

– J'ose à peine demander où tu étais rendue…

Vous souriez, trempez les lèvres dans le vin, fermez les yeux en appréciant le goût et plongez enfin votre regard dans le sien, mais il vous est impossible de le soutenir bien longtemps et vous détournez les yeux. C'est étrange, cette difficulté que vous éprouvez à rester simplement vous-même devant cet homme. Vous relevez la tête, jetez un bref coup d'œil sur le lac avant de revenir à lui. Vous mettez une pointe de provocation dans votre regard.

– Je t'imaginais, moniteur en culottes courtes, entouré de gamins.

Il fait une moue, sceptique.

– Ce n'est pas ce qui t'a fait rougir.

Il n'a pas, incrédule, posé une question : il affirme carrément que vous êtes en train de lui mentir. Cette manière qu'il a de forcer votre intimité, d'exiger des choses que vous n'êtes pas disposée à lui offrir, ne vous paraît pas très convenable. Pourtant, c'est une manière d'être que vous appréciez chez l'homme. Le caméléon qui rêve d'être touché s'éveille en vous à la moindre provocation. Vous notez qu'étrangement ces pointes ne vous agressent pas quand elles sont de Renaud. De la part de Charles, elles vous hérissent au contraire. De quel droit cet homme se permet-il une telle privauté avec vous ?

– Ça m'a fait curieux que tu sois là à me regarder quand j'ai émergé de ma rêverie…

– Hum… C'est le sujet de la rêverie qui m'intéresse justement.

– Je peux te poser une question ? Pourquoi cette invitation ?

– Pourquoi pas ?

Il braque sur vous ses yeux de bagarreur et vous met au défi de poursuivre. Vous ne voudriez pas vous trouver dans la partie adverse quand il négocie. Pourtant, cela ne peut pas être autrement entre vous deux. Du simple fait que vous soyez une femme et lui un homme, vous vous trouverez toujours chacun de votre côté de la table de négociation. Mettez-vous bien cela dans la tête. Pour le moment, ne vous laissez pas avoir. Évitez de succomber à cette torpeur qui vous envahit et vous prive de moyens. Réagissez, bon Dieu! Vous n'êtes plus une petite fille pour vous laisser intimider comme cela.

– Réponse d'avocat. Je suis sûre que tu peux faire mieux.

Il rit et soulève son verre. Vous vous détendez un peu.

– Je suppose que j'ai envie de te connaître un peu mieux.

Il a envie de vous connaître! Que demander de plus? Voilà qui devrait vous rassurer tout à fait. Vos rêves se réalisent. Pourtant, rien n'est jamais si simple, n'est-ce pas? Vous pourriez jouir tranquillement de ce moment de grâce, profiter de la soirée, rire, boire, manger, apprécier la compagnie de cet homme, mais un grain de sable enraye la machine.

– D'où te vient cette envie subitement?

Il n'a pas l'air de comprendre votre question. Elle est pourtant simple, claire et légitime, votre question. Pendant des lustres, Charles vous laisse sans nouvelles, et tout à coup, sans raison, il surgit du néant et prétend avoir envie de mieux vous connaître. Cet homme vous prend-il pour une imbécile? Il y a quelques années, vous n'étiez rien pour lui. Vous ne valiez même pas un coup de téléphone. Un appel qu'il avait pourtant promis de faire. Et tout à coup, vous voilà digne d'intérêt? Non, vous ne serez pas dupe. Ce n'est pas vous qu'il veut connaître, mais la romancière. Cela paraît bien d'être avec les auteurs à la mode. Ça attire la clientèle.

– C'est ton roman.

Vous voyez bien! Il avoue! Il a lu dans vos traits que vous n'étiez pas crédule et, en habile manipulateur, il va tenter de contourner l'obstacle. Mais vous le voyez venir cette fois!

— En te lisant, j'ai eu l'impression que j'avais raté quelque chose sans m'en rendre compte le soir de *Chez Lévêque.*

Chez Lévêque! Elle est bonne, celle-là. Ah! Le misérable vient de se trahir.

— C'est là qu'on s'est rencontrés, non?

— Non, ça c'est dans le roman. En réalité, nous nous sommes rencontrés au *Sarah-Bernhardt.*

Il cherche. Il piétine. Il a l'air légèrement embarrassé. Mais vous ne bougez pas. Surtout, n'allez pas le détromper ou tout prendre sur vos épaules. C'est bon, pour un vaniteux comme lui, de se frotter un peu à ses bourdes.

— Au *Sarah-Bernhardt?* Tu es sûre? Je ne sais même pas où c'est, le *Sarah-Bernhardt.*

— Tu ne te souviens pas du tout de cette soirée à ce que je vois!

Il se braque. Vous le sentez se raidir. S'il portait une cravate, il passerait le doigt dans son col. «Qu'il patine, tiens, ça lui fera du bien», vous dites-vous.

— Pourtant, je te replace bien. Ça doit être l'effet du roman. La fiction s'est surimposée à la réalité.

Plausible. Mais il ne s'en sortira pas comme ça. Vous contre-attaquez aussitôt.

— Qu'est-ce qui t'a poussé à lire ce roman, si tu ne te souvenais pas de moi? Tu es tombé dessus par hasard en librairie? Ce n'est pas tout à fait le genre de roman qui attire les hommes d'habitude.

C'est la guerre tout à coup. Vous n'aimez pas la tournure que prennent les événements. Il est tendu, et vous avez l'air d'une chipie. Vous détestez ce ton qui vous vient, aigre, méprisant. Ce n'est pas vous. Vous n'avez pas voulu cela. Tout ce que vous demandiez, c'est d'être respectée.

– Tu oublies que tu me l'as adressé.

Choc. Vous regardez Charles sans comprendre.

– Tu ne m'as pas fait parvenir un exemplaire de ton roman avec un mot m'invitant à le lire?

– Non.

– Tu auras oublié que tu l'as fait.

Vous lui décochez un regard assassin. On n'oublie pas une telle chose. Aussi bien dire que vous êtes sénile!

– J'étais sur la liste de ton service de presse sans que tu le saches, alors. Ça arrive à l'occasion que des éditeurs m'envoient leurs nouveautés.

– J'ai vérifié les listes de presse. Ton nom n'y figurait pas.

Vous voilà perplexe. Les événements tournent à son avantage. Vous n'aviez pas prévu cela. Mais si vous ne l'aviez pas prévu, peut-être que ce n'était pas prévisible. Et vous ne pouviez le prévoir parce que cette histoire est inventée de toutes pièces, bien sûr! Il a imaginé cela sur le coin de la table, pour vous déstabiliser et faire tourner les choses en sa faveur. Ah! Comme il se montre habile, le salaud. Mais il n'a pas encore vu de quel bois vous vous chauffez. Il va en avoir pour son argent. Vous prenez votre air le plus détaché et affichez douceur et compréhension.

– Au fond, ça n'a pas d'importance. Je suis seulement désolée que nous devions cette rencontre à un malentendu.

L'effet attendu se manifeste. Charles vous jette un petit air inquiet, sourire figé. Il se radoucit lui aussi et prend un ton plus civilisé.

– Pas du tout! Ce n'est pas toi qui m'as mis ce roman entre les mains soit, mais c'est bien à cause de ce roman que j'ai eu envie de te revoir. Il n'y a aucun malentendu là-dedans.

– D'accord, admettez-vous. Mais, ça me rend les choses un peu plus difficiles.

Il s'enfonce légèrement dans son fauteuil et vous regarde avec insistance.

– Difficiles, répète-t-il.

Les bras croisés sur le torse, il vous considère un moment avec un certain recul. Puis il pose les mains à plat sur la table et se penche légèrement pour vous provoquer.

– J'ai peine à croire que l'auteure de *La Femme jetée* éprouve de la difficulté à s'exprimer.

Le ton se veut mielleux, mais c'est le fiel qui vous reste dans la gorge.

– Les personnages d'un roman parlent bien à leur aise : on prend parfois des jours pour leur faire dire une seule phrase. Ça semble sortir tout seul, mais, crois-moi, rien n'est plus faux.

– J'ai tout mon temps.

Il se cale de nouveau dans son fauteuil et vous observe, tandis que vous cherchez les mots justes. Vous lui lancez un regard chargé de méfiance. Saura-t-il comprendre ce que vous voulez dire?

– Que tu n'aies pas rappelé à la suite de notre rencontre m'a chagrinée.

– J'ai dû voyager…

Une seule phrase, et voilà qu'il se recroqueville! C'est tout de même extraordinaire! Chaque fois que vous tentez d'expliquer à un homme les sentiments qui vous habitent, vous le voyez se froisser, puis se fermer. Vos moindres propos, ils les reçoivent comme des reproches. Aucun homme ne supporte l'idée qu'on puisse le blâmer. La critique entache l'estime qu'un homme a de lui-même, il faut croire. Si encore reproches il y avait. Vous n'êtes pas en train de dire : «Je suis déçue ou furieuse que tu n'aies pas rappelé.» Vous êtes ailleurs.

– Ne t'excuse pas, je ne te reproche rien. J'essaie de voir clair dans mes sentiments pour répondre à ta question de tout à l'heure. Tu te souviens? Sur le fait que je rougissais…

Il se décontracte un peu.

– J'ai attendu ton appel, parce que quelque chose s'est passé pour moi ce soir-là.

Vous riez nerveusement, mal à l'aise d'avoir à faire cet aveu.

– Ça m'a pris une éternité avant de comprendre de quoi il s'agissait au juste. J'aurais pu te relancer, pour vérifier si, de ton côté, il s'était aussi passé quelque chose, mais je ne voulais pas m'accrocher. Ça c'est l'excuse. En réalité, j'avais peur d'être rabrouée. Je me disais que si tu voulais vraiment me revoir, tu trouverais le moyen de me joindre. Comme tu ne le faisais pas, il me fallait accepter cela… J'ai mis des semaines pour apprendre à cesser d'attendre que le téléphone sonne. Des mois à faire taire le dialogue intérieur que j'entretenais constamment avec toi. Des années à effacer ton image de mon esprit. Encore, à l'occasion, crois-le ou

292

non, ton visage surgit au moment où je m'y attends le moins.

Vous vous sentez très calme en lui disant cela. C'est comme si vous vous déchargiez d'un poids que vous portiez sur les épaules depuis longtemps.

– Il est impossible que je sois tombée amoureuse, ce soir-là. On ne tombe pas amoureux de quelqu'un qu'on ne connaît pas. Les coups de foudre à vingt ans, c'est possible ; mais pas à nos âges…

Sur le coup, l'image de Renaud, lancinante, s'impose en vous. Vous bredouillez un peu, avant de retrouver le fil de vos idées. Vous sentez cependant que vous êtes un peu moins convaincante… Un peu trop cérébrale, peut-être ?

– À nos âges, on ne tombe pas dans le piège des rêveries ou des fantasmes, n'est-ce pas ? On commerce avec la réalité. J'avais eu très peu de prise sur ta réalité. Qui tu étais vraiment, je n'avais pas eu le temps de le découvrir au cours de la soirée. Contrairement à toi, je ne crois pas qu'on puisse avoir rapidement une réponse claire à une telle question en quatre minutes. La preuve ? La lecture du roman a changé ta perception de moi. Ce soir-là, donc, tu as éveillé quelque chose en moi. Une chose qui n'était pas réglée en rapport avec mon passé. J'ai cherché laquelle, parce que je n'aime pas beaucoup être surprise comme cela par des fantômes. Je déteste être bouleversée par des émotions que je ne comprends pas. D'habitude, je suis plutôt experte en émotions… Tu prenais tellement de place que je m'en suis ouverte à mon amie, Mathilde. C'est probablement elle, d'ailleurs, qui t'a fait parvenir mon livre, croyant bien faire. Je t'assure que je n'étais pas au courant…

– Je te crois.

– J'ai donc souvent pensé à toi. J'ai souvent imaginé cette rencontre… Celle de ce soir, je veux dire. Tout à l'heure, quand tu m'as surprise dans mes pensées, ce n'était pas ce à quoi je pensais qui m'a fait rougir, mais le fait que tu sois là, devant moi, pour vrai. Je n'aime pas beaucoup avoir à t'avouer une telle chose, mais bon, j'ai dû rougir de plaisir. Voilà!

– C'est ton désir de me revoir qui t'a inspiré ce roman?

– J'aurais écrit de toute manière. Une autre histoire probablement. Mais en partie, oui, c'est ce désir qui m'a portée.

– C'est plutôt flatteur…

– Ne pavane pas! Un rien inspire un écrivain.

– Puisque je te dis que ce n'est pas moi!

À l'autre bout du fil, la voix de Mathilde sonne vrai. Vous auriez pourtant mis votre main au feu que l'idée venait d'elle.

– Qui, alors? As-tu une idée, toi?

– Pas la moindre. Est-ce que c'est si important? Ce que tu voulais, c'est le revoir, non? Puisque ton rêve s'est réalisé…

– Oui, mais pas comme je le voulais. Il fallait que ça vienne de lui ou que le hasard le mette sur ma route. Je n'avais pas envie que ça soit arrangé par le gars des vues.

– Cendrillon ne serait jamais allée au bal, si sa marraine ne s'en était pas mêlée.

294

– Je ne suis pas Cendrillon.

– On est toutes Cendrillon.

– Puisque tu me jures que ce n'est pas toi, je vais continuer mon enquête. Je n'aime pas beaucoup que quelqu'un se mêle de tirer les ficelles à ma place.

– Hé! Tu ne vas pas me laisser comme ça? Comment s'est passée ta soirée?

– Bof…

– Tu ne vas pas me faire croire que c'est tout ce que tu as à raconter. Ça fait des années que tu l'attends, ce rendez-vous!

– Comment te dire?… Ça m'a gênée énormément de savoir que l'idée de me revoir ne venait pas tout à fait de lui.

– Tu le lui as dit, j'espère.

– Dit quoi?

– Que ça te gênait. La première fois, tu es restée coincée à ne pas dire ce qui se passait pour toi. Tu ne t'es pas refait le même coup cette fois-ci, toujours?

– Rassure-toi. Il a eu droit à mes états d'âme tout du long.

– C'est toujours ça de pris!

– Je ne suis pas sûre que c'était une si bonne idée. Ç'a été plutôt tendu comme soirée.

Votre téléphone demeure fâcheusement muet et c'est en vain que vous espérez quelque chose de votre courrier électronique. Vous le sentez, Charles ne redonnera pas signe. Encore une fois, vous avez tout gâché avec votre manie d'essayer d'avoir le dessus.

Tant pis, vous vous passerez de lui. Dans votre courrier, au milieu des comptes, une carte postale de Renaud. Il essaie de vous oublier en Italie. Ne dit-on pas : «Un de perdu, dix de retrouvés»? Vous en perdez deux, ce devrait bientôt être l'abondance! En attendant, vous tournez en rond, n'êtes plus bonne à rien.

Il y a des jours aussi monotones et contraignants que des circonférences. Des jours de pleine lune, où quelque chose en vous demande à irradier, mais se trouve empêché de le faire par quelque inexplicable obstination de votre volonté. Les jours comme celui-ci, vous détestez votre détermination, vous exécrez votre purisme. Vous vous haïssez de ne plus être capable de compromis. Vous feriez des bassesses pour le souffle d'un homme dans votre cou, et dans le même temps, bizarrement, vous refusez les gestes qui assouviraient votre soif. Bien que vous vous languissiez de l'un et de l'autre, pour tout l'or du monde vous ne rappelleriez ni Charles ni Renaud. Quelque chose d'archaïque en vous refuse de le faire : le vague sentiment que les femmes distinguées ne doivent pas se jeter à la tête des hommes. Parce que vous êtes lucide, vous ne vous ferez rien accroire en inventant de faux prétextes. Toute tentative de votre part pour mettre l'un de ces hommes en travers de votre chemin serait aussitôt jugée par vous comme inadmissible en vertu de ce principe que les femmes comme il faut ne manifestent pas leur désir. Vous voilà donc irrémédiablement coincée : vous désirez l'homme, mais neutralisez tout ce qui en vous aimerait le lui laisser savoir. «Que c'est œdipien, tout ça!» vous exclamez-vous dans un soupir exaspéré, tandis que l'ombre du lion rôde dans la pièce. En finirez-vous donc jamais avec lui?

À creuser cette idée sur le comportement des femmes respectables, vous vous voyez obligée de reconnaître son hypocrisie. Les dames n'ont-elles pas, de tout temps, laissé échapper leurs mouchoirs avec beaucoup d'à-propos au passage des hommes? La génération de votre mère savait encore cela. En réaction à la vôtre, celle de votre fille est en train de renouer avec les traditions. Mais un tel comportement n'est pas de mise chez les femmes de votre âge. Même avec les bras chargés de paquets, vous vous débattez encore avec les portières, les clés de la voiture, le cellulaire… et fusilleriez du regard l'homme qui proposerait de vous porter secours. Ce n'est plus vrai, bien sûr. Depuis au moins dix ans. Mais l'homme ne le sait pas. Vous avez oublié de le lui dire. De son côté, il est demeuré frileux depuis votre révolution. Seulement, dans votre esprit, un homme, un vrai, passerait par-dessus le risque de se faire rabrouer et exercerait malgré lui – et malgré vous – son esprit chevaleresque.

Voilà ce que vous attendez au fond. Que le chevalier sorte de son armure et s'incline pour vous rendre le mouchoir que vous avez laissé échapper. Cependant, sous prétexte de ne pas tricher, vous négligez de laisser tomber vos mouchoirs. Pis, vous omettez de fréquenter la salle de bal et les allées du jardin. Vous demeurez cloîtrée dans la chambre des dames, là où rarement l'homme va, et vous vous concentrez sur vos travaux d'aiguille, espérant qu'un prince plus valeureux que les autres remarquera un jour la finesse de vos petits points.

L'ennui, c'est que les princes ne s'intéressent guère au petit point. Vous n'irez nulle part comme cela.

Il a dit : «Salut, c'est Renaud. Je suis de retour. Je peux venir te voir?» Vous avez répondu oui sans réfléchir. Maintenant, il est là devant vous, grand, beau comme un marbre de Rodin, plus touchant que jamais. Vous lui offrez de s'asseoir. Il n'a pas l'air de vous entendre. Depuis dix minutes, il tourne autour du pot, trouvant toutes sortes de prétextes pour éviter le sujet dont il est venu vous entretenir. En ce moment, il examine les murs d'un œil critique, en quête de défauts dans son travail.

– Ça tient le coup?

– Bien sûr que ça tient le coup.

– Alors comme ça, ça va, toi?

Il se trouve devant la bibliothèque. Il tire un livre, puis un autre, les remet en place, manipule un bibelot, le dépose.

– Ça va très bien, je te remercie. Il fait beau, aujourd'hui. Il paraît qu'il va neiger demain. On ne sait pas encore pour le week-end prochain, mais je pense que ça sera doux. Alors, ce n'est pas du tout certain que nous ayons un Noël blanc…

Il se tourne vers vous, surpris. Constatant que vous vous moquez de lui, il dépose le casse-tête de bois sur la table basse et enfonce les mains dans les poches de son pantalon. Il aperçoit les chaises et la table sur le patio.

– Tu ne les a pas rangées?

– Je comptais le faire cette fin de semaine.

– Je peux t'aider, si tu veux.

– Renaud, assieds-toi, tu m'énerves.

Il s'enfonce près de vous dans le divan. Pas dans le fauteuil, notez-vous : dans le divan, tout près de vous. Votre genou appuie sur sa cuisse, quand vous vous tournez vers lui. Vous ne retirez pas votre jambe. Vous ne bougez plus. Vous attendez qu'il parle.

Tandis que le silence s'étire, vous remarquez comme les choses sont simples avec lui. Vous éprouvez avec Renaud le sentiment d'être à la hauteur. Contrairement à ce qui se passe avec Charles, avec qui vous avez constamment l'impression de marcher sur des œufs, avec Renaud vous êtes détendue, sûre de vous. Cela vous permet d'être douce, aimante, compréhensive, fidèle à l'image que vous vous faites de vous-même dans vos bons jours. Exactement celle que vous voudriez être devant Charles, alors que vous ne parvenez jamais qu'à vous comporter en mégère.

Renaud soulève le bras et passe le dessus de sa main contre votre joue.

– Tu es jolie comme ça, perdue dans tes pensées.

Vous souriez, affectant l'air de celle qui essaie de gronder sans y parvenir, mais vous ne prononcez pas un mot. Vous ne voulez surtout pas influer sur le cours des événements. Renaud a quelque chose à vous dire, contentez-vous d'écouter. Il a besoin de temps pour laisser monter les mots ? Patientez.

– Tu m'as manqué.

Vous retenez, en mordillant vos lèvres, la réponse automatique. Il vous a manqué à vous aussi, beaucoup même. Toutefois, ce n'est pas le temps de le lui dire. Lui avouer cela maintenant, c'est ouvrir la porte à des possibles qui ne font pas partie de vos desseins. Renaud vous a manqué, et son absence continuera à vous peser.

Il sourit et fait la moue.

– T'es pas causante.

Vous vous aimeriez rassurante. Vous auriez posé votre main sur la sienne, mais vous vous rappelez juste à temps qu'il n'aime pas que vous soyez maternelle avec lui.

– Je suis là pour t'écouter. N'as-tu pas quelque chose à me dire ?

Il prend votre main et l'examine comme on le ferait d'un bijou ancien dont on ne se lasserait pas d'admirer les détails.

– Oui… Oui, j'ai quelque chose à te dire…

Sa voix est mince, fragile. Vous vous doutez bien qu'il désire revenir sur ses déclarations d'amour, mais ne sait pas comment vous dire qu'il s'est trompé. Vous devez vous faire violence pour ne pas lui paver la route.

– J'ai beaucoup pensé à nous, là-bas. Et toi ? Tu as pensé à nous ?

– Oui, j'ai pensé à nous.

– Et puis ? Tu en es où ?

Vous le regardez curieusement. Que cherche-t-il à faire ? Il veut se protéger ? Savoir si le terrain est piégé ? Il vous demande d'étaler votre jeu avant d'ouvrir le sien ?

– Ce que j'aurais à te dire changerait-il quelque chose à ce dont tu désires me faire part ?

Son rire bon enfant allège l'atmosphère.

– J'avais oublié qu'avec toi il faut travailler sans filet.

– C'est le lot des gens de qualité.

– C'est me faire trop d'honneur.

Vous ne répondez rien à cette boutade. Renaud comprend qu'il ne s'en sortira pas par des entourloupettes. Il retrouve son sérieux.

– J'ai beaucoup réfléchi. Pour tout dire, je n'ai pratiquement fait que ça, en Europe, cogiter. J'ai ruminé notre cas, avoue-t-il en souriant. J'ai essayé de tout mettre dans la balance : ce qui m'attire chez toi, les sentiments que j'éprouve, mais aussi l'attraction que j'exerce sur toi – ne nie pas, je le sens bien –, ce que j'ai à t'offrir, ce que tu mets dans le plateau… J'ai réfléchi à tes arguments pour ne pas céder à cette attirance : l'âge, l'expérience, les centres d'intérêt, le regard des autres, les tabous, les enfants, la peur d'être blessée… J'ai essayé de me mettre dans ta peau, de voir la situation à ta manière… J'ai pesé, soupesé tout ça d'innombrables fois, tu n'as pas idée… Le pour, le contre, les avantages, les inconvénients… J'ai retourné la question dans tous les sens.

Il fait une pause. Il vous regarde, tente de lire dans vos traits le fond de votre pensée, la nature de vos sentiments.

– Tu ne demandes pas à quelle conclusion ces belles réflexions m'ont mené?

– Tu y arrives sans mon aide.

Il acquiesce d'un mouvement de tête tout en affichant une moue réprobatrice, parce que vous le laissez se débrouiller tout seul avec ses aveux.

– Il n'y a rien que je puisse ajouter, n'est-ce pas?

Vous froncez les sourcils, incertaine de comprendre où il veut en venir.

– Je t'aime et je sais que tu m'aimes aussi. Mais tu te retiens. Tu refuses de te laisser aller là-dedans, parce que tu as peur. J'ai l'impression que la femme de ma vie m'échappe, et je ne peux rien faire. Je me sens affreusement impuissant.

Il est magnifique. Jamais un homme n'a été aussi touchant de sincérité devant vous. Pour un peu, toutes vos résolutions s'écrouleraient. Voilà ce qu'aucun homme de votre génération ne pourra jamais vous offrir : la capacité de mettre en mots ses sentiments ; le courage de vous les exposer ; le cran de se montrer vulnérable devant vous ; la force d'avouer son impuissance. Rien que pour cette confession, Renaud mériterait votre amour inconditionnel. Vous êtes ébranlée. Ce qui, il y a un instant, paraissait si clair se trouve embrouillé tout à coup. Les qualités de cet homme vous donnent des envies de balayer du revers de la main vos craintes et les tabous qui vous asservissent. Comme ce serait agréable de lui tendre la main et d'envoyer promener toute cette grisaille. Créer votre vie, à coups de cœur plutôt que de tête. Seulement vous avez réfléchi, vous aussi, tandis qu'il était au loin. Vous avez mûri la question et préparé votre réponse au cas où Renaud reviendrait à la charge. Comment aider un homme que vous aimez à se détacher de vous ? Surtout, n'allez pas objecter qu'il se trompe, que vous n'êtes pas la femme de sa vie. Respectez ses sentiments.

— En fait, je suis venu te demander de m'épouser. Là-bas, de loin, j'ai vraiment cru que ce serait possible... que tu finirais par te rendre à l'évidence et par dire oui. Maintenant je ne sais plus comment te convaincre... J'ai terriblement peur que tu dises non. Mais tu vois, je te le demande quand même. Anne, veux-tu devenir ma femme ?

Pourquoi est-ce que ce ne sont jamais les bons hommes qui font les bons gestes ?

— Tu ne dis rien ?

– Je suis atterrée, Renaud. Je croyais que tu venais m'annoncer le contraire. Que tes réflexions t'avaient permis de voir clair dans tout ça et que tu avais compris que nous ne pouvons pas…

Il vous regarde à son tour sans rien dire, et vous lui offrez un sourire déchiré.

– Je t'aime énormément, Renaud. Je ne crois pas avoir aimé un homme aussi fort depuis très longtemps. Quand je pense à toi, à tes qualités, à ta manière de faire les choses, j'en ai le souffle coupé. Même tes défauts, je les trouve charmants, c'est te dire… J'ai beaucoup réfléchi, moi aussi, tandis que tu étais là-bas. Au bien que ça me fait d'être aimée par toi, par un homme d'une aussi grande qualité. À ce que nous pouvons nous apporter l'un à l'autre. À notre grande complicité. Aux raisons qui font que tout semble si facile entre nous, comme si ça coulait de source. Aux difficultés que nous devrions affronter également si nous décidions de former un couple. À celles qu'éprouvent tous les couples bien sûr; à celles aussi qui surgiraient à cause de la singularité de notre relation. Je me suis libérée des tabous. Je sais que j'aurais la force d'affronter le regard des gens, l'humour qu'il faut pour survivre à leur désapprobation muette. Je nous ai imaginés vivant ensemble, vieillissant ensemble… Tu vois, je me suis promis, il y a quelques années, que je ne m'engagerais plus dans une union à moins qu'elle ne me permette de grandir. Jusqu'à maintenant, c'était mon critère, celui qui ferait pencher la balance entre le oui et le non, advenant que j'aie à prendre une telle décision. Renaud, je crois sincèrement que la vie avec toi me permettrait de me dépasser, de m'affranchir de certaines de mes limitations. Rien que la différence d'âge, déjà, serait un défi à ma créativité…

– Mais… Il y a un mais, n'est-ce pas?

– Si je suis parvenue à me libérer des tabous, je n'arrive pas à me débarrasser de mes craintes. Je ne peux choisir de t'aimer, Renaud, car cet amour serait constamment inquiet.

– De quoi tu t'inquiètes?

– De rien pour l'instant. Et ça durerait comme cela un moment, le temps que durent habituellement les lunes de miel. Puis ça commencerait sournoisement : le regard que tu jetterais sur une jeune femme dans la rue, une maladie qui m'affaiblirait, des petits détails, de tout petits riens qui prendraient une importance démesurée, parce que je suis plus âgée que toi.

– Tu parles avec ta tête. L'amour emporte ce genre de craintes. On ne peut pas lancer une affirmation comme : «Je choisis de ne pas t'aimer.» En amour, on ne choisit pas : on est choisi.

– Je pensais comme cela moi aussi jusqu'à tout récemment. Puis j'ai découvert ma capacité d'aimer. Je me suis aperçue que j'étais capable d'aimer plusieurs hommes, des hommes même très différents les uns des autres. J'en ai conclu qu'il n'y a pas un homme qui me soit destiné et à qui je sois promise, mais un sentiment amoureux que je peux décider d'exercer avec l'un ou avec l'autre. C'est quand on cède au sentiment amoureux que l'autre nous apparaît dans son unicité. C'est à ce moment-là qu'on s'imagine, à tort, qu'il nous était de tout temps destiné. À vingt ans, on n'est pas en mesure de comprendre cela. Ni même à trente. Pour dire vrai, je connais assez peu de gens de mon âge qui accepteraient sans broncher ce que je suis en train de t'expliquer. Pourtant, c'est un fait. Je le sais d'expérience... Tu as une capacité d'aimer extraordinaire, Renaud. Retourne sur le quai. Si tu regardes bien, tu vas y trouver une femme qui, comme toi, est montée dans le train alors qu'elle était encore enfant.

Renaud vous sourit tendrement. Il vous semble anormalement calme, détendu. Il ouvre les bras pour vous accueillir et vous serre comme une enfant qui s'éveille d'un cauchemar et qu'on rassure.

– Ça te fait très peur, n'est-ce pas ?

– Quoi donc ?

– D'aimer. L'âge n'est qu'un prétexte. Ton discours, tu pourrais aussi bien le tenir à un type de cinquante ans. Ce n'est pas notre âge qui se dresse entre nous. Tu as même très envie de choisir de m'aimer, comme tu dis. Pourtant... Anne, ouvre-toi les yeux. Tu as peur d'un danger qui n'existe plus.

Renaud se dégage légèrement de vous, tout en continuant à vous tenir à bout de bras.

– Je connais ton secret, Anne. Je sais ce qui t'effraie.

– De quoi parles-tu ?

Vous tentez de vous dégager. Vos yeux cherchent à fuir. Vous ne voulez pas entendre ce que Renaud va dire, mais son regard capte le vôtre et le tient prisonnier. Dans ses mains, comme un oiseau effarouché, vous tremblez.

– Crois-tu que je ne sache pas lire entre les lignes ce qu'elles racontent, tes histoires de petites filles violentées ?

Vous vous êtes retirée quelques jours dans votre maison de campagne. Le lac est gelé. Les arbres ploient sous le poids de la dernière bordée. Tout est paisible ici. Vous aviez besoin de la pureté de l'hiver. Besoin de vous ensevelir sous l'épais silence blanc de la neige.

Volontairement, vous éloignez Renaud et son effrayante lucidité. Vous n'avez pas la force d'affronter sa perspicacité. Vous vous obligez à repenser au lac noir de l'auberge des Cèdres, au jeune homme en culottes courtes qui y a passé des étés marquants, à l'homme prospère qu'il est devenu et dont la désinvolture vous épargnerait à tout jamais le genre de confrontations auxquelles l'homme au sucre vous expose.

À l'autre bout du fil, Mathilde vous soutient comme elle peut.

— Tu dois être faite pour vivre seule.

— Ne crois pas cela.

— Aucun homme ne trouve grâce à tes yeux.

— Je crois avoir eu des gestes éloquents à l'endroit de Charles. Je n'appelle pas cela repousser les hommes.

— Lui as-tu jamais dit franchement : «Charles, je suis attirée par toi. J'ai envie de te connaître mieux»?

— Il peut courir!

— C'est précisément ce qu'il fait, ma chérie… Il court… À propos, j'ai appris, pour ton livre.

— Quoi?

— Je sais qui a envoyé ton livre à Charles.

— Qui est-ce, que je l'étripe?

— Tu devrais lui dire merci. C'est drôlement chouette ce qu'il a fait.

– C'est Renaud qui a fait ça?

– C'est fou comme tu trouves toujours le moyen de mêler son nom à la conversation, à celui-là! Non, ce n'est pas Renaud, c'est Martin. T'as toujours envie de l'assassiner?

– Je vais y penser.

– Pense plutôt à ce que je t'ai dit à propos de Charles...

Quarante-huit heures après le coup de fil de Mathilde, vous avez rappelé Charles. Vous avez laissé un message sur son répondeur : «J'ai été un peu rude l'autre soir. Je m'en excuse. Je ne sais pas pourquoi, avec toi, je suis constamment montée sur mes ergots. Je n'ai pas envie de jouer au plus fort ni au plus malin. Je ne veux pas me battre. J'ai envie de douceur. Je... Tu me touches, Charles. Je ne sais pas pourquoi, mais tu me touches. Voilà, c'est dit. Je voulais que tu le saches.» Il a rappelé le jour même. Il a proposé de venir vous rejoindre. Vous avez tous les deux marché longtemps autour du lac qui commence à figer. Au retour, tandis que vous prépariez une collation, il a fendu du bois et allumé le feu. Vous avez bu votre thé devant son feu avec le sentiment apaisant que vos gestes étaient dans l'ordre des choses.

Il est là enfin, le guerrier tant attendu. Sous votre toit, dans le crépitement du feu, dans votre musique, dans votre lumière. Tandis que vous lui racontez comment, par jours de grand froid, la dentelle de givre dessine sur votre fenêtre des destins fabuleux, il glisse sa main dans vos cheveux et pose son souffle dans votre cou. Vous courbez l'échine et vous glissez dans ses bras. Réconciliée avec cette part de vous-même qui a su attendre son heure, respecter ses convictions, et trouver, malgré la rigueur et les désenchantements du voyage, le chemin de la douceur, le cœur de votre féminité. Vous avez passé trois jours ensemble. Des journées fabuleuses qui s'accordaient, la plupart du temps, avec les rêves secrètement formés durant ces mois où vous avez imaginé Charles. Cependant, les choses ont commencé presque tout de suite à se gâter. Vous vous êtes mise à noter des détails : de menus objets qu'il déplaçait, des commentaires qu'il faisait sur votre manière d'arroser les plantes, de corder le bois, de mettre les pommes de terre en purée. Des craquelures en apparence anodines fissuraient l'image que vous vous étiez faite de lui. À vingt ans, on balaie ces signes d'alarme sous le tapis. Pas à cinquante. Quand il a suggéré d'apporter un téléviseur la prochaine fois pour ne rien rater de l'économique et du politique, vous vous êtes rendue à l'évidence : rien ne serait jamais possible entre Charles et vous. Vous préférez mille fois votre solitude à son despotisme. Vous avez eu beau mettre des gants blancs, Charles n'a retenu qu'une chose : vous lui adressez des reproches. À ses yeux, vous êtes comme toutes les autres : vous ne savez pas ce que vous voulez ; vous êtes incapable de vous fixer.

Vous projetiez de passer le réveillon en famille à la maison de campagne, mais, ayant eu la tête ailleurs ces derniers temps, vous avez oublié de lancer les invitations. Votre thérapeute dirait, la tête penchée, les lunettes baissées, le regard appuyé sur les points de suspension : «Un acte manqué…»

Martin vous a donc dépassée au fil d'arrivée. Le réveillon se fera chez lui. C'est probablement la dernière année où Ariane croira au père Noël. Martin veut que ça soit gros. Il faut que la petite s'en souvienne. Vous êtes tout étonnée par l'application que ce contestataire met à multiplier les rites sur le parcours de sa fille. Les choses essentielles sont peut-être incontournables? Martin veut dresser le sapin à la toute dernière minute, pendant qu'Ariane dormira dans sa chambre. C'est une véritable course contre la montre qu'ils s'imposent, Mélanie et lui, avec les préparatifs du réveillon en plus. Ils jurent que leur récompense se trouvera dans le regard émerveillé qu'Ariane posera, à son réveil, les yeux encore encombrés de nuages, sur cet arbre qui aura poussé soudainement dans le salon; et dans le soulagement qu'elle voudra cacher, mais qu'ils percevront quand même, quand elle réalisera que le père Noël ne l'a pas oubliée, même si elle n'est plus tout à fait sûre d'y croire.

Vous avez passé la journée chez eux pour prêter main-forte. Durant l'après-midi, vous avez préparé avec Ariane les biscuits qu'elle déposera sur la table du salon pour le père Noël, au cas où…

Renaud sera de la fête. Martin vous a glissé cela un peu plus tôt, craignant que sa présence ne vous embête.

– Il est de la famille pour moi, tu vois. Je serais pas ici…

– Ça ira, Martin. J'aime beaucoup Renaud, je t'assure. Je serai heureuse de le voir.

Vous arrosez la dinde, glacez le gâteau, préparez quelques canapés. Vos gestes sont précis, sûrs, expérimentés. Votre esprit peut donc voguer à sa guise, à des lieues de cette cuisine surchauffée et odorante. Vous pensez à vos amies. Que feront-elles ce soir ? Léa s'apprête à s'étourdir avec des inconnus dans un restaurant chic et cher au bras d'un nouvel amant. Malgré les années, elle n'a pas changé, celle-là, ce qui ne cesse de vous étonner de la part d'une femme si intelligente. Claude et Gérard se feront pour leur part un Noël intime. Vous les avez invités à se joindre à vous, mais Gérard économise ses énergies. Quant à Mathilde, elle a enfourné sa marmaille dans la camionnette et, malgré la neige annoncée, a pris la route de Québec ce matin pour passer le réveillon dans la famille de Roger. Demain, ils reprendront tous la route pour rallier Joliette à temps pour le souper de Noël dans sa famille à elle. Incroyable Mathilde que rien n'abat.

Vous repensez à votre dernière conversation téléphonique, alors qu'elle s'inquiétait de votre réaction à la présence éventuelle de Renaud au réveillon chez Martin.

— Tu te souviens de ce que tu m'as dit un jour ?

— À quel sujet ?

— Tu parlais du cœur que l'homme doit mettre tout chaud dans les mains d'une femme. Je t'avais demandé ce que tu répondrais au gars qui oserait ça. Tu te souviens de ta réponse ?

— Qu'est-ce que j'ai répondu ?

— Que tu dirais : « J'ai envie de t'accueillir ; je ne sais pas bien comment faire, mais je voudrais m'ouvrir à toi ; aide-moi à y arriver. »

— J'ai dit ça, moi ?

Vous êtes perdue dans vos pensées quand Martin surgit dans la cuisine.

– Mélanie a rangé l'escabeau? Je lui avais dit, pourtant, que j'avais pas fini.

– Non, elle en a eu besoin pour les décorations.

De l'index, vous indiquez le plafond où Mélanie a accroché des guirlandes et des ballons. Martin a l'air content.

– Tu crois qu'elle va apprécier?

– Ariane? Elle va être folle de joie, tu penses bien! Martin irradie. Cette enfant, c'est son soleil. Il accroche l'escabeau que Mélanie a appuyé contre le mur et s'apprête à filer vers le salon, mais vous l'interceptez.

– Dis donc, toi. Je me suis laissé dire que tu avais fait parvenir mon roman à Charles Gauthier. De quoi je me mêle?

Martin prend aussitôt un air défensif.

– Je croyais bien faire.

– Tu as bien fait. Ça m'a rendu service. Je suis juste curieuse… Qu'est-ce qui t'en a donné l'idée?

Il paraît gêné. Il hésite un peu. Vous ne savez pas ce qui le décide à ouvrir finalement son jeu.

– Tu avais tellement parlé de lui à une époque… Quand Renaud m'a suggéré que ça te ferait plaisir, j'ai tout de suite pensé que c'était une bonne idée.

– Tu veux dire que c'était une idée de Renaud?

– J'admets que ça paraît bizarre, vu qu'il en pince pour toi, mais il est comme ça, Renaud. Ça coûtera ce que ça coûtera, s'il pense que c'est ce que tu désires vraiment, il va le faire.

Vous passez dans la chambre de Martin mettre une robe propre. Devant le miroir, vous vous refaites une beauté. Mais vous avez des distractions. Votre esprit vous ramène des années en arrière, dans un café, à l'époque où un garçon au sourire moqueur ramassait le livre que vous aviez laissé tomber par mégarde. Par mégarde ? Vraiment ? Qu'est-ce qu'il disait déjà, ce jeune homme, à propos de votre langage non verbal ?

Vous tremblez comme une collégienne quand on sonne à la porte. Mélanie est sous la douche ; Martin, grimpé dans le sapin. Pleine d'appréhension, vous allez ouvrir, espérant que ce soit Chloé. Vous aimeriez avoir un peu de temps pour explorer encore une fois les hésitations qui vous remuent. Comment Renaud va-t-il réagir en vous apercevant ? Il doit bien se douter que vous serez là. Sera-t-il souffrant ? Mal à l'aise ? Reviendra-t-il une fois de plus à l'assaut pour tenter de vous convaincre ? Aura-t-il au contraire définitivement fait une croix sur vous ? Peut-être viendra-t-il accompagné… Vous avez un pincement au cœur à l'évocation de cette possibilité et aussitôt vous vous sermonnez. Qu'est-ce que c'est que cette manifestation de possessivité ? Cultiveriez-vous des regrets ? Le souffle court, vous réalisez que vous souhaitez, au fond, que Renaud n'ait pas tout à fait renoncé à vous. Vous chassez tout de suite cette idée inacceptable. Ne jouez pas au chat et à la souris avec cet homme. Il ne mérite pas cela.

Vous avez amplement le temps de réfléchir à ces questions en fin de compte. Il est pratiquement minuit et Renaud n'est toujours pas arrivé. Vous vous en inquiétez auprès de Martin, qui vous taquine.

– Il te manque ? Il a dit qu'il viendrait, mais il n'a pas dit à quelle heure…

– Bien ! Tu veux que j'aille réveiller la petite pendant que tu mets les cadeaux sous l'arbre ?

– Je ne mets pas les cadeaux sous l'arbre tout de suite. Tu peux aller la réveiller, oui. Sa robe est sur la chaise.

C'est une Ariane tout ensommeillée, les yeux clignant dans la lumière du sapin, qui fait son entrée au salon. Toutes les têtes sont tournées vers elle. Ce sont les enfants qui font Noël, depuis que la magie de notre propre enfance a disparu.

À minuit, tout le monde est sorti sur le balcon pour entonner le *Minuit, chrétiens*. Chacun tient à la main une chandelle allumée, fichée dans une feuille d'aluminium dont les pointes sont remontées comme des pétales de liserons pour empêcher la cire de brûler les doigts ou d'abîmer les gants. Mélanie a créé cette «tradition», quelques années plus tôt, affirmant qu'il fallait bien commencer quelque part. En fait, vous vous êtes tous facilement ralliés à elle. Avec les filets de vapeur qui s'élèvent de vos bouches comme d'un encensoir, la flamme vacillante des chandelles et vos voix chevrotantes dans la nuit froide, ce cantique a quelque chose de puissant. Les voisins ont d'ailleurs fini par vous imiter, si bien que vous êtes plusieurs, par grappes, sur les paliers et les balcons, à chanter ensemble cette année.

Lorsque vous êtes rentrés, le père Noël était en train de disposer les cadeaux au pied du sapin. Quelqu'un a chuchoté : «On ne peut pas entrer, on n'est pas censé le voir…», mais le père Noël a dû l'entendre, car il a poussé son gros rire et il a demandé :

– Ho! Ho! Ho! C'est pas ma belle Ariane qui est là?

La petite reste figée sur le pas de la porte. Elle regarde de loin ce père Noël tout gonflé à la taille, mais un peu mince des joues, et se demande si elle doit lui faire confiance.

– Viens, ma belle. Ho! Ho! Ho! Viens voir le père Noël.

– T'es pas le père Noël, t'es Renaud!

Vous sentez un moment de tension chez Martin et Mélanie, qui ont voulu en mettre plein la vue à leur fille et qui voient peut-être le résultat de leurs efforts leur échapper. Seulement Renaud n'hésite pas un instant. Il semble avoir prévu le coup.

– Je lui avais bien dit aussi!

Tous le regardent, surpris. Ariane, les yeux plus clairs que tout le monde, a bien l'intention de ne pas se laisser emberlificoter.

– Je lui avais dit, au père Noël, que ça ne marcherait pas. Tu es bien trop intelligente pour qu'on te raconte des histoires comme ça. Heureusement que je lui ai demandé de te mettre ça par écrit!

Il sort de sous son ceinturon une enveloppe verte qu'il tend à Ariane. Méfiante, la petite prend l'enveloppe, scellée à la cire rouge.

– C'est le sceau du père Noël, tu vois? Tu le reconnais? C'est Rudolph.

Imprimée dans la cire, la silhouette du renne au nez rouge en plein élan. Vraiment, vous dites-vous, Renaud a soigné les détails. Ariane, qui sait lire maintenant, examine son nom sur l'enveloppe.

– Allez! Ouvre! Je ne veux pas que tu penses que je me moque de toi. Tu vas voir, le père Noël te dit là-dedans ce qui se passe.

Ariane ouvre l'enveloppe et tire la lettre du père Noël, qu'elle parvient à lire presque toute seule.

Ma très, très chère Ariane,

Si tu lis cette lettre, c'est que tu as reconnu Renaud. Surtout, ne lui en veux pas. C'est moi qui lui ai demandé ce service. Il y a tant à faire cette nuit. Il a dans son sac les cadeaux que tu m'as demandés… plus une petite surprise pour me faire pardonner. Écris-moi pour me dire si Renaud a bien fait ça. Je te souhaite un très joyeux Noël et je t'embrasse bien fort. Ho! Ho! Ho!

Ton ami qui t'aime pour toujours,

Père Noël

P.-S. – Tu serais mignonne de dire à Renaud de me rapporter un ou deux de ces merveilleux biscuits que tu as faits avec ta grand-mère cet après-midi. Je vais les manger en pensant à toi.

– Ah! le snoreau! s'indigne Renaud. Il ne m'a pas dit qu'il ajoutait ça, pour les biscuits.

– Tu connais le père Noël, toi!

Ariane est très sceptique et, vous le sentez, elle va passer la nuit à interroger et contre-interroger Renaud sur les habitudes du vieil homme.

Tandis que le faux père Noël fait la distribution des cadeaux, vous regardez les vôtres. Ce sont eux, vos présents. Noël représente désormais pour vous une Action de grâces, une occasion d'apprécier ces cadeaux magnifiques que vous a offerts la vie en la personne de vos enfants et de votre petite-fille. Les gens que vous chérissez le plus au monde se trouvent dans cette pièce…

– La mer est haute.

Renaud vient de murmurer cela à votre oreille. Tout occupée à observer Chloé et Yann qui se bécotent, vous n'avez pas réalisé que Renaud a passé les rênes à Martin et s'est approché de vous.

– Comment ça, la mer est haute.

– Tu vas pleurer. Ne nie pas, tu as le nez rouge. Un vrai petit Rudolph.

– C'est émouvant de les voir tous rassemblés. Je ne crois pas t'avoir jamais dit merci, pour Martin.

– Eh bien, dis-le.

– Merci.

– Y a pas de quoi, mais je n'ai pas eu grand mérite. Tu lui manquais… Tu es fiancée ?

Vous ne comprenez pas pourquoi Renaud vous pose cette question tout à coup. Il soulève votre main et vous la tend pour preuve. Vous portez à l'annulaire un anneau de papier métallique que vous avez confectionné distraitement tout à l'heure, tandis qu'il distribuait les cadeaux.

– Je suppose que j'ai intérêt à ne pas te parler de ton langage non verbal.

– En effet ! Par contre, cette fois, si tu m'offres un verre, je vais probablement accepter…

La fête terminée, à l'autre bout de la nuit, Renaud propose de vous raccompagner.

– C'est de la folie. J'habite à l'autre bout du monde, et puis j'ai ma voiture.

Il a aussi la sienne, et il vous suit tout le long du trajet jusque chez vous. Dans votre rétroviseur, vous le voyez jouer à faire de terribles efforts pour entraîner son automobile dans une autre direction, puis hausser les épaules comme s'il n'avait aucun contrôle sur la situation.

Lorsque vous êtes arrivés à destination, il se gare dans la rue tandis que vous rentrez au garage, puis il vient vous rejoindre au pas de course.

– Tu n'es pas raisonnable, Renaud.

– On ne laisse pas les dames rentrer toutes seules à la maison.

– Je ne vais pas t'inviter à entrer.

– Ça tombe bien, j'avais envie de t'inviter à sortir. Le soleil se lève dans quelques minutes. Tu n'as pas envie de voir ça?

– Je suis fatiguée et il fait froid.

– Oh! Vraiment, Anne. Tu imagines une réponse comme ça dans un roman : «Je suis fatiguée et il fait froid»? Franchement, je donne pas cher de tes héros!

– Bon! Je lui accorde quinze minutes, à ce soleil!

Tandis que vous marchez le long de la rivière, vous sentez le bras de Renaud frôler le vôtre. Une inquiétante explosion de chaleur vous envahit aussitôt. Alors, vous repensez à cette phrase que Mathilde vous a resservie au téléphone la veille, à propos d'un cœur saignant et d'abandon. C'est sans doute pourquoi, contrairement à votre habitude, au lieu de vous braquer et de rappeler votre corps à l'ordre, vous décidez de lui faire confiance et de le laisser s'exprimer. Pour entendre ce qu'il aurait à dire.

Il n'y croit pas tout de suite, le corps. Il se méfie de vous, comme de raison. Puis, par vous ne savez trop quelle alchimie, il a l'air de comprendre que vous êtes sérieuse, cette fois. Il se détend. Imperceptiblement, il s'incline du côté de Renaud, jusqu'à le toucher presque. Vous sentez le bras de Renaud s'ouvrir. Votre corps hésite un tout petit moment, puis, voyant que vous ne lui mettez toujours pas de bâton dans les roues, il se blottit au creux du bras tendu vers lui. La main de Renaud se referme sur votre épaule. C'est alors que, à votre grand étonnement, votre propre bras se soulève et enlace cet homme. Votre tête se tourne vers lui. Lorsque Renaud pose les yeux sur vous, un instant vous avez l'impression de voir sourire son âme. Comme cette fois vous soutenez son regard, votre corps, enfin, se met à rire.

Remerciements

Merci à Jean-Guy Boileau pour avoir tenu allumée, tout le temps nécessaire, une lanterne dans la caverne.

Ma gratitude à Raymond Carrier, Michel Clément, Jean-Claude Lauzon et Christian Marcotte qui ont généreusement accepté de se prêter, tout bouclier descendu, à mes questions indiscrètes; de même qu'aux courageuses premières lectrices et lecteurs (ah! ce masculin qui l'emporte sur le féminin… et que j'ose bafouer) : Claude Bussière, Roger Caron, Louise Fortin, Rita Gamache, Léonne Giannone, Jacques Godbout, Thérèse Larocque, Lise Lauzon, Michel Leblanc, Lise et Marie-Claude Marcotte, Johanne Paquette, Martine Paqui, Yvon Rivard, Sarah Thibodeau et Carole Verreault. Leurs commentaires parfois sévères, mais toujours judicieux et encourageants, m'ont permis de repousser un peu plus loin mes limites. Merci aussi à l'équipe des Éditions Libre Expression, pour son accueil chaleureux, son professionnalisme et son accompagnement soutenu.

On me permettra d'avoir ici une pensée toute spéciale pour mes enfants, Claude, Marc-André, Laurence-Aurélie et Louis-Pierre, compagnes et compagnons de la première heure. Je leur suis singulièrement redevable, et ce, de mille manières. C'est avec beaucoup de reconnaissance que j'ai notamment reçu leur foi indéfectible, leur infinie patience, leur joyeuse complicité, leurs suggestions, nombreuses et pétillantes, et leur humour salvateur.

Achevé d'imprimer sur les presses de
Quebecor World L'Éclaireur
Beauceville

Imprimé au Canada